丰饶之海（四）

五衰

にんごすい
うみ

陈德文 译

[日]

三岛由纪夫 著

广西师范大学出版社
GUANGXI NORMAL UNIVERSITY PRESS

辽宁人民出版社

一頁文庫
～三島由纪夫作品系列～

洋面上的轻雾，使得远方的船舶看起来颇为幽玄。然而，海水比昨天更澄净，伊豆半岛群山的棱线也清晰可睹。五月的大海平滑如镜。日光强烈，云影浅淡，天空蔚蓝。

极低的波浪在岸边也撞得粉碎。在粉碎前的瞬间，那水波翻卷着莺绿，犹如一切海藻所持有的颜色，要多可厌有多可厌。

每天每天，大海都在不停地翻腾，极为寻常地一次次重复着"搅拌乳海"的印度神话。或许世界不让大海安宁，一旦安宁下来，就会有某种东西唤醒自然之恶吧。

五月鼓胀的海洋，焦躁地不断推移着光点的素描，满布着纤细的凸起。

　　高空飞翔的三只鸟儿，眼看着就要靠近了，又忽而不规则地间隔开来，飞走了。那种接近和间隔中含蕴着某种神秘。接近到感知对方羽翼扇动的气团，其中的一方又远离而去，此时那一段蔚蓝的距离，意味着什么呢？

　　我们心中时时出现的类似的三种思念，也像这三只鸟儿一样翱翔天宇吗？

　　烟囱上绘有"全"标记的黑色小货轮向远洋驶去，高高堆积的建筑器材，使小船俄而变得庄严高大起来。

　　午后二时，太阳藏身于薄云的茧壳里，犹如一条银光闪亮的蚕。

　　浑圆、博大、宽广的浓蓝的水平线，宛如紧紧嵌入海景的一根青黑的钢箍。

　　海面上刹那之间，一个地方腾起白羽般的波浪，旋即消失了。那其中含蕴着何种意义呢？不是一时崇高的任性，就是极为重要的信号，怎么可能这两者都不是呢？

　　潮水稍稍涨满了，波浪微微高起来，陆地也受到极巧妙的渗透。太阳被云彩遮住了，海色略微呈现着危险的暗绿。其中，由东到西，长长伸展着一道白筋，好似一把巨大的折扇。只有那里的平面扭曲了，尚未扭曲的接近轴心的部分，带有扇骨的黝黑，同浓绿的平面融合在一起。

太阳再次显露出来。大海再次平滑地含蕴着白光，在西南风的命令下，将无数海狮般的波影次第向东北推移。无尽的水的整体大转移，不至于淹没陆地，遥远的月亮的力量完全控制着它的泛滥。

云彩像鱼鳞，遮盖着半个天空。太阳在云的上方，沉静而白亮地破裂着。

两只渔船出海了。洋面上行驶着一艘货船。风变大了，西面进入的一艘渔船"突突突"靠近了，仿佛宣告一种仪式的开始。尽管是一艘卑微的小船，但船的行进既不靠车轮，也没有足爪，犹如拖曳着长衣广裾在水面上膝行，那样子看起来颇为高雅。

午后三时。鱼鳞云稀薄了，南方天空的云朵展开来，犹如山斑鸠雪白的尾羽，在海上投下深深的黑影。

海，无名之物。地中海也好，日本海也好，眼下的骏河湾也好，都用一个"海"字统括起来，但它们对这个名字决不服气。这个无名的、丰蕴的、绝对的无政府主义！

随着阳光的晦暗，海突然不高兴地陷入冥想，充满了莺绿的细密的棱角。到处是玫瑰枝般布满刺的波浪的荆棘。那刺本身，也具有光洁的生成的痕迹，大海的荆棘看起来很平滑。

午后三时十分，眼下不见一艘船影。

真是不可思议。如此广大的空间，竟被人弃置不管！

就连海鸥的翅膀也是黑色的。

于是，洋面上漂浮着幻想之船。那船向西方驶去，不一会儿消失了。

伊豆半岛已经裹在薄雾里，隐没了。过了一阵，出现的不是伊豆半岛，而是伊豆半岛的幽灵。接着，也消失了。

既然消失，已无迹可寻。尽管在地图上存在，它也已经不复存在。半岛、船，同样都在"一片混沌"

之中。

出现了，又消失了。半岛和船，究竟哪里不同呢？

假如看到的就是存在的一切，那么，只要不被浓雾包裹，眼前的大海就永远存在。它时时在积蓄着存在的力量。

一艘船改变了全景。

船出现了！它打乱了整个布局。存在的全部构图产生分裂，一艘船从水平线上迎头闯进来了。此时，实行让位。船出现前的整个世界遭到废弃。船的出现，正是为了摒弃那个保障它不存在的整个世界。

刹那刹那之间，海色瞬息万变，五彩缤纷。云的变化，接着，船的出现。……每当那时候，究竟出了什么事呢？什么叫"生成"？

刹那刹那之间，那里出现的事，也许都是超过喀拉喀托火山[1]爆发的大事变吧，只不过人们没有觉察罢了。我们太习惯于存在的模糊了。世界存在与否这类事，根本用不着认真面对。

1　喀拉喀托火山是位于印度尼西亚巽他海峡中的一座活火山。

所谓生成，就是无限的重新结构、重新组织的信号。是遥远传来的一声钟鸣。船出现了，就要敲钟表示船的存在。骤然响起的钟声，震荡着四方，占领了一切。海上，不断地"生起"。存在的钟声长鸣不歇。

一种存在。

也可以不是船。哪怕不知何时偶然出现的一颗夏天的蜜橘，也足以使存在之钟响彻天宇。

午后三时半。在骏河湾代表存在的，就是那颗夏天的蜜橘。

隐没于波底，又猝然出现，或浮或沉，宛若一只不住眨巴的眼睛。那鲜明的橘黄色，在离开海岸线不远的地方，眼见着向东方漂流而去。午后三时三十五分。西方，名古屋方面又驶来一艘黝黑的船影。

太阳已经包裹在云丛里，就像熏制的鲑鱼。……

——安永透的眼睛离开倍率三十倍的望远镜。

午后四时本该进港的货船"天朗丸"，连个影子也看不到。

他回到桌边，再一次呆呆望着当日清水港船舶
日志。

昭和四十五年五月二日（星期六）

定期外埠船舶进港预定

天朗丸　国籍　日本

时间　二日十六时

船主　大正海运

代理店　铃一

驶出港　横滨

停泊　日出码头四·五

=

……本多繁邦七十六岁了。妻子梨枝已经去世，自打成了孤身一人，便经常独自出外旅行。他专挑交通便利的去处，这种于身体没有太大负担的旅行，可以慰劳身心。

他时常来日本平[1]，归去时顺便游览三保松原[2]，看看西域进来的宝物——天人羽衣的断片，接着回静冈，一个人在海滨伫立些时候。新干线"回声号"电车，每小时发出三班，即使误了一班车也不打紧。只要乘上车，从静冈到东京不足一个半小时。

他叫出租车停下，从那里走到驹越海岸。他曳

---

1 日本静冈市和清水市之间有度山山顶一带的风景区。
2 清水市三保海岸的松林，相传是天人洗浴之所。能乐著名剧目《羽衣》，记述天人将羽衣挂在松树上，被渔夫白龙藏起，并向她求婚。后来，她再度得到羽衣，飞升天上。

杖走在这条约五十米长的沙路上，一面眺望大海，一面发思古之幽情。这里就是《童蒙抄》[1]中写到的天人下凡的有度海滨吧？他同时又回味着年轻时来过的镰仓海岸，心满意足地踏上归途。他在海滩上只看到游玩的孩子和两三位钓客，一派闲散的景象。

去时只顾观海没有引起注意，回来看到堤防下边有一朵旋花，泛着鄙俗的淡红，灼灼耀眼。堤防上边的沙地上有好多垃圾，曝露于海风里。缺角的可口可乐空罐、罐头盒子、家庭用涂漆的空盒子、永远不烂的尼龙袋、洗衣粉盒子、众多的瓦片、空饭盒子……

地面上的生活垃圾雪崩似的一直逼向眼前，开始直面"永远"——至今一次也未会面的永远，亦即大海。只能用最污秽、最丑陋的姿态面对，一如人面对死亡。

堤上稀疏的松树，新芽上开出海星状的花朵。

---

1 日本平安后期出现的学习写作和歌的入门书，藤原范兼著。成书于久安元年（1145）左右。将《万叶集》以后出现的和歌按"日""月"等二十二项归类。

回来时路的左侧有一块萝卜田，寂寞地开放着四瓣的小白花。路两旁各有一排小松树。此外，就是一片种植草莓的塑料大棚。鱼糕形的塑料棚遮挡下，众多的石垣草莓低垂在叶荫下。苍蝇沿着锯齿状的叶子边缘爬行。这片白糊糊的密密麻麻的鱼糕状塑料大棚，一望无垠，令人不快。其中，本多看到一座小型的高塔，这是刚才没有注意到的。

车子停在紧靠县营道路的这一侧，有一座二层木造白壁小屋，下面是特别高的混凝土房基。说是瞭望台，高得有点出奇；说是事务所，又显得太寒酸。楼上楼下，三面墙壁一律开着窗户。

本多被好奇心驱使，举步跨入那片看似前院的沙地。细碎的玻璃片忠实地辉映着纷乱的云层，白色的窗棂胡乱地弃置在地上。抬头仰望，二楼的窗户似乎装设着望远镜，浑圆的镜头幽幽闪亮。混凝土基座上凸露着两根红锈斑斑的巨大铁管，紧接着又钻入地下。本多小心提防着脚下，跨过那铁管，绕过基座，登上通往一楼的破烂的石阶。

上头更有一副通往小屋的铁梯，梯子下边竖着遮有顶棚的告示牌。

TEIKOKU SIGNAL STATION

有限公司　帝国信号通讯社清水港事务所

事业种类

1. 通报出入港船舶动向

2. 发现并防止海难事故

3. 海陆信号联络

4. 海上气象联络

5. 迎送出入港船舶

6. 其他一切有关船舶事宜

这些都是用古雅的隶书写的公司名称，以及标出的英文说明，由于白漆剥落，字迹已经模糊不清。本多感到颇为中意。这种事业种类之中恣意地弥漫着海洋气息。

瞅瞅铁梯上边，整个房间寂静无声。

回头一看，脚下县道的远方，是一座新建筑材料建起的城镇，蓝色的瓦葺屋顶上，随处飘扬着鲤鱼旗，顶端的小风车闪耀着金光。城镇东北方便是清水港杂沓的姿影。岸上的起重机和船上的长臂吊车纵横交错，工厂白色的仓库和黑色的船腹，一直经受潮风扑打的钢材和涂着厚漆的烟囱，一部分堆积在岸上，一部分远涉重洋而来。远远望去，海港上的机构都聚集一处，密密层层，从远方看得十分清楚。大海犹如被斩成数段的锦蛇，光芒闪耀。

海港远处山峦上方，富士山从云影中仅仅露出山巅。山头银白的固体于迷离的云层上端，看起来仿佛是一块白色的巨岩。

本多满意地离开那里。

三

信号所的基底是储水槽。

用水泵将井水汲上来后储存，再通过铁管输送到那一大片塑料大棚里去灌溉田地。帝国信号看中了这个混凝土高台，在上面建筑了木造的信号所。这地方位置极佳，不论是西边名古屋来的船，还是从正面横滨来的船，都能迅速判别清楚。

本来是四位信号员八小时轮流值班，但有一人长期请病假，剩下三人便改作二十四小时三班倒。一楼是所长办公室，他有时从海港事务所前来这里视察工作。楼上三方都围绕着窗户的八铺席地板房子，就是孤独一人的轮流值班房。

窗户内侧，沿墙壁三方安装了固定的桌子，朝南和朝东港湾设施方向，分别放置了三十倍率和十五倍率的双筒望远镜。东南方角柱之处，装设一盏作为夜间信号使用的一千瓦的投光器。西南角的办公桌上，放着两台电话机、书架、地图，以及分别放置在高架上的信号旗。西北角是厨房和休息室。以上就是屋子的全部。还有，东窗前边可以看到高压线铁塔，白瓷绝缘子和云彩融成一体。高压线从这里一直向下通往海边，在那里连接下一座铁塔，再向东北迂回，到达第三座铁塔，尔后沿海岸看过去是一排次第低而小的银白铁架，通向清水港。从这扇窗户远望，那第三座铁塔就是一个很好的目标。进港船舶只要从这座铁塔跟前穿过，就能判知已经进入包括码头在内的 3G 水域了。

至今，船舶依然需要用肉眼来判断。只要船况受载货轻重和大海反复无常的性情的控制，那么船仍旧像宴席上不是早来就是晚到的食客一样，不失十九世纪浪漫派的气质。海关、检疫、领航员、装卸工、供应船餐的饭馆、洗衣店，他们都需要有人站岗放哨，以便准确告诉他们何时奋起行动。何况，两艘船争先驶入，一起抢占一座栈桥，总得有人监视入港情景，公平决定入港的先后顺序吧。

透的工作就属于这一行。

洋面上出现一艘庞大的货船，水平线已经模糊不清。为了尽快用肉眼将这艘船的出现辨别清楚，需要一双熟练而敏锐的眼睛。透立即将眼睛贴近望远镜。

要是在晴明的严冬或盛夏，水平线极为明晰，刹那之间就能看清驶来的船舶，胡乱踏碎高高的水平线破浪而来。在初夏的薄雾里，船的出现只是对"存在的暧昧"徐徐的离反。水平线犹如一只白而且长、被彻底压扁的枕头。

黑色货船的体积，和总吨位四千七百八十吨位的"天朗丸"相一致。船尾的楼型也和《船舶登录明鉴》上的船型相符合。白色的船桥以及船尾翻滚的白浪鲜明可见。三支黄色的吊臂，黝黑烟囱上红色圆形的烟囱标记，是否相符？……透越发睁大双眼。红色的圆圈里的"大"字出现了。看来是大正海运无疑。这期间，船速一直不低于十二点五海里每小时[1]，不

---

1 原文为 knot，船舶的航速或海水的流速单位。每一海里／小时约为水流时速一千八百五十二米。

断企图逃逸出望远镜圆形的视野，就像飞越捕虫网圆框的一只黑蝴蝶。

船名一时认不出来。明知是三个字，"天"字先入为主，似乎就认出这一个字。

透回到桌边，给船舶代理店打电话。

"喂喂，我是帝国信号。'天朗丸'即将通过信号所前，请给予关照。载货量吗？（他想起船腹黑红吃水线的高度）对啦，大约一半。几点开始装卸？十七点吗？"

离装卸时间只剩一个小时了，应该增加一些联系的单位。

透在望远镜和办公桌之间往来奔波，一共打了十五次电话。

领航员事务所，拖船"春阳丸"，领航员家里，几家供应船餐的饭馆，洗衣店，港务局联络船，海关。再给代理店打电话，还有港务管理事务所港营科，测定船舶载重量的统计协会，水路漕运店……

"'天朗丸'即将到达。栈桥是日出四号和五号，拜托了。"

　　"天朗丸"已经通过第三座高压线铁塔，望远镜的影像映在地面上，立即腾起一股潮气，影像也温润得摇晃起来。

　　"喂喂，'天朗丸'进入3G。"

　　"喂喂，我是帝国信号，'天朗丸'进入3G。"

　　"喂喂，海关吗？请接警务科。……'天朗丸'进入3G了。"

　　"喂喂，十六时十五分，通过3G。"

　　"喂喂，'天朗丸'五分钟前已经进港。"

　　……

　　——除了直接入港的船舶外，横滨和名古屋通知要经过清水港的船舶，月末多而月初少。横滨至清水一百一十五海里，以时速十二海里计算，约九小时半可到达。按照这种时速，预定入港一小时前开始瞭望，下面就没有事情可做了。今天除却午后九时由基隆直接入港的"日潮丸"之外，就没有其他船舶入港了。

　　每逢进来一艘船，等联络工作一结束透就感到有些气馁。他的工作一旦完结，海港上多数人就跟着行动起来。在这个远远的孤绝之境,他只需一边抽烟,一边想象着海港的热闹景象就行了。

按理说,他不许抽烟。开始时,所长看到这个未成年的十六岁少年烟瘾很大,曾苦苦劝止,其后便不再说什么了。他可能考虑到这份工作的性质,只好睁一眼闭一眼算了。

透生就一副严冷的苍白而俊美的面容。他的心冰冷,既没有爱,也没有泪。

但是,他懂得瞭望的幸福。一双天赋的眼睛教会他这样。他没有任何创造,他只是认真瞭望,眼睛出奇地明晰,认识出奇地透彻。他知道远方还有一道较之可视的水平线更遥远的不可视的水平线。而且,眼睛所见到的和认识到的范围内,各种存在都出现了,海、船、云、半岛、闪电、太阳、月亮,以及无数星辰。存在和眼睛相遇,亦即存在和存在相遇,如果意味着"所见"的话,那么不就等于存在和存在相互映照吗?不,"所见"超越存在,像鸟儿一般。"所见"是翅膀,可以将透带入谁也未曾见到的领域。在那里,就连美也像穿得一身褴褛的裙裳,变得破烂不堪了。

永远没有船舶出现的大海，也就是绝不被存在侵犯的海洋应该是有的。看呀看呀，望眼欲穿的明晰的极限，那个没有出现任何东西的确实的领域一定存在。那个领域定是一派浓蓝，物象和认识好似融入醋酸中的氧化铅，"所见"已经挣脱认识的枷锁，本身变得透明起来。

只有放眼那里，才是透幸福的根据。对于透来说，再没有比"所见"更值得自我放弃的了。使得自己忘却的只有眼睛，除了照镜子之外。

而且，自己呢？

这个十六岁的少年确信自己并非完全属于这个世界，只有半个身子属于这个世界。剩下的半个身子属于那幽暗而浓蓝的领域。因此，他认为，在这个世界上没有任何法律和规矩可以约束自己。他只需摆出受到这个世界法律束缚的样子就够了。哪个国家会有束缚天使的法律呢？

因此，透的人生变得出奇地容易。人的贫困、政治和社会矛盾，一点也无须他烦心。他有时浮现出亲切的微笑，但微笑和同情无缘。所谓微笑，本是决不容忍他人的最后标记，是弓状嘴唇吹出的无形的飞箭。

一旦看厌了大海，便从桌子抽斗里拿出小小的手镜，照着自己的脸孔。鼻宫挺秀的惨白的面颜，有着一双时常蕴藉着深夜的最美的眼睛。眉毛纤细却是剑眉，嘴唇莹润而紧闭。即便如此，最美丽的依然是眼睛，尽管在自我意识中不需要眼睛。他的肉体中眼睛最美，这是一种讽刺。唯有这个确定他的美丽的器官最美。

睫毛修长，极端冷酷的眼睛，看上去简直就像不断在做梦。

毕竟透是被挑选来的，绝对不同于他人。这个孤儿确信自己的无垢，什么坏事都能干得出来。他父亲做过货船船长，死于海难，不久他母亲也死了，只得寄养在贫穷的伯父家里。中学毕业后，他在县辅导训练所学习一年，在那里取得了三级无线通信员证书，来到帝国信号公司任职。

贫困给他创伤，屈辱和愤怒每次都像砍掉树皮流出的树脂，不久就凝结在一起，坚固得如同玛瑙。

透对这些毫不在意。透的树皮生来坚硬，那是厚而且硬的屈辱的树皮！

一切皆自明，一切皆已知，认识的喜悦只存在于海的彼方看不见的水平线上。人们如今还在为着什么而惊奇呢？诡诈似牛奶，一处不漏地被分配到家家户户。

他对自己的机构尽皆了如指掌，检点周到。丝毫不是什么无意识。

"我如果在无意识的支配下说了什么，世界早就被摧毁了。世界应该感谢我的自我意识。因为除却统御之外，意识便无可夸耀。"

透如此想。自己稍不留意，弄不好本身就是一颗具有意识的氢弹，他以为。总之有一点是肯定的，自己不是人。

透时时留意全身，一天洗好几遍手。因为掌心经常擦肥皂，所以泛白而失去光泽。在世人眼里，这位少年单单爱清洁。

但是，对于自身以外的无秩序，他处之泰然。他认为，老是记挂别人裤线会不会打皱，这是一种病态心理。纵使政治穿着一条打皱的布裤，那又算得了什么？……

——听到楼下有人悄悄叩门的声响。要是所长，就会像踹碎一只木箱子，哗啦打开安装不牢的门扉，脚步咚咚直达二楼脱鞋的门厅。不是所长。

透趿拉一双草鞋沿着木制阶梯下来，他决不开门，冲着抵在波状玻璃门上淡红的身影说道：

"不行，还不到时候。今天六点之前，所长可能到达，吃过晚饭再来吧。"

"是吗？"门外的身影凝结于思索之中。波状玻璃门上的淡红远去了，"……好吧，我回头再来。我有好多话要说。"

"好的，就这样吧。"

透毫不介意地将带来的铅笔头夹在耳朵上，又顺着阶梯跑上去了。

仿佛忘掉了刚才的来访，他热心眺望着夕暮沉沉的窗外。

今天的太阳裹在云里，看不见落日的景象。日落当在午后六时三十三分，尽管还有一个多小时，海面已经笼罩着薄薄墨色，一时消隐的伊豆半岛，反而显现出微微的水墨画的轮廓。

两个女人背负着满筐子草莓，穿过眼下那片塑料大棚间的小道。草莓田的彼方，一律是粗铁般的海景。

为了节约滞港费，提前出海，在港外再次抛锚，慢慢清扫船舱。一艘五百吨位的货轮，整个下午就一直停泊在高压线第二号铁塔背后的位置，看来已经清扫完毕，再次起锚。

透走进着小小水池和煤气灶的厨房里热饭。其间又有电话进来。这是管理所的电话，通知说收到"日潮丸"的公务电报，今晚二十一时该船准时进港。

吃罢晚饭，阅读晚报，他发现自己老惦记着下午那位访客。

午后七时十分，海已经被暗夜包裹，只有眼下白色的塑料大棚，仿佛落满一层白霜，同暗夜相抗衡。

窗外渐次响起小型马达的声音。右首烧津港一同出海捕鱼的渔船，打前方通过。他们要去兴津海面捕捞小沙丁鱼。船中央悬挂着红绿两色灯笼，约有二十艘之多，争先恐后行驶过去。众多灯火掠过夜间海面，引起微微的痉挛，如实地反映出热球式发动机质朴的震动。

夜海如村中的庙会一时热闹起来。那情景宛若人人手里打着灯笼，笑语声喧，一路向着黑暗的社寺蜂拥而去。透知道这些渔民最爱谈论些什么。海上扩音器相互应和，声音洪亮，火光映照着鱼腥味的肌肉，一边梦想捕捞众多沙丁鱼，一边争相奔驰在水中的走廊上。

喧闹声一时静止下来，唯有建筑物背后奔跑于县道上的车声，以保持一成不变的水位的噪音，占据一切。此时，透又听到楼下的敲门声。不用说，是绢江再次来访。

他走下楼梯，为她开门。

绢江站在门口的灯影下面，穿着桃红的对襟毛衣，头发上插着一朵白色的山栀子花。

"请进。"

透老练地招呼一声。

绢江带着美人儿般娇滴滴的微笑走进来，多少显得有些不大自然。她登上二楼，顺手将一盒巧克力放在透的桌子上。

"请尝尝吧。"

"老吃你的东西哩。"

透哗啦撕开玻璃纸包，声音震动整个屋子，打开长方形金色盒盖，捏出一粒，对着绢江微笑。

透一直把绢江当作美人儿，对她恭恭敬敬。绢江呢？她坐在东南角投光器后面的椅子上，同坐在西南角桌子边的透面对面。她和透尽量保持最大距离，似乎随时准备从出口逃走，顺着楼梯跑下去。

使用望远镜瞭望时，要把室内的电灯全都关掉。平素只有一个人时，天花板上只吊着一盏荧光灯，已经够灿烂辉煌的了。绢江头发上的山栀子花发出莹白而润泽的光亮。灯下观察丑陋的绢江，令人叫绝。

这是个谁见谁都说丑的女子。平时见惯了的尚觉漂亮的脸蛋和具有美好心灵的丑女，是同这样的丑女难于做比较的。这是一副不管从哪个角度看都奇丑无比的面孔。这副丑脸是一种天赋，任何一个女子都不会丑到这种地步。

这个绢江竟然不住惊叹自己的美丽。

"你倒是不错。"绢江记挂着裸露于短裙下边的膝盖，尽量并紧双腿，两手拼命向下拉扯裙子的下摆。"你倒是不错，是个唯一不对我动手动脚的好人。不过，你到底是个男人，谁知道呢。你好好听着，你要是对我动手动脚，我就再也不来玩了，也不再理你了，立即绝交。知道吗？你绝对不能胡来。你敢发誓吗？"

"我发誓。"

透轻轻举起手，亮一亮掌心。在绢江面前，诸事都大意不得。

绢江开口说话之前，必定这样先让透发誓。一旦发誓，态度立即放松下来，始终困扰着她的不安和焦躁也一扫而光，坐在椅子上的姿态也随便多了。她摸摸头发上的山栀子花，就像摸一件压坏的东西。从花荫里朝着透微笑，接着迅速深深地叹一口气，又开了腔。

　　"我呀，很不幸，真想寻死。一个女人生得太美，那种不幸，你们男人哪能知道呢？美貌得不到真正的尊敬，男人看到我必定对我产生厌恶。男人全都是禽兽。我要是长得不美，我想自己会更加尊敬男性。不管哪个男人，只要一见到我，立即就变成禽兽，叫我怎么尊敬啊？女人的美丽同男人最丑恶的欲望紧密相连，对女人来说，这是最大的侮辱。我再也不到镇上去玩了。瞧，那些打身旁经过的男人，看样子个个都是垂涎三尺的野狗。我呀，怀着若无其事的心情，老老实实在大街上溜达，对面走来个男人，用贼溜溜的眼光盯着我看，仿佛在嘀咕着：'这妞好眼馋哩！这妞真可爱呀！这妞爱煞人啦！'听那言语无一不像馋嘴猫，心中翻腾着烈火般的情欲。我呢？只顾游逛，最后弄得疲惫不堪。

　　"今天也是，坐在巴士里也遭人调戏。好不气恼，好不气恼啊……"

　　绢江从毛衣口袋里掏出小小的印花手帕，颇为优雅地揾住眼睛。

　　"在汽车上身边坐个男人，倒是个美男子。看来多半是东京人。膝头上放着个大旅行包。头上戴一顶登山帽，乍一看，侧影倒像一个人（绢江举出一个流行歌手的名字）。你猜怎么着？他一个劲儿盯着我看。我想，又来啦！想到这里，他从那只死兔子般的灰白柔软的皮包上腾出一只手来，再将那只手悄悄滑入皮包底下，躲开众人的眼睛，伸出手指，在我的大腿上摸了一下。哎，就是这里，说是大腿，其实是最上边呀，这地方。我吓了一跳。还是个穿戴整洁、漂亮动人的小伙子啊！我越发愤恨、恼怒，大叫一声离开了座席。乘客们都惊呆了，我的心脏也怦怦直跳，呆呆地说不出话来。一位好心眼的老婆子问：'怎么啦？'我本想告诉她，这位青年调戏我呢，可我发现青年低着头，满脸涨得通红。我这个人，毕竟心眼太好了，也就忍着没有说出真相。其实，我没有特意包庇他的道理呀。'屁股上好像扎了刺，这座席好危险啊！'我一时含混过去了。'那真的好危险哩。'大伙都警觉起来，一起盯着我坐过的绿色椅子上的坐垫。有人主张：'应该向巴士公司提抗议。'可我说：'算了，我马上就下车。'说罢就准备着下车。车子开出后，我的座席一直空在那里，谁也不敢坐在那个可怕的地方了。旁边那个青年，登山帽下边露出的黑发，在阳光里闪闪发亮。事情的经过就是这样。不过，我没有伤害人，我做了一件好事。受伤的是我自己。这就是生得漂亮的人的宿命。将世上的丑恶全部集于一身，暗暗怀抱着心灵的伤痛，直到死都严守秘密，这就行了。不是说脸蛋长得越好看就越能成为真正的圣女吗？我呀，只要对你一个人说就行了，你一定会为我保守秘密的吧？

"可不是吗，对于俗世的丑恶，凡人不可救药的悲惨的真相，只有通过审视自己的男人的目光，才能详细知道。这种事，只有美女才能做到（绢江每当提起'美女'这个词，就满嘴唾沫星子直飞）。美女承受着地狱的煎熬。异性下流的欲望，同性卑劣的妒忌，不断向她袭来，她只好默默微笑着，甘愿接受自己的宿命。这就是所谓美女啊！她们是何等的不幸啊！我的不幸谁也不会知道。若非我这样的美女，谁也不会理会、不会同情这种不幸。'要能像你这般漂亮，该有多么幸福。'每每听到同性们这样说，我心中真不是滋味。她们哪里懂得我这个百里挑一的女子的苦处。宝石般的孤独，有谁能理解？不过，宝石总是慑服于卑鄙的金钱欲，我呢？总是被卑鄙的肉欲所觊觎。美，带来多少苦恼啊！世人如果知道内情，什么美容院，什么整形科，早就关门破产了。只有那些并不十分美的人，才会凭借七分美占尽风光。哎，你说对吗？"

透一边听她说，一边手里滚动一支绿杆六角铅笔。

绢江是这一带一户大地主的女儿。一次因失恋而脑子发生异常，住了半年多精神病院。那种症状很怪，叫作什么"爱阴郁的狂想症"。其后没有太大的发作，代之而来的却把自己认定为绝世佳人，心中这才安稳下来。

绢江因发疯而砸坏了给自己带来无限苦恼的镜子，一跃进入没有镜子的世界。这个世界的现实是，可以使她见其所想见，不见其所厌见，一切都变得可以选择，可以重塑。按照一般人的看法，这是一种铤而走险的生活方式，早晚必定要遭到报复。然而，她却能做到波澜不惊，化险为夷。她将古老玩具般的自我意识顺手丢进垃圾箱，又虚构一个精巧无比的第二自我意识，犹如人工心脏，牢牢地装在自己体内，使其正常搏动。这个世界已经固若金汤，谁也难以攻打进来。绢江一旦建成这个世界，就获得了最大的幸福。按照绢江的说法，她就成为一个十全十美的不幸者了。

绢江发狂的起因，抑或是失恋对象露骨地嘲讽她长得丑吧？就在那一刹那，绢江窥见唯一狭路上的一线光明，找到自我生存之路。自己的面孔不能改变，使得世界的面貌改变不就得了？于是，她对自己施行谁也不知其奥秘的整容手术。只要将灵魂翻个个儿，黑乎乎的牡蛎内部，就会出现一颗璀璨的珍珠。

犹如被追击的士兵，要闯出一条生路，绢江发现这个世界不如意的根本的症结。她以此为轴心，遂将世界翻转过来了。这是一场了不起的革命！绢江凭着狡黠的智慧，通过悲壮的形式，迎来了内心里最美好的企望……

透以悠闲的手势吐着烟圈，听着绢江的述说。他将穿着牛仔裤的两条长腿伸直，并拢，脊背放松地靠在椅子上。绢江的话没有一点新鲜的内容，透听着虽说心里很不耐烦，但绝不使对方觉察出来。绢江对听她讲话的人的反应十分敏感。

透决不会像周围的人那样嘲笑绢江。绢江知道这一点，所以常来找他。他从这个比自己大五岁的丑陋的女疯子那里，感受到同一种异类的同胞之爱。总之，他喜欢那种顽固不承认当今世界的人。

两个人都是一副硬心肠，一个因精神异常获得保障；一个因自我意识获得保障。心肠的硬度几乎都一样，不论怎样相互磨合，谁也不用害怕会蹭出伤痕来。况且，心灵的磨合也不必担心会演变为身体的磨合。这里最放松警惕的是绢江，但当透急忙站起来，弄得椅子吱吱嘎嘎响，大步流星走过来的时候，绢江大叫一声，朝门口奔逃而去。

透是急匆匆走向望远镜。他的眼睛紧贴镜头，朝背后摆摆手。

"我要工作了，回去吧。"

"哎呀，对不起，误会了。我相信你不是那种人，有时偶然间还是把你当成了那种人，请原谅。我在这方面因为一直吃大亏，看到一个男人猛然站起，心想又来啦。真是不好意思。不过，也请你理解，我就是这般担惊受怕地度日月啊！"

"没关系，回家吧。我很忙。"

"我这就走。再见……"

"怎么了？"

透背后觉察出绢江还在门口磨磨蹭蹭，他的眼睛不离开望远镜，叮问了一句。

"听着，我对透君你特别尊敬呀。……好吧，我走了，再见。"

"再见。"

木质楼梯上细碎的足音和开门的声响依然留在耳畔，透追索着黑暗里望远镜映出的灯影。

他倾听绢江说话的时候，不时朝窗外瞥上一眼，看看征候。虽然阴云密布，但西伊豆土肥一带山顶和山脚下的点点灯火，同海面上的渔火连成一气。当有船舶出现的征兆时，如同灯光掉落进黑暗，总会有些极为微小的可疑的异变。

"日潮丸"定于午后九时进港，现在还有一个小时。不过船的事谁也说不准。

望远镜圆形的镜头里，黑夜里模模糊糊的水面上，船灯像虫子似的向前爬动。小小一团灯影一分为二，转换方向，分成前后桅灯。走上一阵子，方向也固定下来，前后桅灯的间隔也保持不变。有了这种间隔和固定的桥灯，就能下判断了。那不是几百吨的渔船，而是四千二百多吨的"日潮丸"啊。由桅灯的间距判别船舶的大小，对于透的眼睛早已习以为常了。

随着镜头方向的转换，船灯也明显地孤立开来，不再混淆于伊豆半岛远方的灯影和渔火之中了。一个经过判定的黑黢黢的庞然大物，正在沿着暗夜的水路踢踏而来。

不久，随着船桥的灯光沉落水中，大船如灿烂的死亡一般袭来。黑夜里也看得分明的船体，那副独特而繁杂的古代乐器般的货轮，一旦从桅灯和舷灯黑红分界线上判定下来，透就盯在投光器上，转动把手调整方位。发光信号过早，船上人员看不清楚，要是太迟，灯光被屋子东南角的柱子遮挡，不能充分发出去。再说，对方的确认和应答的快慢也难以预料。所以，适时地判断尤其困难。

透打开投光器的开关，机件老化的缝隙间，投射的光束从手边有些外漏。投光器上面挂着蛙眼般的双眼望远镜，船在黑夜圆形的空间里漂浮。

透装上遮光板，三次发出第一轮呼唤。

嗵嗵嗵剌——嗵，嗵嗵嗵剌——嗵，嗵嗵嗵剌——嗵。

没有应答。

再重复三遍。

船桥的灯光旁边渗出一股浆液似的光。

剌——

应答了。

这瞬间里灯光的回应，透从操纵着厚重的遮光板上感觉到了。透再发出去。

"船名呢？"

嗵剌——剌——剌嗵，嗵剌——嗵剌——嗵，剌——嗵嗵嗵剌——，嗵剌——剌——嗵嗵嗵。

对方打出"了解"意义的"剌——"，俄而变换为闪烁不定的光束，发来了船名。

刺——嗵刺——嗵，嗵刺——刺——嗵，嗵嗵刺——嗵，刺——刺——，嗵嗵刺——，刺——嗵嗵刺——，刺——嗵刺——刺——嗵。

这信号确实是"日潮丸"。

此时，灯光长短无序，胡乱交飞，于周围安然不动的灯火群中心，只有这一束灯光欢喜若狂。夜海的远方呼唤着的光的声音，宛若刚刚离去的疯女的话音。虽云不悲，听似哀婉，不断诉说着痛切幸福的那种金属般尖厉的嗓音……这仅仅是报告船名，千万条缭乱的光的声音，便将充分郁结着感情的脉搏，通过每一个光的断片传递过来。

"日潮丸"的发光信号或许是正在值勤的二副发出的。透想象着这位二副由夜间船桥向这里发送信号时的思乡之情。在那弥散着白漆气味的房间里，黄铜制的罗盘针和操舵轮闪耀着明亮的光辉，长期航海的疲劳和南国太阳留下的余热尚未消散尽净。这艘一路上任潮风扑打，堆积着重载的返乡的货轮。操纵投光器的二副满怀雄心壮志，从事着自己的职业。他的动作娴熟而快速，眼中还有那热辣辣的痛切的思乡之情。

隔着黑夜的大海，两个各自孤独而明亮的房间相互对应。信号一旦交接完成，黑暗中两人搏动的心脏，恰似浮泛于夜海里的一个光芒闪耀的灵魂。

这艘船靠岸是明晨，但今晚必须在 3G 海域停泊待命。检疫也已于午后五时以后关闭，明朝七时再行开始。透掌握着"日潮丸"预计停泊于第三座铁塔的时刻，一旦有人问起，就告诉这个时刻，这样就不会产生栈桥方面的差错。

"直接进港的船总是比预定时间提前到达。"

透自言自语。这位少年经常有独自嘀咕的毛病。

八时过后，风息了。海面一派宁静。

十时左右，睡意缠绕，他下楼走到室外，呼吸一下新鲜空气。

脚边县道上的车辆依然很多。东北方的清水市海港周围的路灯，过敏般地闪烁不定。晴日里吞没西边落日的有度山黑魆魆的。H 造船厂宿舍周围，清晰地传来醉酒后的歌声。

透回到屋内，打开收音机。他想听听天气预报。

预报说：明日多雨，海上浪高，透明度不佳。接着播送新闻。内容是柬埔寨美军投入行动，解放战线司令部、军事补给处、医院，等等，形势混乱，预计十月前不可能恢复。

十时半了。

视野越来越模糊，伊豆半岛的灯光也看不见了。但睡意蒙眬的透却认为，总比明晃晃的月夜要好，因为月夜海面异常明丽，波光闪耀之中，难于判别来船的桅灯。

透将闹钟定在一时半上，进入休息室睡了。

四

……同一时间，本多在本乡家里正在做梦。

旅途劳顿，及早上床，不久就睡着了。也许是白天里所见的羽衣松的影响所致吧，做了个关于天人的梦。

飞翔在三保松原上的天人不止一个，而是成群结伴交相飞舞。既有男天人，也有女天人。本多关于佛典的知识全部于梦中获得再现。

本多一边做梦，一边对佛典上的记载深信不疑，陶醉于清净的欢喜之中。

所谓天人，是指居于欲界六天以及色界诸天的有情者，尤其是欲界天广为人知。但目前的天人，看其男女互相嬉戏交合的样子，便知是欲界六天的天人们。

看起来，他们身上具有火、金、青、赤、白、黄、黑七种身色光明，宛若生着彩虹般双翼的巨大的蜂鸟飞来飞去。

头发赛青丝，微笑时露出的牙齿洁白闪亮，身体极端柔软、清净。凝目而视，决不眨一下眼睛。

欲界的天人男女们虽然频频接近，但夜摩诸天的男女只是互相拉手，兜率陀天只在心中互相思念，化乐诸天仅仅互相谛视，他化自在天互相交谈，借以表达情意。

本多所见到的三保松原上方的天人游乐，看来就是这种交际的会合。有散花的场景，飘荡着微妙的音乐和香气。本多恍惚于初次见到此种奇异的情境之中。然而本多知道，虽说是天人，既然是有情之物，总免不了轮回。

虽是夜晚，又像明丽的午后；虽是白天，头顶又有星星闪耀，弯月在天。到处看不到人影。假如看到这一切的本多只是一个普通的凡人，那么渔夫白龙不就是自己吗？

佛典上说：

"天人之男，生于天子膝边；天人之女，生于天女两股之内。他们自知过去的生处，常食天之须陀味。"

本多眺望着频频飞上飞下的天人们的当儿，天人似乎故意挑逗本多，反转着脚趾从他的鼻尖扫过。顺着那雪白华洁的趾头望去，只见他们回首冲着他微笑，那正是头顶花冠下的金茜的面颜。

天人一个接一个抛离本多，一直下降到波光粼粼的水边和沙丘附近，钻过幽暗的松林下面的枝叶。因而，本多的眼睛一时看不到他们的全体，两眼只是眩惑于目前变幻无常的境界之中。银白的曼陀罗华如骤雨沛降。箫、笛、琴和箜篌的声音如天鼓震荡。这期间，青丝、裙裳、彩袖，由肩至腕缠裹的生丝领巾，随风飘流而去。白色无垢的裸露的腹部，突然在眼前松弛下来，踢向彼方天空的清纯的脚趾渐离渐远。优美的素腕，带着彩虹的光芒，似乎在追捕什么，打眼前倏忽掠过。转瞬之间，露出柔软张开的指头。指缝之间月光明灭闪烁。天揭香薰的丰腴的酥胸，尽情敞露，旋即升上天空。蓝天之上轮廓清晰的平稳的腰线，如拖曳着一抹横云。接着，决不眨眼的一对黝黑的眸子，从远处追踪而来，伴随仰头一转的忧戚洁白的前额，猝然映着星光。随即脚踝倒立，飘舞而下。

本多看到男天人的脸上清清楚楚闪现着清显的面影，以及勋威风凛凛的脸庞。正要追逐那两副面颜，又随即迷乱于不间断的彩虹的花纹里，缓缓游动着，一瞬也不停止，转眼又不见了。

但是，其间既然也有金茜的容颜，或许时间的秩序在欲界天乱作一团，时间变化自如地改变了形态，过去世同时出现于同一空间。实际上，虽说是静态的嬉戏，但永不停歇，眼看即将结成新的连环，又忽然松解开了。

唯有松原的松树明显是属于现实界的，看上去针叶细密，本多从亲手扶着的红松树干上感触到了粗劣和严酷。

到头来，这种永无休止的往来游动，连本多也看得不耐烦了。尽管如此，他依然这么看着，宛如站在公园粗大的雪松树干背后看着。屈辱的公园。夜间的汽车警笛。自己一直看着。最神圣之物，也是最污秒之物，两者相同。看到的一切杂然一处，都是同样一种东西……自始至终完全相同……本多沉溺于无可知晓的黑暗的心理，终于剥去梦境醒过来了，犹如一位囚渡大海的人，挣脱缠在身上的海藻回到了岸上。

……枕头边装杂物的小盒子里，手表咔嚓咔嚓地跑动着。他扭亮台灯，看看时刻，才到一点半。

本多担心，这样下去或许要眼睁睁地熬到天明。

五

……闹钟的响声将透从昏睡中叫醒，他照例到水房仔细洗手，来到望远镜旁边观察海面。

空气温润，贴在窥视孔上的白色圆形小布垫，潮湿而不洁净。他将眼睛稍稍离开些距离，防止睫毛触及镜片。什么也看不见。

"瑞云丸"预定凌晨三时到达，透想到船有可能提前进港，一时半就起来了。他瞭望了两三次，没有什么动静。其间二时左右，海上一片喧腾，众多渔船点亮灯火，发出咯吱咯吱细碎的响声，由左方竞相出现。不一会儿，眼前的海面犹如热闹的集市。兴津海面捕捞沙丁鱼的船只，仿佛忙着赶早市，急匆匆朝烧津港驶去。

透从盒子里掏出一颗巧克力放进嘴里，随后走进水房，准备做夜宵拉面。半道上被电话叫回，是横滨信号所打来的，告诉他原定三时进港的"瑞云丸"，延至四时左右到达。若知如此，根本不必起得这样早。他哈欠连连，一个接一个，仿佛是从胸底不断向外涌出来。

三时半，还不见船来。他越发困倦起来。为了接触冷空气来驱散睡意，他走下楼梯来到外头，做了做深呼吸。该是有月亮的时刻，但天上云层密布，看不见星星。唯有附近居民小区楼梯上的一列列红灯，还有远方清水港璀璨的灯群，历历可睹。不知从哪里听到了河蛙的鸣叫。凌晨寒气砭肤，时时传来头一遍鸡啼。北方天空的一抹云层泛出鱼肚白。

透回到屋内，四时差五分，终于看到"瑞云丸"的船影。透睡意尽消。此时，黎明渐渐到来，那片草莓塑料大棚似乎呈现一派雪景。船体也看得清晰了。透针对左舷的红灯发出光信号，通过回应确认船名。"瑞云丸"披着晨光缓缓驶入3G。

四时半，东方天空云层上面，露出淡淡微红。水与岸的境界十分鲜明。水色和渔船的灯影固定不变，各得其所。桌面的纸上胡乱写满的字迹，过了两三分钟也越来越清晰可辨了。

　　瑞云丸

　　　瑞云丸

　　　瑞云丸

　　他猛地抬起头，连海浪的波纹也看得分明了。

　　今天日出当是四时五十四分。为了欣赏日出时分前壮丽的美景，透打开玻璃窗，依靠在东侧窗户前边。

　　太阳尚未出来。日出之处的上方，一抹肌理细密的纤云，宛若低俯的连山，高高耸峙着山间襞褶似的肉块。这道浮雕般的山脉之上，随处流淌着含有淡蓝间隙的玫瑰红的丛云；山脉下面堆积着鼠灰色的云朵，形成一片云海。而且，这浮雕性的山脉直至山脚，都一律承受着玫瑰红丛云的映射，飘溢着馨香。透想象着山脚下出现一片幻想的国土，那里住着散散落落的人家，盛开着玫瑰色的花朵。

自己就是从那里来的，透想。他来自幻想的国土，来自黎明的天空时时从墙缝里闪现的那片国土。

晨风凛凛吹过，眼下的树木一派鲜绿。高压线铁塔上的绝缘子映着曙光白得耀眼。向东绵延无尽的电线，一股脑儿朝着遥远的日出的天空聚敛而去。然而，太阳还没有出现。正在这个时刻，红色变薄，渐渐为蓝色的云层所吸收，扩散。代替此种红色的是绢丝般闪光的云朵，散乱斑驳，到处看不到太阳的姿影。

真正看清楚太阳的所在，要等到五时五分之后。

覆盖着地平线的浅灰的云隙之间，正对着第二座铁塔一带，透从那里一眼瞥见洋红色夕阳般惨丽的日出。越过云帘的那轮太阳，上下隐蔽，只露出光亮的唇型。这副涂着洋红色口红的薄唇，带着讽刺般的冷笑，好一阵浮泛于云间。嘴唇越来越薄，越来越模糊，只抛下一痕似有若无的冷笑，消隐了。天顶上却充满时明时暗的光辉。

到了六时，一艘运送白铁皮的货轮进港。太阳早已越过云层，从难以预测的高度，散射着肉眼可以

直视的微弱的圆光。光线变强了，东方海上闪耀着金
襕缎带般的光辉。

透向领航员家里和拖船公司分别打了电话：

"喂喂，早上好。报告进港船消息，'日潮丸'和
'瑞云丸'即将进港，请予协助。"

"喂喂，北富士君吗？'日潮丸'和'瑞云丸'
即将入港。是的。'瑞云丸'四时二十分，通过
3G。"……

六

　　九时交接班。他把那个巧克力盒子也一并交给下一轮通信员，离开了现场。天气预报全都不准，云彩退去，天空晴朗。他在等公交车时，由于睡眠不足，路面阳光照得他有些晃眼。

　　通往静冈铁道樱桥站方向的道路，是经过填平的一片农田。这块出让的宽敞的平地上，沿道路两侧新盖了一些毫无情趣的商店。这条路很像美国乡间城市宽阔的公路。下了车向左渡过小河，那里就是透居住的二层楼公寓。

　　登上建有蓝色庇檐的楼梯，打开楼上顶头一间的房门。透上班前总是仔细收拾一番，这座带厨房的六铺席和四铺席半的房子，由于遮着挡雨板，显得有些昏暗。他在打开挡雨板之前，走进里面的洗澡间放水。这里虽然很小，但设有煤气热水浴池。

趁着烧洗澡水的当儿，透靠着西北方的窗户，眺望着眼下橘园对面新建的房子，家家户户正在欢度星期日的上午。他对这番情景虽然早已厌倦，但除此之外，眼里别无可视。听到了狗吠。麻雀从橘树林里嗖哨而起。朝南的廊缘上，一位好容易盖起自家房子的男子，躺在藤椅上读报。吊着围裙的女人的身影，在房子里时隐时现。用新建筑材料盖起的蓝瓦屋顶，光辉耀眼。孩子们尖利的叫喊，如碎玻璃渣随处闪烁。

好像在动物园里观望，透很喜欢如此观察人们的生活。水烧好了。遵照下班后早晨的习惯，透悠悠然泡在浴槽里，将身子各部分彻底洗得干干净净。还没刮胡子。一周只要刮上一次就行。

他光着身子，踩得踏板咯吱咯吱响。谁也不必顾忌，未曾净身就一跃而入。为此，他仔细调好水温，每次都不会超过两度的温差。先把身子泡热，然后在踏板上慢慢洗涤。有时睡眠不足，有时过于劳累，脸上浮出一层油脂，腋窝里又好出汗，所以就得多擦肥皂，仔细洗干净腋窝。

　　窗外的光线映着自己抬起的胳膊，渐次向下移动，照亮了满是肥皂泡的胁腹以及左乳近旁一带地方。透朝那里倏忽一瞥，微笑了。他天生那里长着三颗黑痣，像镶嵌得颇为整齐的三颗星星。不知何时，透将这三颗黑痣看作在所有的人中自己独享自由恩宠的肉体的明证。

七

——本多和久松庆子，晚年成了真心要好的朋友。他同六十七岁的庆子两个走在一起，颇似一对有钱人夫妇。他们不撑三天就见一次面，双方一点也不觉得厌烦。两人相互关心，防止胆固醇增高，又时常恐癌，成为医生的笑料。他们对所有的医生都抱有猜疑心，不断地变换医院。在一些不值一提的小事上表现吝啬，这一点他们都能互相理解。除了对自己糊涂之外，他们都把自己看成是最精通老人心理的人，并为此而自豪，谁也不肯服输。

即使心情不好，两人也能保持平衡。对方无缘无故生气，自己采取客观态度，既不火上浇油，又能满足双方的自尊心。有时记忆上有疏漏，也能互相体谅，哪怕说过了就忘，或者言谈出尔反尔，也决不嘲笑，因为谁都有可能这样。

对于最近一二十年的事，他们一概记忆模糊，可一旦回溯更早些时候的姻亲关系，就像生意经的顾客花名册，个个都了解得一清二楚。两个人互相竞赛，看谁的记忆力更强。而且，只要稍加留意，就会发觉谁也不听谁的，两个人都在一个劲儿地独自唠叨。

本多说道：

"杉君的父亲原是今天日本化成公司的前身杉化成公司的创立者，他的前妻是同乡一位姓本地的故家出身的女子，婚后很快离异。夫人依然恢复原姓本地，不久再嫁表兄为妻。她出于报复，特地在离前夫住地小石川驾笼町附近买了一幢住宅。谁知这座宅第偏偏有些来头，照当时一位有名的风水先生的说法，他叫什么名字来着？……于是遵从那位风水先生的指示，在宅基地上朝外盖了一座五谷祠。不料这座五谷祠香火很盛，一直持续到空袭之前……"

庆子有时也说道：

"她呀，原是松平家小老婆生的，是松平子爵同父异母的妹妹。因恋上一位意大利歌手被赶出家门，她跟那个意大利人到了那不勒斯。后来被那人遗弃，自杀未遂。这些都登在报纸上了啊。她的伯父宾户男爵夫人的堂妹，嫁到泽户家，生下了双胞胎，两人长到二十岁，先后死于车祸。小说《双叶泪》就是以这对双胞胎为模特儿的一部名著。"

每每一提起这类家族姻亲的话题，他们根本不听对方说些什么。其实，这也没有什么大不了的。总比老老实实倾听之后，立即皱起眉头要好得多。

对他们来说，衰老就像害怕被第三者知道的共同的疾病。但是，既然谁都不肯舍弃谈论自己疾病时的快活心情，那么最聪明的办法，还是找个合适的可以倾诉的对象为好。他们不同于一般世俗男女，庆子在本多面前没有必要搔首弄姿，故作儿女之态。

多余的精细，扭曲，厌恶青春，对一些琐事过多的关注，怕死，嫌麻烦而放弃一切，诸事都放心不下，耿耿于怀……对于这些，本多和庆子都决不会从自身上发现，而是专门从对方身上看出来。论起顽固，各人都很自负，谁也不弱于谁。

两人对年轻姑娘都很宽大，但对青年男子都不肯轻饶。他们最感兴趣的就是讲青年人的坏话，不论"全学联"还是"嬉皮士"，都逃不脱他们的舌锋。只因为年轻，那柔嫩的肌肤，那浓密的黑发，那梦幻般的眼神，都使他们俩瞧不顺眼。庆子甚至说什么"男人年轻就是罪恶"，这话惹得本多满心欢喜。

假如说，老年就意味着必须面对最不愿承认的真实而继续活着，那么本多和庆子互相在对方心中找到了一块逃避这种真实的藏身地。亲密并非同时存在，而是急匆匆交叉着躲进对方心里。双方交换空房之后，又立即紧闭自家门扉。自己独居于对方体内，安然度日。

庆子声称，她对本多的友情，完全是忠实履行梨枝的遗言。临终的梨枝握着庆子的手，托她好好照顾本多。梨枝将丈夫托付给庆子，这是最聪明的一举。

这个托付的一个结果是促成去年庆子和本多两人的欧洲之旅。以往不管丈夫如何劝梨枝一起去旅行，她都没有应承下来，这回倒由庆子做了本多的搭档。生前的梨枝对出国旅游十分反感，每当本多提起，她总委托庆子代替自己去。因为她明白，丈夫同自己一起旅行绝不会感到愉快。

本多和庆子到了冬天的威尼斯和冬天的博洛尼亚。那里的寒冷老年人也还能忍受，冬天威尼斯那副闲寂和颓废颇令人销魂。看不到游客的身影，冰封中的刚朵拉[1]一律空了下来，步行于朝雾之中，灰黑的渡桥一座接一座出现，宛若暗影迷离的晨梦。威尼斯呈现着世纪末的极端瑰丽的晚景。这座城市由于受到海和工业的侵蚀，美，伫立于原地不动，静待化作一堆白骨。本多因感冒而发烧，庆子给了他无微不至的关怀与照顾，还请来一位懂英文的医生及时治疗，使得本多体会到晚年友爱之不可或缺。

退烧的那天早晨，本多很不好意思地表示了衷心感谢之情，他开玩笑地对庆子说：

"哎呀哎呀，凭着这份温情和母爱，不论哪个女孩子都会对你着迷的啊！"

"不要把两种感情混为一谈呀。"满心高兴的庆

1　原文为 gondola，威尼斯黑色平底船，一人操纵，首尾翘起，中间呈屋形。

子，故作娇嗔地说，"亲切仅仅是针对朋友。对于女孩子，必须一直冷淡待之，才会得到她们的爱。我所喜欢的姑娘要是发烧病倒了，我就将那份焦急藏在心中，躲开病人出外旅游。世间有这样一些女人，她们模仿男女婚恋一起同居，以求得老后有个保证。我早打定主意，到死也不这样做。看有多少妖怪家居，一个是男性化的女子，另一个是老实巴交到可怕程度的贫血质的年轻女子，两人住到了一起。这类人家里，湿气和感情的蘑菇共生，二人食之得以活命。整个房间布满温馨的蜘蛛网，她们拥抱着睡在其中。而且，那位男性化的女子，肯定是个勤奋的人。两个女子脸儿磕着脸儿，计算着该还多少税。……我可不是住在这种童话中的女子啊！"

本多正因是个老丑的男人，才有资格赢得庆子毅然决然的牺牲。这是他老年获得的不测之大幸，可谓是如愿以偿。

本多的旅行包中放入了梨枝的牌位，一路带在身边。庆子调侃地问他，这是出于报恩之念吗？其实，本多每逢发烧到三十九度以上，就担心发生老年性肺炎，为此他立下遗嘱：自己一旦客死异乡，就委托庆子将这个精心藏在身边的牌位，平平安安带回日本。"您还真是个可怕的情种哩！"庆子单刀直入地说，"夫人生前不愿意到外国去，死后硬是将她的牌位带在身边。您可真是……"

病愈后又碰上这样一个晴明的早晨，听到庆子快人快语的一番调侃，本多的心里十分快慰。

本多强加于梨枝牌位上的究竟是什么呢？尽管经庆子说了一通，但在本多心中并非全都分明。对本多来说，梨枝一生无疑是贞洁的，但这种贞洁却是荆棘丛生。本多每当对人生抱有不如意之感时，这位石女总是从旁主动地加以体现，将本多的不幸之处当作自己的幸福，并能一眼看穿本多偶尔所表示的爱情与温暖的本质。夫妻结伴到国外旅行，当下连普通百姓都能做到，对于富豪本多，不过是小菜一碟。然而，梨枝却顽固地拒绝，她甚至对强迫自己的本多大加申斥："什么巴黎、伦敦、威尼斯，那些地方有什么好看？硬要把上了年纪的我拖到那里到处转悠，难道是想让我当众出丑不成？"

要是青年时代的本多，自己忠实的爱情遭到嘲弄，他会火冒三丈，然而眼下的本多，如此一味想带着妻子旅行，这种心情是否出于一种爱，真是大可怀疑。对于丈夫的爱，梨枝一直抱有怀疑，本多也早已看在眼里，他甚至也养成了自我怀疑的习惯。如此看来，这次旅行计划之中，本多或许抱有如下的心境：强使不情愿的妻子外游，将她的拒绝当成谨慎的谦让，将她的冷淡曲解为隐秘的热情，有意借此以证明自己的善意，扮演世间一个普通丈夫的角色。而且，本多或许是将整个这次旅行，看作是度过某种年龄的庆典，也未可知。梨枝一眼看穿这种巧作打扮的善意所包含的平庸的动机。为了对抗，她以疾病为口实，使得夸大的病情转化为真正的疾病。梨枝成功地将自己一步步推入悲苦的境地。事实上旅行对她来说，已经变得不可能了。

带着梨枝的牌位出游，这就证明妻子死后本多才对她的忠贞感到惊叹。看到这位丈夫将亡妻的牌位放在旅行包里出国旅游（虽说这种假设充满矛盾），梨枝指不定会如何耻笑他呢。对于本多来说，如今不

管多么平庸的爱情形式都可以得到宽恕。而且，宽恕
他的人正是他想象中的崭新的梨枝本人。

再次回到罗马的第二天晚上，庆子仿佛是想犒
赏自己在威尼斯看护病人的一番辛苦，从眼前的威尼
托大道召来一位西西里岛的美丽少女，带到两人下
榻的怡东酒店[1]的豪华房间，当着本多的面通宵戏要。
后来，庆子对本多说道：

"那天晚上，您咳嗽得很精彩啊，看来感冒还没
有彻底治好。整个晚上都在发出古怪的咳嗽声。我一
边听着从晦暗的邻床发出的老年性干咳，一边爱抚那
位姑娘大理石般的肌肤，当时那种美妙的心情简直无
可形容。较之任何音乐，这种精彩的伴奏，使我犹如
躺在豪华的墓穴里，正干着那种事呢。"

"你听到骷髅般的干咳，对吧？"

"是的，我正处在生与死之间，充当媒介呢。您
能说您不感到快活吗？"

本多半道上按捺不住，起身摸了摸少女的脚，

1　Hotel Excelsior，位于威尼托街上的一家豪华旅馆。

庆子暗暗嘲笑的正是这件事。

这次旅行途中，本多跟庆子学会了打牌。回国后，应邀出席庆子家的凯纳斯特[1]牌会。那间客厅里摆了四张牌桌，有十六位客人，午餐后，每桌四人分别围坐下来。

本多这一桌有庆子和两位白俄女性。一位是和本多同为七十六岁的老妇，还有一位是年过半百的大块头女子。

一个秋雨潇潇的凄清的午后，特别喜欢年轻女子的庆子，一旦举办家庭聚会，为何偏偏只邀请老人参加呢？本多弄不懂其中的奥妙。男宾除本多外只有两个人，他们是隐退的实业家和插花老师傅。

同桌的两位白俄女性已经在日本住了好几十年，时不时冒出几句蹩脚的日语，且嗓门很大，吓得本多胆战心惊。因为吃过午饭急匆匆上了牌桌，她们赶紧

1　原文为 canasta，扑克牌的一种西洋式玩法。两副牌合在一起，四人一组，对家为友。先由一人发牌，每人十一张。其余置于桌心。手持红三者（红心三和方块三）可摊牌，获正一百分；手持黑三者（梅花三和黑桃三），获负一百分。顺序起牌斗牌，最后以最先剩七张同位牌以及得分多寡而决定胜负。

重施粉脂，抹了口红。

那位老妇的丈夫也是白俄人，他死后，妻子一手将日本制造外国化妆品的这家工厂继承下来，经营下去。她虽说很吝啬，但在自己身上却舍得花钱。有一次她到大阪旅行，碰巧不住拉肚子，考虑到乘普通飞机老是去厕所，既难为情又不方便。于是干脆包了一架专机飞回东京，直接住进了一家可意的医院。

这位老妇将白发染成茶褐色，穿着深绿色的连衣裙，外面罩着缀有各种彩饰的对襟毛衣，挂着一串大粒的珍珠项链。她佝偻着脊背，当打开化妆盒涂抹口红时，手指头却充满力度，以至于将满是皱纹的下唇都戳到一边去了。这位名叫格丽娜，是牌桌上的一员猛将。

她的话题是用"死、死"来吓唬人。动辄就说这回也可能是最后一次玩牌了，没等到下回聚会也许已经死了。说完就急等着大伙儿高声给予否定。

意大利制造的压合板牌桌，镶嵌着精美的扑克牌花纹，同光亮的牌面相互映照，使人眼花缭乱。这位白人老妇将粗壮的手指伸在清漆桌面上，戴着猫眼石的戒指像水中的浮标辉映着琥珀的光芒。那像死了三天的鲨鱼肚子一般满布皱纹的惨白的手指，涂着红红的指甲油，神经质地不住敲打着桌面。

庆子将两副牌共计一百零八张充分掺合在一起，看那洗牌的架势实在很专业，牌在她的手指之间如纸扇潇洒地打着弯儿。每人发十一张，剩下的反扣在桌面上。然后再将最上面一张牌翻开来，摆在一旁。那是疯狂般的殷红色——方块三，本多猛地联想到那遥远的三颗黑痣被人涂上了鲜血。

每张牌桌早已传来玩牌时特有的"桌上喷泉"似的笑声、叹息，以及突如其来的惊愕的叫喊。在这肆无忌惮的领域里，老人们的窃笑、不安、恐怖和猜疑一律获得允许。宛若动物园发情的夜晚，所有的兽槛和禽舍，都徒然回荡着种种呼唤和狂笑。

"你和啦？"

"我还没有。"

"看来谁都没有满分呀。"

"出牌太早，要挨骂的。"

"这位夫人很会跳舞，摇摆舞[1]也挺拿手。"

"我还没去过摇摆舞舞厅哩。"

"我倒去过一次，个个都像疯子。看看非洲舞吧，都是一样的。"

"我呀，很喜欢探戈。"

"还是古代舞好。"

"华尔兹，还有探戈。"

"古代感觉很潇洒，如今都像妖怪。男女穿一样衣服，瞧那颜色，是不是像彩桥？"

"彩桥？"

"唉，是不是彩桥？架在天上的，五颜六色，是在天上的吧。"

"你是指彩虹吧？"

"对啦，是彩虹。男女都一样，都像彩虹。"

"要是彩虹，那倒漂亮多了。"

"即便彩虹，长此以往，也会变成动物，彩虹动物。"

---

1 原文为 go-go，创立于美国由摇滚乐伴奏的狂热型舞蹈。

"彩虹动物……"

"唉，反正我的命不长了。趁活着的时候，还是多多出牌赢分吧。我只这个希望，久松女士，这或许是我生前最后一次玩牌哩！"

"又来了。甭说啦，格丽娜。"

本多一直没有和牌的机会。这番奇妙的对话，在他脑子里突然泛起对自己每天早晨初醒的回忆。

七十岁后，早晨梦醒最先看到的是一副将死的面孔。障子门的微光预示着黎明，积攒的痰块堵在喉咙管里，把自己憋醒了。夜间，痰液聚集在红色暗渠的褊狭之处，在那里培育着狂想的硬结。而且，总有人用方便筷的尖端夹着棉球，亲切地将痰块揩拭干净。

今天早晨依然活着。早晨一睁开眼睛，首先告诉本多的是喉咙管里海参般的痰球。同时，这痰球还首先告诉他，既然活着就会对死产生恐惧。

不知何时，本多养成了这样的习惯，早晨醒来先在床上躺上好长一阵子，让身子飘浮于梦幻之中，如牛一般把做过的梦再久久咀嚼、回味。

梦是欢愉的，充满光彩，较之人生远远洋溢着生命的喜悦。渐渐地，幼年的梦和少年的梦越来越多了。年轻时，母亲在一个雪日为自己做好热乎乎的油饼，他在梦里回忆着油饼的香味。

为何会一个劲儿想起这些鸡毛蒜皮的琐事呢？细想想，半个世纪以来，这些回忆数百次萦绕于脑际，正因为是些毫无意义的小事，所以连他自己都不明白，是何等深沉的力量促使他想起这些来的呢？

反复改建过的这座宅第，古老的餐厅已不复存在。说起来，那时本多是学习院中等科五年级学生。或许那是星期六放学回家的日子，他和同学两人到住在校内公共宿舍的一位老师家里接受辅导，没有带伞，冒着纷纷扬扬的大雪，空着肚子跑回家那天的事吧。

本多总是从二道门进家，先在庭院里转一圈，看看积雪。松树的防雪帘上白雪斑驳，石灯笼也戴上了棉帽子。他的鞋底咯吱咯吱踏过院里的积雪，透过餐厅的赏雪障子，远远瞥见餐厅内飘动着母亲身上和服的衣角，心里好一阵激动。

"哎呀，回来啦，肚子饿坏了吧？掸掸雪再

进来。"

出来迎接的母亲冷缩缩地掩掩衣襟说道。本多脱掉外套，身子滑进被炉。母亲带着若有所思的眼神，把长火盆的火吹得旺起来。她一边拢拢鬓角，免得被火燎着，一边趁着吹气的间歇说道：

"稍等会儿，妈给你做点好吃的。"

母亲随即在火盆上放了一只小平底锅，用报纸沾着油到处浸了一遍。这之前，母亲早就准备好了，等儿子回家做热油饼给他吃。这时她把泛着白色气泡的油饼乳液，巧妙地描着圈儿浇在滚开的沸油上。

本多每次在梦中想起的，就是当时吃过的那种难忘的热油饼的美味——冒着大雪回家，焐着被炉吃的蜜糖伴黄油的美味。除此之外，这一辈子本多再也不记得吃过那样的美味了。

可是，这种芝麻大的小事，为何会成为梦的酵母贯穿一生呢？那个下雪的午后，平素很严厉的母亲突然变得和悦起来，也使得热油饼更加香甜可口了。而且，此种回忆整体上萦绕着一种莫名的哀愁。那吹着炭火的母亲的侧影；因为崇尚节俭的家风决不允许白天点灯，虽然有雪光反射依旧晦暗不明的餐厅；母亲每当吹一口气，火光就照亮她的面孔，继续吹气时那爬上面颊的若明若暗的阴影……这一切在少年的眼里，会产生怎样的心情呢？还有，母亲心里似乎藏着不为儿子所知的、一生未曾言明的忧闷。那种忧闷抑或潜隐于当时母亲一心一意的举措和难得一见的温情之中吧？通过热乎乎油饼的一股甜香，通过少年天真的味觉，通过爱的温馨，突然变得透明可视了，不是吗？只有这么去想，才能说清楚萦绕于梦中的哀愁究竟是什么。

尽管如此，自那天起已经六十年了，真是瞬息而过啊！一种感觉在胸中涌起，随之忘记自己已经年老，真想一头扑进母亲温暖的怀抱哭诉衷肠哩。

贯穿六十年的某种启示，通过雪天里热油饼的味道告诉本多，人生无法从认识上获取任何东西，但却借助邈远的瞬间感觉的喜悦，宛若夜间旷野上一星明亮的篝火，击退万斛黑暗。至少在燃烧期间，照亮生命的暗角！

真是瞬息而过啊！十六岁的本多和七十六岁的

本多之间，未曾感觉发生过任何事情。这仅是弹指一挥，就像玩跳房子游戏的孩子，跨越一条小水沟。

而且，清显记载详尽的《梦日记》，其后都一一得到应验，这使本多认识到浮生不如一梦。然而他未曾想象到，自己的人生竟然受到梦境如此侵扰。就像泰国洪水淹没的田野，自己的梦境也发生泛滥。纵然这是想不到的喜悦，但较之清显梦的芳醇，本多的梦只能唤起对一去不复返的往昔的怀念。一个未曾做过梦的青年，进入老龄之后，尽管梦幻增多，但这和想象力以及象征之类无缘。

本多就这样躺在被窝里，一直迷迷糊糊，贪婪地享受甘美的梦境。这是因为每次起床时，身体必然疼痛不止，他对此很是害怕。一想到昨天难以忍耐的腰痛，今朝疼痛却不知不觉转移到肩膀和胁腹了。起床之前，根本不知道哪里疼痛，躺在床上时，沉沦于琼脂般梦的残渣里，想到绝不会有什么愉快的一天，随之感到肌肉萎缩，骨节咯咯作响。

此外，五六年前家里就安装了对讲机，本多懒得伸手去摸，因为一旦接触，就得听保姆早上那一声干瘪的问候。

妻子死后，临时请一位学法律的学仆帮忙，不久厌烦了，便辞退了。广阔的住宅里，只雇用两名女佣和一名保姆。不过，面孔也是不断变换。本多总是不断地同无教养的女佣以及蛮横的保姆斗争，他深知自己对于这班婆娘时髦的打扮和言行举止，再也无法容忍下去了。不管她们如何怀有善意地献殷勤，总是满口流行语，站在那儿就拉开障子，大笑时不用手捂嘴，乱用敬语，散布电视主持人的谣言……所有这些，都使本多深感厌恶。一旦忍受不住，就张口斥骂，那些女子当天就辞职不干了。每晚都要请一位老年按摩师按摩，本多只要对他发发牢骚，那些话就要从按摩师口里泄漏出去，从而在家中引起麻烦。而且这位按摩师也为当今世风所感染，喜欢人家喊他"老师"。谁不喊老师就不理谁，真是可恶。不过，本多相信这位按摩师的技术，到底没有换人。

打扫很不用心，不管如何叮嘱，客厅的百宝架上还是积满灰尘，致使每周一次到家里来巡回插花的师傅也感到不满。

　　女佣将推销员让进厨房，摆上点心，贵重的洋酒眼见着减少，不知谁偷喝了。黑暗的走廊尽头，时不时腾起一阵肆无忌惮的狂笑。

　　——早上首先从对讲机听到的是保姆的问候，仿佛在本多耳朵上搪一块烙铁。他甚至懒得叫她们准备早饭。两位女佣打开挡雨窗时，脚心似乎沾满汗水，听到她们粘连着廊下榻榻米的脚步声，他也感到气不过。洗脸的热水器老出毛病，牙膏挤到最后，没有本多的指令就无人主动更换一盒新的。对于西服一类衣物，保姆倒也还算上心，时常不忘洗涤和熨烫，但她从不把洗衣店的牌子摘掉，致使本多的脖子经常被刮伤。到这时才知道是怎么回事。皮鞋擦了，鞋底的沙子却保留完好，雨伞的铁卡儿坏了，却仍然附在伞把上。这些在梨枝生前，都是不可想象的事。衣服上有点开线，东西稍有破损，转眼就给丢了，为此，本多跟保姆没少吵过架。

　　"不过，我说老爷，您光说拿去修理，可哪里会有接受这种东西的店呢？"

　　"那就扔了吗？"

"那也是没法子的事呀，再说也值不了几个钱。"

"这不是值不值钱的问题。"

本多不由大声嚷嚷起来。对他的吝啬，对方眼里立即现出鄙睨的眼神。

如此诸般，逼使本多内心越来越仰仗庆子的友谊。

暂不说玩牌，庆子对日本文化也认真地钻研起来。这不过是她新近的一种异国情趣。庆子到了这把年纪，才开始观看歌舞伎。她对一位演技拙劣的演员抱有好感，拿他和法国名优相提并论，大加赞赏。她开始学习谣曲，钟情于密教美术，经常参拜各地寺庙。

庆子时常提及，她想和本多一起拜谒好的寺院。本多猛地想到了月修寺，并差点说出了口。转念一想，那里可不是陪伴庆子消闲解闷的寺庙。

打那之后，五十六年了，他再没有去过月修寺，同目前仍然健在的聪子门迹，也从未通过一次信息。战时和战后，他多次想去看望阔别已久的聪子，但另一种念头又强行留住他，岁月终于无声无息地过去了。

　　但是，本多没有忘情于梦中的月修寺。岁月重重，他心中的月修寺渐次增添着厚重的尊贵之气。他时时告诫自己，除非万不得已，不可轻易侵犯聪子住居的寂静，如今也不能凭借往昔一点交往去接近她。随之一年年过去，本多害怕见到聪子的垂垂老态。空袭后在涩谷的废墟上，听蓼科说，聪子如泉水一般越来越清纯、俊美了。他并非对这位"无漏[1]"老尼的美艳无动于衷，事实上，他也从大阪人那里听到对于晚近的聪子的美貌赞叹不已。尽管如此，本多依然心存畏怖。他既害怕看到美的废墟，也害怕看到废墟上残留的美。当然，老来聪子的悟达早已超逸人世之境，打坐在本多力所不及的高度，纵然本多以老残之姿出现，也甭指望会在聪子的顿证菩提池[2]里荡起一丝涟漪。他明白，聪子早已不受回忆的威逼。然而，假若从已故的清显一方考虑，想到聪子浑身已经包裹着碧

1　佛语，摆脱烦恼，进入清净之地。

2　佛语，未经阶段性修行，立即得菩提（开悟）。此语亦用来祈祷死者成佛。

蓝的铠甲，以免受到一切回忆之箭的伤害，就会更加
增添一种绝望的种子。

另一方面，本多假若去看望聪子，又会负载一
层对清显的回忆，至今他都必须作为清显的代理人前
往，这就更使他心情凝重。从镰仓归来，车中的聪子
曾自言自语道：

"罪犯只是清少爷和我两个。"

五十六年后的今日，这句话依然清晰地在耳畔
回响。一旦见面，如今的聪子谈起这段往事，将会恬
淡地一笑，继续同本多毫无隔阂地畅谈下去吧？然而，
他懒得走到那一步，自己越老迈，越丑陋，罪孽也越
来越重，对于前去会晤聪子，他越发感到这是一桩难
于实现的艰巨任务。

此去经年，那座春雪斑驳的月修寺本身，连同
对聪子的忆念，在本多胸中越来越远了。所谓远并非
指心境，宛若喜马拉雅雪山顶上的古寺，越是热切向
往，越是梦寐以求，越是感到月修寺至今依然位于白
雪覆盖的山巅，其优美化作峻严，其柔和变为佛威。
那渺远难以寻觅的寺院，那位于世界终极之终极的月

下伽蓝，那里镶嵌着聪子身着紫色袈裟的美丽身影，日渐衰老，日渐小巧。仿佛住在思考之极、认识之极，那座寺院放散着寒冷之光。本多明白，现在既有飞机，又有新干线，只要很短时间就能到达。明白归明白，那座寺院只是寻常人踏访的寺院，不是他本多要去的寺院。那只不过是从他认识的黑暗世界终极之处的裂缝里，漏泄下来的一缕月光般的寺院。

如果聪子确实住在那里，那么就等于说，聪子不朽，必将永远住在那里。假若本多因为认识而获得不朽，那么从地狱里所仰望的聪子，将保有无限大的距离。一旦相会，聪子必将会识破本多的地狱。还有，本多那个充满不如意和恐怖的认识的地狱，其不朽和聪子天上的不朽，总有一天会相互对视，共同保持均衡。要是那样，眼下也不必急于相会，三百年后，即使千年之后，一旦想见面，随时都能见面，不是吗？

本多可以为自身寻找各种借口，仿佛这个世界上的一切借口，都在为他申明为何不能寻访月修寺。就像一个人拒绝美是为了避免自取灭亡一样，极力加以排斥。他明明知道，自己坚持不去月修寺，不只是为了听凭时光荏苒而过，实际是自己不能到那里寻访。有时他也在想，这不正是人生中最大的不如意吗？如果硬要前往，那么月修寺会不会随时退避，暂时消融于时光的烟雾里呢？

话虽如此，先不谈认识的不朽，在深感肉体衰老的一朝一夕，本多觉得眼下拜谒月修寺的时机或许已经成熟了吧？临死之前，自己要去月修寺会见聪子。对于清显来说，聪子自然是他拼死非要见到不可的一位女性，到头来而又未能如愿。对于这种残酷的结果，本多心知肚明。因此，他不想舍命而去拜见聪子，无疑将遭到本多心中唤回的清显那遥远而美丽的青春灵魂的禁止。誓死相见，准能见面。抑或聪子也暗暗知道那种时机何时到来，悄悄等待时机成熟吧？这么一想，在老迈的本多心中，立即涌起一种莫名的甜蜜之情。

……

将庆子带到那种地方去，显然是不理智的。

首先，庆子是否真的懂得日本文化很值得怀疑。但偏偏有人喜欢她的这种心胸坦荡的一知半解。她到哪里也从不炫耀自己。围绕京都的寺院，庆子就像一位颇有艺术家气质的外国女子，访问日本归来之后充满众多偏见。她对于那些一般日本人不感兴趣的事物感慨万端，凭着自己随意做出的错误理解，继续编织美丽的花环。她像迷上南极一般迷上了日本，比起穿着长筒袜笨拙地坐在地上观看石庭的外国女子，庆子那种笨拙的随地而坐的姿态，一点也不亚于她们。她自幼年时代起只学会坐在椅子上。

即便如此，庆子的求知欲很旺盛，过不多久，尽管还不够彻底，但关于日本文化方面的美术、文学以及戏剧，都能畅抒一家之言了。

庆子长久以来的兴趣在于轮流邀请各国大使到自己家里共进晚餐，借此机会自豪地跟他们讲授日本文化。熟悉庆子的过去的人做梦都不曾想到，庆子会亲口给他们讲解金碧障屏画[1]。

至于同这些外交使团的交往所带来的空虚，本

1　金箔铺底的画面上，使用绿青等浓艳的色彩绘制的障壁画，桃山至江户初期最为盛行。所谓障屏画，即屏风障壁画，上半为木格，裱糊白纸，下半似屏风，绘以各种画面。

多曾经向庆子提出过忠告。

"那帮家伙逢场作戏，知恩不报。换了工作地点，就全都忘光了。同他们交往有什么意思？究竟对你有什么好处？"

"萍水相逢，其乐融融。不像和日本人来往，相交十年之后，因碍于情面，还得继续保持关系。至于这些人，可以一拨一拨地轮换，那才有意思哩。"

庆子自己似乎对文化交流担当某种要职，表现出一副自豪和天真的表情。她只要一学会单人舞[1]，就立即在晚餐会之后表演给外国客人看。据她说这些挑不出毛病的看客，可以为自己壮胆。

不论如何磨砺知识，庆子的眼睛还是看不到日本自身根深蒂固的黑暗。那黑暗曾使饭沼勋热血沸腾，并化为那种幽暗热血的源头。不过，庆子一概和这些无缘。本多调侃庆子的日本文化是冷冻食品。

外交使团之间，本多被公认为庆子的男朋友，每逢大使馆有晚餐会，总是邀请他们一道前往。某国

---

1 原文作"仕舞"，不化妆无伴奏的主角单人舞蹈。

大使馆让日本服务人员一律穿印有家徽的宽角裤，本
多对此感到十分愤慨。

"他们是要把日本人作为土著看待，这就是证据。
这样做首先是对日本客人的不尊重，不是吗？"

"我不这样认为。日本男人穿印有家徽的宽角
裤，反而显得威严。您那件晚礼服，看起来一点也不
气派。"

每逢大使馆举行正装的晚宴，开筵之前以女士
优先，宾客们笑语声喧缓步而入，前面，灰暗的餐厅
银烛摇曳，灯火林立。桌上的插花拖曳着幽深的阴
影。窗外，入梅后匆匆而来的雨下个不停。此时，这
种灿然的凄清的气氛于庆子颇为相宜。她的脸上丝毫
不见日本女人常有的可人的微笑，丰腴而富于光彩的
脊背不减当年，甚至学会了过去上流社会老妇人那种
pathetic[1] 沙哑的嗓音。那些年迈的大使，以及那些矫
揉造作的冷血的参赞，快活的表情下掩盖不住公务劳
顿带来的倦色。在这些人之间，唯有庆子一人显得异

---

1 英文：可悲的。

常活跃。

由于庆子的座席总是同本多挨不到一起，她趁着走动的时机，急匆匆说道：

"我如今刚学完谣曲《羽衣》这出戏。不过，我还没到过三保松原。日本我没有见过的地方很多，说起来真是难为情。这两三天之内我们一起去走一趟，好吧？"

"悉听尊便。最近我刚去了日本平，不过我还想再去逛一逛，我很高兴陪你去。"

本多被僵硬的衬衫箍得不住凸起胸脯来，狼狈地回答。

八

众所周知，谣曲《羽衣》开头有段唱词：

海上熏风早，

三保浦人声嘈嘈。

渔船出动，

渔夫相邀。

一路烟波任逍遥。

两位渔夫共吟这段歌词，其中一末角名叫白龙。

万里好山云忽起。

他边唱边上，走到能乐舞台正前方的松树下边，看见树上挂着一袭美丽的长绢[1]，如获至宝，取之欲

---

1 能乐戏装之一，公卿、贵妇穿着的五彩绣花长服。

归。扮演正旦角色的天人出来将他喊住。任凭天人苦苦哀求，白龙就是不肯将羽衣归还于她。天人不能返回天上，悲戚不止。

> 那白龙若不把羽衣还，
> 我浑身素条条如何升天？
> 珠泪滚滚湿玉鬓，
> 满头簪花暗愁惨。
> 天人五衰呵，即将现眼前。

离开东京的新干线电车里，庆子将这几句唱词背诵给本多听，并且热心地发问：

"天人五衰是怎么回事？"

本多不久前在梦中梦见过天人，又查了查佛典上有关天人的描述，对庆子的这个疑问侃侃而谈。

所谓"五衰"，就是天人命终时的五种衰相。各类书上的说法略有差异。

《增一阿含经·第二十四》：

> 三十三天有一天子，身形有五死之瑞应。

云何为五？一曰华冠自萎；二曰衣裳垢坋；三曰腋下流汗；四曰不乐本位；五曰玉女违叛。

又，《佛本行集经·第五》：

> 天寿已满，自然现五衰之相。何等为五？一曰头上华萎；二曰腋下出汗；三曰衣裳垢腻；四曰身失威光；五曰不乐本座。

又，《摩诃摩耶经·卷下》：

> 尔时，摩耶即于天上见五衰之相。一曰头上华萎；二曰腋下出汗；三曰顶中光灭；四曰两目数瞬；五曰不乐本座。

至此则大同小异。然而《大毗婆沙论·第七十》，举出大小两种五衰，最为详细。

首先是小五衰：

其一，随着天人往来翔舞，常伴有五种美妙之乐声。此种音乐为任何乐人之奏乐所不及，乃发自随身所佩带之乐器。死之将近而乐衰，声不如意，至于暗哑。

其二，平素天人不分昼夜，身光赫奕，其体内所发之光不随阴影。然而一旦濒死，身光显著变暗，身子沉沦于薄暮般的阴影之中。

其三，天人肌肤滑润，裹以凝脂。纵令人香池沐浴，出水时，即如莲叶，水珠尽退。然死之临近，其肌肤亦沾水不去。

其四，通常天人不囿于一种境地，宛若旋转之火轮，决不停留于一个地方。辗转游走，灵活自如。一旦死之迫近，只低迷于一处，永远不能离脱。

其五，天人之身洋溢着力量，眼睛决不眨一下。一旦死之将近，身力衰萎，不断眨眼。

以上为小五衰之相。

大五衰之相又是如何呢？

其一，纯净的衣服沾染污垢；其二，头上华彩往昔繁盛，如今衰萎；其三，两腋窝流汗；其四，身体发散可厌之臭气；其五，不愿安住于本座。

由此可知，出自其他典籍之五衰，说的都是大五衰,小五衰产生期间,由生转死也并非完全不可能,然而大五衰一旦形成,则死已无法避免。

以此看来,谣曲《羽衣》中的天人虽然已现大五衰之相,一旦索回羽衣便立即恢复元气。这是因为作者世阿弥并不拘泥于佛典,作为暗示美丽衰亡的诗语,猝然加以使用的吧。

本多明白这一点,脑子里忽然清晰地浮现出那幅《五衰图》,原是过去他在京都北野神社拜见的国宝——《北野天神缘起绘卷》的一部分。他手头现有的写真版有助于唤醒他的记忆,过去不经意所忽略的东西,如今却化为莫名的不祥的诗句,占领了他的心胸。

那是一处庭院风景,内部可以窥见中国风格的壮丽殿宇的一角。众多的天人有的弹筝,有的手握鼓槌,守在大鼓前后。然而,却听不到一丝华美的音乐。那音响早已化作夏日午后郁闷的蝇声。虽然亦弹亦奏,然琴弦松弛,恹恹无力。庭前栽种着几株花草,前方一童子,以袖掩目,悲切不已。

此种突然的衰亡一起袭来,不论谁都感到意外。天人们白嫩而无表情的娇美容颜,依然渗透着难以置信的神色。

殿宇中，有的天人歪斜地坐着；有的拖着长长的霞帔，扭动身躯向地面飞旋。这些天人的姿态，乃至相互保持的间距，尽皆飘溢着伸手不可及的抑郁的空气。华丽的衣裳杂乱无章，而且不知为何，还散发着淤塞河川似的异臭。

究竟出了什么事？原来五衰开始了。犹如热带宫中御花园内的宫女，染上了突然来袭的瘟疫，逃也逃不脱了。

头上华彩尽皆萎谢，内部的空虚急剧上升，一直到达咽喉。美人们花团锦簇，共居一处，不觉之间，周围充满透明的颓废，就连一吐一纳，也弥漫着衰亡的气息。

仅凭曾有的情缘，将人们诱入美与梦幻；而今，犹如金身剥落，魅惑之力迅速凋零，眼睁睁看着它飘逝于夕风之中。这座典雅的庭园本身就是一座斜坡，万能之美、快乐的金沙，一股脑儿从上面滑落下去。绝对的自由，振翅于虚空飞翔的自由，像剜掉一块肉，残酷地从体内切割下来了。阴影增深，光明减退。美艳的力量，从纤纤玉指无休止地滴落下来。身体和精神的最深处灼灼闪耀的火焰，如今熄灭了。

堂宇地板鲜洁的方格子花纹，朱红的勾栏，丝毫没有减损。这些物象，皆是空疏而明晰的豪奢的残留。无可置疑，即使在天人死后，这座打磨精致的殿宇，依旧会保存下来的。

天人们光艳的秀发下面，张大形状姣好的鼻孔。她们业已嗅到不知来自何处的腐败的气息。云彩后边是经受摧残的花瓣儿。远天已浸染着水蓝色的腐败。这些令人赏心悦目的东西，一下子消失殆尽了。世界依然美好、广阔……

"所以我喜欢，所以我喜欢您呀。"庆子听罢断然地说，"因为您什么都知道嘛。"

这就是庆子的感想，她将语尾上挑，说罢随即打开当下流行的雅诗兰黛[1]固体香水瓶盖，仔细地搽了搽耳后。庆子穿着印有蛇纹的喇叭裤，上身是同一种料子的绣衣，腰间勒着鞣皮饰带，头戴西班牙黑呢帽。

---

1 1946 年，雅诗·兰黛夫人在纽约创立雅诗兰黛集团，以生产化妆品闻名于世。

　　二人相约在东京车站见面。本多看到她这一身打扮，多少有些畏惧，但他对庆子的潇洒衣着，根本没有插嘴的余地。

　　还有五六分钟就到达静冈了。本多猛然想起五衰之一的"不乐本位"，立即泛起一个迂执的念头：从来都不懂得乐其本位的自己，之所以没有死，是因为自己不是天人的缘故吧？

　　本多心中一派茫然，他蓦地泛起刚才来东京站之前于汽车中瞬间的感觉。离开本乡的家门，本多叫司机开快车，由西神田上了高速道。梅雨季节，天空随时都会下雨，车子以八十公里的时速，行进在金融街的弯道上，路两侧崭新的高楼大厦鳞次栉比。所有建筑都那么坚固、纯正和威严，展开铁和玻璃的长大的羽翼，一座接一座袭来。本多想到，自己死时这些大楼全都不会存在了，不由感到一种复仇的愉快。他回味着那瞬间的感觉。他轻而易举就能彻底摧垮这个世界，使之归于无。自己一旦死去，确实就能达到这一目的。一个被世界遗忘的老人，依旧保有"死"这一无与伦比的破坏力，使他有些扬扬自得。本多一点也不害怕五衰。

九

本多不久前去过三保松原，这次陪庆子再访是
另有目的的。他打算让庆子看看这块风景名胜遭受世
俗化的一派荒凉的惨象，以便打破她那些华而不实的
浮躁的梦想。

既是上班的日子，又面临着雨天，可是三保松
原入口广阔的停车场上满是车子。商店内蒙着一层灰
土的玻璃纸礼品包，映射着灰暗的天空。庆子下车后
看到这些，丝毫也不觉得伤心。

"呀，好景致！这地方真漂亮。空气很清新，还
不是因为靠近海嘛。"

其实，空气已经遭受车辆废气严重的污染，松
树呈现濒死的姿影。庆子即将看到的一切，本多已经
在前几天亲眼领教过了，所以他满怀着自信。

在贝拿勒斯，神圣就是污秽；同时，污秽就是神圣。那是印度。

可是在日本，神圣、美、传说、诗，所有这些，不容许脏污的虔敬的手所玷污。将这些地方尽情糟蹋、最终彻底毁弃的人们，都具有全然缺乏敬虔之心而用肥皂洗得干干净净的洁白的双手。

三保松原，于尸骸般的半空里，天人应人们想象中的愿望，宛如马戏团的艺人，被逼迫着几万遍几十万遍地跳舞。阴霾的天空布满她们目不可视的舞影，简直就像那银色的高压线纵横交错的天空。人们即使在梦幻中，也只能见到呈现五衰之相的天人吧。

时间过了三点钟。写有"日本平县立自然公园三保松原"的木牌，以及旁边松树上怒张着鳞片的树皮，全都严严实实地布满了绿苔。登上和缓的石阶一看，面前是将天空纵横分割成闪电形的不逊松林的姿影。濒死的松树，每个枝头都高挑着绿色烛火般的花朵。对面是一片毫无生气的海洋。

"看见大海啦！"

庆子高声欢呼。她的嗓音里含着些出席晚宴的意味，又有着对到访的别墅夸赞的语调。本多对此不以为然，但在这块一无所有的地方，夸张可以产生幸福。眼下，至少两人都不孤独。

又有两家茶馆，店头摆着售货的摊子，上面堆满了标着红色梵文的可口可乐和土产品。一旁竖着专供拍摄纪念照片的彩色画板，已经褪色的白垩颜料别具风情。画板只在脸的部位开了洞，画的是以松林为背景站立着的清水次郎长[1]和小蝶。次郎长腋下夹着写有自己姓名的三度笠[2]，怀里揣着途中护身的短刀，腰间掖着双蓝斜纹的衣襟，戴着手套，绑着裹腿，一副行旅打扮。小蝶梳着岛田髻，黄色印花和服外头裹着黑绸腰带，浅黄色的手套，携着一根拐杖。

本多催促庆子到眼下的羽衣松那边去。但庆子被这块彩色画板迷住了，不肯移动脚步。她依稀听说过清水次郎长的名字，却不知道他是个赌棍，本多告

1　清水次郎长（1820—1893），幕末维新时期的侠客，骏河清水港人。原名山本长五郎。1847 年，娶江尻大熊之妹小蝶为妻。晚年为开垦富士山而尽力。

2　一种能盖住颜面的深度斗笠。流行于贞享（1684—1688）年间，因三度信使（每月三次来往于江户、京都和大阪）所爱用而得名。

诉她这人的来历后，她彻底被俘虏了。

　　白垩颜料所具有的乡愁的色调，培育着悠远的色情，同时含蕴着过来人生所无处追寻的孤寂和卑俗之恋的诗意。庆子被打动了，那种新鲜和野卑迷住了她的一颗芳心。庆子的长处是从不先入为主。她所未见未闻的东西，一律都说成是"日本式"的。

　　"算了吧，太无聊啦！"

　　庆子想利用画板照一张纪念像，本多半真半假地责备她。

　　"你以为我们之间，竟然还有这类无聊的事情，对吗？"

　　庆子岔开穿着印有蛇纹喇叭裤的双腿，摆出西洋母亲骂孩子的架势，两手叉腰，怒目而视。她觉得自己所体验到的诗情遭到了诬蔑。

　　他们的争吵引来一群看热闹的人，本多只得让步了。摄影师扛着带有三脚架的摄影机跑来了。摄影机上蒙着红里子黑色天鹅绒布。一旦躲开众人视线，走到画板后头，脸孔自然从洞穴里闪露出来。大伙儿都笑了，小个子秃头摄影师也笑了。本多暗想，次郎长要是也笑，那就太不像话了。但他还是忍不住笑了。

照完一张，庆子硬拉着本多穿着西服的胳膊肘，同自己交换了个位置，次郎长的脸变成女人的脸，小蝶的脸变成男人的脸。周围的群众简直都笑瘫了。本多有着从窥探孔反复偷窥的历史，如今的窥视成了众人的笑柄。他仿佛登上断头台，沉醉于无限的感兴之中。

或许是为了赢得观众的好感，此次摄影师为了对焦距花了不少时间。这时他才高声叫道：

"请诸位安静！"

听到摄影师的叫喊，群众立即鸦雀无声。

本多将一张严肃的面孔，插入小蝶那张低矮的脸孔洞穴里。他弓着腰，撅着屁股，那副姿势同在二冈书斋内偷窥时一模一样。

如此玩笑般的屈辱的底层，在某一瞬间发生了微妙的移位。本多成为人们的笑料，由此确认"窥视"关联着自己的世界。此刻，看热闹的人们的世界变质了。从自己一方窥视，对方变成了一幅画。

背景有海。海滩盘曲着一棵巨松，树干缠绕着

稻草绳¹的就是羽衣松。松树周围是向这里缓缓升起
的沙坡。到处分布着众多的游人。阴霾的天空下，五
彩缤纷的衣饰也显得黯然无光，逆风而立的头发仿佛
使他们变成一个个掉落下来的干枯的松球儿。有的地
方一群人聚在一起，有的地方是一对对男女分组而坐。
人人都被压抑在巨大的白眼皮般的天空下。前景是一
列人墙，谁也不许笑，大家都呆呆地望着这边。

　　几位手里拎着购物袋、一身和服打扮的女人，
穿着做工粗糙的西装的中年男子，上身是绿格子衬衫
的青年，系着蓝色迷你裙的粗腿的姑娘，儿童，老
人……本多感到，这些人都聚拢在这里，眼睁睁守望
着自己的死亡。他们在等待着什么，期盼着一桩滑稽
而崇高的事情快些来临。大伙儿一律可爱地咧着嘴唇，
眼睛似野兽般赤裸裸闪着光芒。

　　"好啦！"

　　摄影师举一下手表示完了。

　　庆子迅速从洞里缩回脑袋，在群众面前显露出

1　原文为七五三绳，又叫注连绳。为保持洁净而挂在神殿或禁地的稻
　草绳。

一副威风凛凛的将军的姿态。转眼之间，刚才的清水
次郎长也换上蛇纹的喇叭裤，手里拎着黑呢帽，飘散
着头发出现了。众人喝彩，鼓掌。接着，摄影师递
过来一张纸，庆子慢悠悠填上了邮寄地址。这期间，
人们都把她当成往日的大明星，有的青年跑来请她
签名。

……出现了如此意想不到的场面，一旦走到羽
衣松下边，本多就疲惫不堪了。

羽衣松是一棵粗大的巨松，向四面八方伸展着
章鱼般的枝条，呈现一副即将枯死的姿态。树干的裂
缝里填着水泥。游人们围着这棵枝叶凋零的松树，七
嘴八舌地调侃着：

"天人穿游泳衣吗？"

"女人在树上挂衣服，看来这是一棵男松啊。"

"这么高的树枝，手能够得到吗？"

"到这儿一看，这松树也没啥了不起嘛。"

"一年到头受海风的扑打，倒是保护得蛮
好哩。"

这棵羽衣松较之一般趴岸松更加凸向海面，宛若海难中打捞上来的破船，浑身伤痕累累。岸边一块突出的地方围着一圈儿玉石栏杆，架着两只红色的望远镜，好似热带朱红的水鸟，悄然站立于沙滩之上。花上十元硬币，就能观看一次海景。远方的伊豆半岛烟水苍茫，前方漂浮着一艘货船。仿佛海洋在举行大甩卖，海滩上堆积着众多的杂货。经潮水推上来的木片、海藻和罐头盒等排列成一条曲线的地方，就是涨潮时候的水线。

"这就是羽衣松。据说这里就是索回羽衣的天人翩翩起舞的地方。瞧，那里又有人在照相了。不仔细看一看，只顾忙着摄影，能带张照片回去就成。难道说那帮人到了一个特殊的地方，头等重要的，只是按按快门就算完事了吗？"

"用不着这样费脑筋。"庆子坐在石凳上，掏出香烟，"这样就蛮不错啦，我可一点也不绝望。管它怎么脏，哪怕就要死了，这棵松树，这个场所无疑也就一起奉献给幻影了。假如像对待谣曲唱词那样，苦心修饰，收拾得干干净净，像梦一般珍视，岂不是撒谎骗人？依我看，这种地方才是日本式的，朴素，自然。还是该来呀！"

庆子抢在本多头里说了一通。

——庆子对一切都感兴趣。这是她的王权。

在这梅雨季节郁闷的天空下，随处都像风沙一般飘浮着恶俗。庆子却能在其中高高兴兴观风望景，不知不觉把本多给驯服了。回来时路过的御穗神社，大殿庇檐下奉纳的匾额，粗鄙的木纹内突露着一幅粘贴画。画面上是一艘在碧海上破浪前进的新造客轮。庆子看了很感动，觉得这才像是具有海港风味的神社。铺着榻榻米的大殿深处，高悬着一枚巨幅木板扇面，雕刻着六年前在这座神乐殿演出的能乐节目。

"是旦角儿戏，《神歌》《高砂》《八岛》，紧接着下边就是《羽衣》，也由女人演。"

庆子高兴地大声说道。

她趁着那股兴奋劲儿，回程时不由从参道两旁的樱桃林里，顺手摘一颗樱桃吃了。

"吃了会死的，看到这块木牌没有？"

本多后悔自己不该受一种无聊的虚荣心的驱使，

没有带拐杖就匆匆上路了。他一边气喘吁吁地追赶庆子，一边高声发出迟到的忠告。

一株株低矮的树干之间一律系着绳子，显眼之处坠着木牌，不停地摇来摇去。

喷洒过杀虫剂，有毒
禁止采食，不准摘取樱桃

树枝上拴着好多许愿的纸条，结满了各种颜色的小粒樱桃，沉甸甸地压弯了树枝。有的还是苍白的果肉便遭小鸟啄食，露出了籽粒。有的红里带黄，也有的浓艳似血。本多想，那木牌可能故意吓人。他喊过之后就明白了，那么点杀虫药，庆子决不会中毒的。

庆子催促本多，还有没有可看的地方。本多虽然很劳累，但还是吩咐司机沿着久能国道驶往静冈。其间，途经帝国信号通信所，他叫车子停一会儿。

"这座房舍有些特别，不是挺诱人的吗？"

本多走到盛开一簇簇松叶牡丹的房基前，站在石墙下边仰望着小屋说道。

"好像架着望远镜呢，这小屋是干什么用的？"

"那里是观察轮船进出港的地方，去看看吧？"

本多说道。上次，他虽然怀着好奇心，但一个人没有勇气敲门。

两人手牵手登上围绕着房基的石阶，经过告示牌前，来到通往二楼的铁梯旁边。这时，一个女子突然跑下来，踏得铁梯嘎嗒嘎嗒响，差点撞到本多怀里，他连忙闪开了。那女子一路踢着连衣裙的衣裾，像一团黄色的旋风跑走了。刹那间，虽然连脸孔都没看清，但留给他们两个的是一副丑陋的幻影。

既没有瞎掉一只眼，也没有长着大黑痣，不过以人们对美的基本看法衡量，那一瞬间从他们眼前飘忽而过的是同精妙致密格格不入、仿佛长满肉刺的丑陋。就像肉体最忧郁的记忆掠过心头。然而，从基本常识考虑，只能认为那是出来幽会的姑娘，躲开人眼赶快跑回家去了。

两人登上铁梯，来到门前，让急促的呼吸平静一下。房门半开，本多侧身而入，屋内没有一个人。门内有一座狭窄的楼梯通往二楼。他向楼上喊了一声："有人吗？"……每喊一声，就引起一阵剧烈的咳嗽。"有人吗？"楼上似乎响起挪动椅子的声音。"来了。"楼梯上出现一位身穿运动衫的少年。

本多看到少年的头发上斜斜簪着一朵紫色的花，吃了一惊。似乎是紫阳花。少年刚一探头，花儿就离开头发，从楼梯上跌落下来，一直滚到本多的脚边。由此可见，那少年是多么惊慌失措。他也许忘记头发上的花了吧？本多拾起那朵花，他发现那朵紫阳花已经遭到虫蚀，大半已经发黄而枯萎了。

头戴呢帽的庆子隔着本多的肩膀，自始至终看着这一切。

楼梯上黑乎乎的，虽然不很清晰，但还是能看出那少年有着一副苍白而英俊的面孔。纵然少年站在楼梯背光的地方，那种不祥的苍白，仿佛被自身内部的光芒映得明晃晃的。本多可以顺道还回那朵花了，他轻松而又谨慎地一手扶着墙壁，登上一级一级陡峭的楼梯。少年为了接花，向下走到楼梯中间。

本多和少年四目对视。此刻本多直接感觉到，少年心中有一个和自己机构完全相同的齿轮，以同样冰冷的微动和无比准确的同一种速度在旋转。不论多么小的零件，都和本多的一模一样。那种机构同样缺乏完整的目的，仿佛对着万里无云的虚空徒然发散着什么。面容和年龄迥然各异，但硬度和透明度分毫不差。这位少年内心的精密度，同本多那种害怕为他人破坏而藏于深部的精密毫无二致。刹那间，本多透过眼睛观察到少年内部磨砺出的荒凉无人的工厂。那正是本多自我意识的雏形。这座工厂拼命地生产，却找不到消费者，又只能拼命地废弃。清洁得令人生厌，湿度和温度都经过严格的调整，天天发出拖锦曳缎般的细微响声……少年纵然有着同一种机构，但和本多不一样，他完全误解了这个机构。或许是因为年龄的关系吧。本多的工厂因人员的完全阙如而更加人性化；而少年如果坚持不考虑工厂的人性化，那也无可厚非。总之，本多看透了少年，而少年无法看透本多，这么一想，本多内心一片安然。年轻时，有时感到挺带有抒情意味的，也曾经将内部这个机构看作是最丑恶的机构。其实，那是一个青年对于自身目测的错误，无疑是把肉体的美丑和内部机构的美丑混为一谈了。

"最丑的机构"……这是一个青涩、夸张、浪漫和自我丑化的命名。这也可以。如今，本多可以带着冷淡的微笑这样叫了。就像如此称呼自己的腰疼和肋间神经疼一样……即便如此，就像眼前的少年一样，"最丑的机构"有着一副漂亮的相貌也还不坏。

——从刹那间目光的对峙起，究竟发生了什么事，少年自然不会注意。

那少年走到楼梯中段，接过花立即放在掌心里揉碎，仿佛揉碎羞耻心。

"咳，真是恶作剧！插在我头上她就跑走了，我怎么就忘了呢？"

他辩白着，没有提及对方是谁。

一般来说总会涨红脸的，但他虽说有些难为情，但那双颊透明般的苍白丝毫没有变，这倒引起本多的注意。少年连忙改变话题，问道：

"有什么事吗？"

"不，我们是普通游客，很想看看信号所，能不能给点方便呢？"

"那么，请上来吧。"

少年敏捷地弯下纤细的腰肢，为他们两人摆好了拖鞋。

走进屋子，内里虽然有些晦暗，但三面窗户射进来的外光，仿佛将本多和庆子从阴沟一下子拖进旷野。距离南面窗户五十里之外，可以看到驹越海滨和浑浊的海水。本多和庆子深知，高龄和富裕容易使人放松警惕，主人劝他们坐下来，他们就毫不客气地在椅子上坐下来，那副宽松的姿态，就像坐在自家椅子上一个样儿。少年走回办公桌，本多凭着一张嘴，冲着少年的脊背恭恭敬敬说道：

"请不要管我们，您只管继续做您的事得了。我们很想看一看望远镜，可以吗？"

"请自便，现在闲着呢。"

少年将花瓣扔进字纸篓，哗啦哗啦地洗了洗手，摆出一副继续工作的架势。桌上的本子映着他一侧白皙的面庞。眼看着一颗好奇心将他的腮帮撑得胀鼓鼓的，就像含着一颗李子。

本多先让庆子观望，然后自己观望。没有一艘船影映入镜头，只有排山倒海的滚滚波浪。就像在显微镜下看到一堆盲目蠕动着的青黑色的微生物。

两人玩着望远镜，像孩子一般转眼就厌了。本来就不是为了看海，只是临别想闯入别人的职业和生活中看看而已，一旦没了兴趣，就觉得无聊起来。于是，只得将脑袋转向屋子的各个角落，好奇地环顾着屋内的一切。这些东西从远处寂寞而忠实地反映着海港的嘈杂景象。其中有：一块大黑板上，在"清水港在港船"的大字标题下，排列着各个码头的名字，用粉笔写着停泊在那里的船名；一个书架，上面摆着《船舶档案》《日本船名录》《国际信号书》《劳埃德船舶登记簿 1968—1969》等资料；墙上贴着一张纸，记载着代理店、拖船公司、领航员、海关、船餐饭馆的电话号码，等等。

这一切无疑都充满海的潮腥，反映着距此四五公里外远方海港的情景。所谓海港，就是本身带有金属质哀伤的发光体，不论多么遥远的海港，都具有显而易见的独特而忧戚的忙乱景象。那又是一张巨大而发狂的琴，必然横架于岸边，海里摇晃着它的影子。突然铿锵一声，接着就是一阵不停的鸣奏。七座码头七根琴弦，尽皆发声。嘈嘈切切之中，鸣响着深沉的爆裂之音。本多似乎进入少年心里，梦想着这样的海港。

缓缓地靠岸，缓缓地泊留，缓缓地装卸，这一切都需要海洋和陆地大大方方地互相达成谅解和妥协。陆地和海洋既相欺又相合，船舶谄媚地摇摆着船尾，一旦接近又立即远离。一声恫吓而悲悯的汽笛，一旦远离又立即接近。这是多么不稳定，又是多么露骨的机构啊！

从这里的东边窗户远眺，海港一派杂乱，烟雾下凝结成一体。没有一点光彩的海港不是海港。因为它是向着光芒闪耀的海洋凸露的洁白的牙齿，被海水腐蚀的白色码头的牙齿。这里的一切都像牙科医生的诊疗室那样光耀夺目，弥漫着金属、水和消毒液的气味。残忍的起重机横在头上，麻醉使船舶深深沉沦于梦想和停泊的无为之中。有时候，还必须付出少量的鲜血。

海港和这座小小的信号所房屋，使海港的影像向这里聚敛，两者由此而紧密结合。这小屋本身，终于梦想着自己就是被海潮推向巨岩顶端的船只。这小屋和船的相似之处不止一二。一排排简素而不可或缺的器具，具有雪白和原色等鲜明的色彩，随时准备迎接突如其来的危难；经海风扑打的歪斜的窗棂……如今，虽然孤零零站立于一派白色的塑料大棚草莓田中央，但自己却和大海几乎保有着性的缘分。日日夜夜，深受海、船、港三者的约束，观望和凝视，甚至变成这座小屋纯粹的疯狂。那监视，那白色，那一切由你，那不稳定，那孤立本身，全都指的是船。在这里待久了，使人如醉如痴。

——少年依然佯装热衷于工作。但是，连本多都清楚，没有船舶接近的当儿，不会有多少事可做。

"下回何时有船进来？"

本多问道。

"夜里九时左右。今天很少。"

少年回答。这种不耐烦的有气无力的事务性回答，使人感受到少年的无聊和好奇，就像透过塑料大棚窥探鲜红的草莓。

或许是有意不向来客表示敬意，少年依然只穿一件运动衫。不过，天气酷热，窗户大敞着，没有一丝风，他这种表现也没有什么不自然的地方。凭他那副身体，很难将那件清洁的运动衫饱满地支撑起来。运动衫只是松松垮垮地套在植物性的身板上，吊在肩头的部分，形成两个白色的圆圈，耷拉在佝偻着的胸脯前边。虽然是清凉而硬朗的肢体，但也并不意味着柔弱。微微磨损的银币肖像般的面孔，剑眉、鼻官，以及鼻子下的唇线，整然有序。睫毛修长，眼睛俊美。

少年在想些什么？本多心里很明白。

他想必依然在为刚才戴在头上的花朵而害臊吧？羞愧的心情不由分说变成了迎客的行动，如今又像一条红色的丝线，继续在他心中缠绕。更何况，当时客人既然看到跑出去的姑娘那样丑陋，他就必须忍受着客人的误解和窃笑。本来，少年的宽容是产生这种误解的原因，眼下又反转过来刺伤了他的高贵的自尊心……少年一定在思索着这一切。

是的，事情确乎如此。本多也不相信那姑娘是这位少年的恋人。他们两个实在不相配。大致说来，这位少年只要看他那雕花玻璃般一碰就碎的柔嫩的耳轮，还有那纤细的苍白的脖颈，就知道他决不会爱上什么人。他或许永远都不会爱上谁。他十分洁癖，揉碎花瓣的手反复洗了又洗。桌上放着白毛巾，不时用来揩拭脖子和腋窝。他把刚洗过的手摊开在桌面的记事本上，看起来就像洗净的蔬菜一般清洁，好像是伸展到湖面上的幼枝。这双手是有自我意识的高贵的手，指尖含着几分不逊和倦怠，是自觉认为只能驯服于超越之物的手。所以，这双手不打算接触尘世的物象，仅仅摆出一副用于虚空的架势而已。它不像祈祷者谦虚的手，而是志在爱抚无形之物的手。假如有单单用于爱抚宇宙的手，那么就是手淫者的手。"给我看穿啦！"本多思忖着。

这双手只想接触星月海洋，而对日常生活马虎从事，本多很想见见雇用这双俊美的手的雇主。他们雇用人员的时候，从关于家族关系、交友关系、思想、学习成绩、健康等聊天的调查中，究竟了解些什么呢？他们懵懵懂懂雇用的这位少年，代表着纯粹的邪恶。

走着瞧，这位少年纯粹是个邪恶！其理由很简单。因为这位少年内部诸处皆似本多。

本多装出一直眺望大海的样子，一侧的胳膊肘抵在连接窗边的桌面上，借助老人的阴郁这个自然的伪装，不时偷窥一下少年的侧影，沉浸于"一眼看透自己生涯"的思考之中。

通过这一生，自我意识就是本多的邪恶。这种自我意识决不懂得爱，不必亲自下手就能大量杀人，书写漂亮的悼词，借他人之死而愉悦自身。一边将世界引向灭亡，一边求得独自生存下去。然而这期间，有时也会沐浴在窗外射进的一缕阳光之中。那是印度。那是他觉悟到恶、瞬间里欲从恶中遁逃出来时遇见的印度。正是这个印度教导了他，自己曾经痛心疾首加以否定的世界，凭借道德的要求必须继续存在下去。正是这个印度，包含着自己决然无法到达的那种邈远的光明与薰香。

然而，自己的邪恶的倾向，及至老迈之年，一味将世界转为虚无，将人引向乌有，只顾走向全体性的破坏和终末。而今，这一目的尚未实现，自己将要临近终点之时，又遇到另外一个酷似自己、孕育着罪恶之芽的少年。

这一切抑或是本多的幻想。不过，他那洞若观火的认识能力，经过几多失败和蹉跌之后，本多内心里已了然有悟。只要不抱有欲望，这双眼睛的透彻与澄明没有错。何况，一眼看穿的是那些自己不满意的事物。

恶有时展现一副植物的沉静之态。结晶的恶，像洁白的药片一般纯美。这少年是美丽的。此时，或许本多觉悟到自己和他人都未曾认识到的自我意识之美好，并且沉迷其中吧？……

——庆子渐渐待不住了，她重新涂了口红，对本多说道：

"还不走吗？"

听到老人不置可否的回答，她只好在屋子里慢悠悠挪着步子。连同身上的衣服，看起来很像一条热带懒洋洋的大蛇。她发现，挨近天花板的木架分割成四十个格档，每个格档里都摆着一面沾满尘埃的小旗。

庆子一眼瞥见胡乱缠作一团的旗子，她被那红、黄、蓝等艳丽的色彩迷住了，一边袖着手，一边仰头凝视。最后，突然把手搭在少年裸露的肩膀上。那肩膀呈锐角形，像象牙一般尖锐而光亮。庆子问他：

"那些旗子是干什么用的？"

少年惊讶地向后缩回身子。

"那个，现在用不着了。那是手摇信号旗。夜间只用发光信号。"

少年指了指房间一隅的投光器，随即又盯着桌上的本子答道。隔着少年的肩头，庆子看到他专心致志一直看着轮船烟囱标志图。她始终不肯退让。

"能给我瞧瞧吗？我还没见过手旗是什么样子呢？"

"好的。"

少年由刚才尽量弓着腰的姿势，恰似推开燠热的密林里的树枝，推开庆子的手站了起来。他走到本多面前，跷着脚尖想从高架上取下一面小旗。

本多一直呆然若失，紧贴身边的少年伸展着双臂，他不由抬眼看了看。此时，本多看到从空荡荡的运动衫里闪露出的腋窝。少年微微甘甜的体臭掠过鼻翼，先前一直遮盖着的左侧白皙的胁腹，排列整齐的三颗黑痣历历可见。

"瞧这左撇子。"

庆子毫无顾忌地说。少年取下小旗交给庆子，目光里含着怒气。

本多打算再度确认一下，他挨近少年身旁，又仔细窥视了一次。一只胳膊如雪白的翅膀压在那里，视野变窄了。然而他一抬手，运动衫和胁腹交界之处，两颗黑痣朦胧地藏在衣服下面，另一颗明显地映入他的眼帘。本多心里一阵悸动。

"呀，设计得真漂亮。这是什么？"庆子展开带有黑和黄两种方格子花纹的手旗，仔细瞧着，"真想做件西装穿啊，是亚麻料子吧？"

"这个，不清楚。"少年没好气地答道，"信号是L。"

"这是L的？是LOVE[1]的省略吧？"

少年动怒了，没有作答。他一面走回桌边，一面用沙哑的嗓音自言自语地说：

"请慢慢看吧。"

"你不说这是L吗？为何这就是L呢？丝毫没有让人联想起L的特征啊。说起L，只能是蓝色和半透

---

1 英语，"爱"的意思。

明的极其爽快的感觉，决不是黑黄的方格子纹路。要是那样，不如称 G 什么的了。那是一种厚重的中世时期骑马比赛的感觉。"

"G 是黄色和白色的纵形花纹。"

少年用一副半歇斯底里的语调说道，听那声音似乎要哭起来了。

"你说是黄色和白色的纵形花纹？哎呀，那感觉也不对啊。G 绝不是纵形花纹。"

本多向激昂慷慨的庆子示意，时间不早了，他首先站起身来。

"谢谢啦，实在打扰。给您添了不少麻烦，今天也没有带什么礼物，真是有些失礼啊。今后从东京寄些点心来吧……能送一张名片吗？"

看到本多对少年说话毕恭毕敬，庆子有些茫然若失。她把小旗送回少年的桌子上，就去拿搁在东边窗边小型望远镜上的黑呢帽。

本多将标明职务的名片恭敬地放在少年面前，少年也送给他一张标有信号所住址的名曰"安永透"的名片。很明显，"本多律师事务所"这个头衔，使得少年对他既放心又怀着敬意。

"这工作很了不起呀。您一个人干得很好。多大了?"

临离开时，本多淡然地问道。

"十六岁。"

少年故意将庆子排除在外，以一副向上司汇报工作的姿态，站起身响亮地回答。

"这是有益于社会的重要工作，请好好干吧。"

装了假牙的本多，就像在典礼上讲话，一字一句极其明晰地说着。他微笑着督促庆子快些换鞋。少年送他们到楼下。

——乘上车子，本多把脑袋靠在后头，心情抑郁地将身子埋进座席里。他命令司机开往日本平饭店，今晚两人在那里住宿。

"抓紧洗澡，还要请按摩师来按摩。"

庆子听本多说完，睁大眼睛说不出一句话。本多看她半天没言语，淡淡地撂下一句:

"我要把这少年领作养子。"

±

两位客人走后，透心中像一团乱麻，不知如何
是好。

以往那些心血来潮的游客，也有不少前来参观
的，看来这座建筑物很能引起人们的好奇心。多数人
是带着孩子来，是在孩子的纠缠之下来的。他只要抱
起孩子看看望远镜就完事了。今天的客人不同，好像
是为了洞察什么而来，不客气地抢走什么东西而去的。
直到今天，透也不知道有过那种东西。

午后五时。洋溢着雨意的天空及早黑了下来。

海里绵长而深绿的潮线，犹如一幅巨大的黑纱，
给予大海以镇静的感情。右首远方除了一艘货轮之外，
再也看不到其他船影。

横滨总社打来电话，通知有船驶来。其后，再

也没有电话了。

平素该是准备晚饭的时刻。透心里烦闷不安，全然没有心思做饭。他打开桌上的台灯，继续翻阅烟囱标记图版。每当情绪不佳的时候，他就翻看这个解闷。

每一幅图都有他的好恶，他的梦想。凡是喜欢的，如瑞典东亚航运公司的标记图，鹅黄底子上描画着蓝色的圆环，圆环中再用黄色配以三顶皇冠；还有一幅是大阪造船厂的大象标记图。

这种绘有大象烟囱标记的轮船，平均每月驶来清水港一次。黑底，金黄色月牙上站着一头白象，远远望去，十分显眼。站在月亮上的白象自洋面上出现，看起来异常美妙。

还有，伦敦王子海运公司，那画着三根华丽羽毛的头盔，也讨得透的欢心。

Canadian Transport[1] 的船舶进入海港，那鲜明地绘有一棵绿色枞树的烟囱标记一出现，整个白色的

1　英语：加拿大海运公司。

货轮就像一件巨型礼物，在烟囱上夹了一枚雅致的贺卡。

这些都是同透的自我意识毫无关系的徽章，只有进入望远镜的视野之后，才成为识别的对象，和透的世界发生联系。在这之前，宛如被撒向全世界海洋上华丽的纸牌，始终被一只透所完全不了解的游戏的大手摆布，四面八方到处移动。

他热爱那决不映照自己本身的遥远的光辉。如果说这世界还有透所爱的东西，那就只限于此。

……刚才的老人究竟是什么人呢？

他们来时，他确实对那位任性的时髦老太太满肚子不高兴，然而等他们一旦离开，透却记挂起另一位沉静的老人来了。

聪敏睿智的疲惫的眼神，听不明白的宁静的嗓音，令人觉得受到愚弄似的恭敬……他究竟在忍耐些什么呢？

透从来没见过那样的人。他不懂得，具有真正支配欲的人，往往显露出宁静的外表。

按理说，透一切皆知，但老人身上存在着透所认识不到的岩石般坚固的东西，那是什么呢？

不久，原有的清凛的傲慢复苏了，他不再臆测下去。那位老人只当他是普通的无所事事的退休律师好了。那副殷勤只不过出于单纯的职业性习惯。透发觉自己对城里人抱有过分的乡巴佬式的警惕，颇感羞愧。

他打算去做晚饭。当他把废纸扔进字纸篓的时候，看到了底部那些枯萎的紫阳花瓣。

"今日是紫阳花。而且临走时，顺手插在我的头发上，让我出尽了洋相！"透忽然想到，"上回是矢车菊，再上回是山栀子。她接连不断地簪花来访，是头脑发疯了，还是别有用意？首先，这恐怕不只是她个人的意愿，或许有人每次都往绢江头上簪花，绢江茫然不知，被当作传递某种信号的使者了吧？……那丫头总是想到哪里说到哪里，最后扬长而去。下回，我一定抓住她问个明白。"

说不定透身边所发生的事情，或许没有一样出于偶然。透突然感到，不知不觉间，自己周围已经张开了一面致密的邪恶的大网。

　　回旅馆后直到晚饭前，本多再也没有说什么，所以庆子对于他所突然提起的养子问题也保持沉默。

　　吃过晚饭，庆子问道：

　　"是你过来，还是我过去？"

　　按照两人旅行中的习惯，饭后直到就寝这段时间，双方总是集中到一方的房间里，叫饭店侍者送些酒水来，两人边喝酒边聊天。一方要是累了，也可以回绝。两人配合默契，丝毫不存芥蒂。

　　"我歇过来了，半小时后就过去。"

　　本多说罢抓起庆子的腕子，看看她手里钥匙上的房间号码。本多当面表现出如此微妙的虚荣心，使得庆子笑弯了腰。对于本多来说，这种表现同往日作为审判官时那种阴郁的威严，时不时交替着突然冒出来。

庆子换好衣服，本来想等本多进来后奚落他一番，但随即又改变了主意。因为她发现两人之间有个不成文的规矩，凡是正经事，就毫不客气地加以嘲讽；凡是玩笑，则一概严肃对待。

本多来了，两人隔着小桌在窗边坐下来。庆子叫侍者送来一瓶时兴的"顺风[1]"牌兑水威士忌。她望着雾气翻卷的窗外，从手提包里掏出香烟。庆子将香烟夹在指缝里，目光比平时机灵多了。不过，那种等着别人点火的外国流的做派，在他们两个之间早已不时兴了。因为本多对此很反感。

庆子突然开口了。

"真没想到啊，您竟然想把那个素昧平生的孩子领作养子。看来，理由只有一个。您哪，有那方面的兴趣。过去，您一直瞒着我。我呢，可真是个瞎子。同您交往了十八年，一直没看透您。我们能这样情投意合，肯定是一种共同的志趣，从一开始就使我们相

1　Cutty Sark，苏格兰名酒。

互亲近，放心地结成了同盟。什么金茜，还不是个陪衬？莫非您很清楚我和金茜的关系，故意在演戏不成？您可真是个叫人放心不下的主儿啊！"

"没那回事。金茜和那位少年是同一个人。"

本多十分肯定地说。其后，尽管庆子反复追问："为什么？"本多只撂下一句："等上了酒再详说。"随即含糊过去了。

酒来了。庆子一心要弄个明白，她不再记挂其他的事，只是等待着本多的说明。她的指挥棒不灵了。

于是，本多一五一十地全都说了。

使得本多感到快慰的是，庆子没有像平常那样一味发出不痛不痒的感叹，而是很认真地听他诉说。

"那件事您既没有说出来也没有写出来，这做法是明智的。"庆子用酒润过的喉咙，发出圆润而慈爱的声音，"否则，世人将会把您当成疯子，过去建立起来的信用，也会一落千丈。"

"对我来说，社会的信用算得什么！"

"不，我不是那个意思。您能瞒着我十八年，这正是您的聪明之处。刚才所说的那种秘密，就像具有万能效力的剧毒药，相比之下，一般人所抱有的最羞耻、最见不得人的隐秘，例如与众不同的性取向、近亲中有三个精神病患者……这类社会的秘密就根本不算什么了。一旦知道了那种秘密，什么杀人、自杀、强奸和支票欺诈，也就变得无所谓了。因为那是一套巨大的宽松的法则。做过审判官的您，居然懂得这种法则，真是极大的讽刺。这种宽松的法则正像一个比天空还要广大的圆环，假如有朝一日发现自己被包裹在其中，其他各种各样的法则就都算不得什么了，不是吗？您早已看透了，我们都是被放牧的一群野兽。这群野兽，懵懵懂懂，互相姑息着，互相制约着。"庆子叹了口气，"您的这桩故事也治愈了我。本来以为自己做了一番苦斗，现在看来，完全没有战斗的必要。我们都是被圈在同一张投网里的鱼虾，没有一个例外。"

"可是女人最要命的是，一旦知道这些，已知者就不可能继续保持美丽。你这份年纪假若还想美，听到我的话就应该赶紧把耳朵堵起来。

　　"已知者的脸上，具有一种看不见的麻风病的症候。倘若把神经型和结节型称作'有形麻风'，那么这种就是'透明麻风'。一旦有所知，到头来不论谁，都得染上麻风病。打从去了趟印度（在那之前，疾病早已有了数十年的潜伏期），我就成了一个地地道道的'精神麻风病患者'了。

　　"你是女人，不管怎么浓妆艳抹，巧施粉脂，'知者'的肌肤也会被同为知者的伙伴一眼看穿。肌理异样透明，灵魂戛然停滞，玲珑剔透。肉的美丽失却，肉仅仅作为肉块，丑陋地盘踞于体上。声音嘶哑，浑身毛发脱落，犹如败叶飘零。这就是所谓的'见者的五衰'，从今天起，你身上就开始有这种症状了。

　　"即使你不想躲开别人，渐渐地，渐渐地，别人也要主动躲开你。因为已知者身上，总有一种自己无法感知的令人生厌的异臭。

　　"人的美貌，无论肉体还是精神，凡是属于美的，只产生于无知和迷蒙，不是吗？一旦有知就不许再是美的。同样是无知和迷蒙，不具有隐蔽作用的精神，同具有隐蔽作用的光辉的肉体，两者是无法比拟的。

对于一个人来说，只有肉体美才是真正的美。"

"说得对，金茜也是这样的。"庆子以轻微追慕
的目光望着浓雾翻滚的窗外，"所以，您到底没有告
诉第二个人勋，也没有告诉第三个人金茜。"

"那是出于一种残酷的考虑，因为一旦说出，就
会影响他们完成自己的命运。所以每次我都缄口不
提……但是清显是个例外，因为那时候我也什么都
不懂。"

"您是说当时您也是美的，对吧？"

庆子带着一副讽刺的眼神从头到脚对本多审视
了一遍。

"我可没这么说。我已经为着'知'在拼命打磨
武器。"

"我懂了。这件事，对今天见到的那位少年要绝
对保密，一直要保密到他二十岁死去。"

"是的。还要忍耐四年。"

"您不会死在他前头吗？"

"哦，这个我还没想到。"

"我们俩再去一趟癌症研究所吧？"

庆子瞅瞅手表，掏出一个装着五颜六色药丸的盒子，一眨眼用指尖从中撮出三粒来，用掺水的苏格兰威士忌冲服了下去。

本多有一件事没有对庆子说，今天遇到的那位少年和以往的三个人相比，有个明显的不同。

那位少年自我意识的机械性结构，就像玻璃一般玲珑剔透，一目了然。这一点，无论在清显、勋还是金茜身上，本多都未曾见到过。看来，那位少年的内面同本多的内面毫无二致。那怎么可能呢？倘若如此，那位少年就是属于已知者而依然美丽的异样的存在。而那是不可能的。既然是不可能的，那么尽管年龄、黑痣确凿无误，指不定那位少年从一开始就是个出现在本多眼前的精巧的赝品。

——渐渐发困了，话题也转移到了梦上。

"我呀，很少做梦。"庆子说，"直到现在，我只是做些参加考试的梦。"

"听说考试的梦一生都会有的。不过，我十几年没做这种梦了。"

"你肯定学习成绩优良啊。"

然而，同庆子谈做梦很不相宜，就像同银行家讨论编织毛衣。

不久，两人各自回房间睡了。本多做了梦，正巧是大肆声言很少做过的考试的梦。

风只要刮得猛些，二层楼的木质校舍，就像架在树梢上的小屋，飘摇不定。十几岁的本多，接过唰唰落向课桌上的答卷纸。他知道，背后隔着两三个座位就是清显。他不时看看写在黑板上的考试题，再对对答卷。本多沉着冷静，心性坦然，一根根铅笔削得像锥子一样尖锐。答案都能当场完成，丝毫不用着急。窗外的白杨树，被风揉搓着身子……

深夜醒来，将这梦境毫无遗漏地再回味一遍。

这种梦虽然没有引起任何焦躁感，但本多所做的梦确实是考试的梦。那么，是什么人让本多做这种梦的呢？

本多和庆子的谈话也只有本多和庆子两个人知道，所以这里的"什么人"不是本多就是庆子。不过，本多自己决不希望做这样的梦。对本多连个招呼也不打，不管他愿意不愿意，就随便让他做这种梦，这个人不可能是本多自己。

当然，本多读过维也纳精神分析学家关于梦的各种著述。但他对于"背叛自己的其实就是自己的愿望"这一说法并不完全首肯。在他看来，与其持这种说法，毋宁认为是自身之外的人一直监视自己，强迫自己做这做那的缘故。这样想反而更加自然。

醒来时的自己保持着意志，不论愿意不愿意，总是生活在历史之中。然而一旦进入梦境，便同自己的意志无关，黑暗的深处总有一个强迫自己的人，一个超历史或无视历史的人。

或许雾气已退，月亮出来了，略显短小的窗帘遮不严窗棂的下边。那里微微泛着青白的光亮。看样子，那是横亘在夜间大海对面的巨大半岛的影像。本多思忖着，曾经乘船黑夜里渡过印度洋渐渐接近的印度，一定也是那样的吧？他想着想着睡着了。

八月十日。

早晨九时，透赶到信号所来接早班，当他一个人时，便打开报纸慢慢阅读起来。直到下午，都没有船进港。

今日早报，都被田子浦淤泥公害的消息占满了。田子浦有一百五十座造纸厂，清水只有一座小厂。再说，海潮是一个劲儿向东再向东流淌，淤泥几乎侵犯不了清水港。

田子浦港的游行队伍大部分是"全学联"的人。那种嘈杂的场面，即使用三十倍率的望远镜，依然离开视野很远。大凡没有映入望远镜的东西，一概同透的世界无关。

凉爽的夏季到了。

今年夏天很少遇到这样的好天气：伊豆半岛历历可见，光辉灿烂的蓝天白云高耸。今天，半岛同样雾霭萦绕，日光朦胧。最近从别人那里看到气象卫星的摄影，骏河湾有一半区域时常笼罩在云雾之中。

绢江很少见地上午赶来了。她站在门口问是否可以进来。

"今天所长到横滨总社去了，不会再有人来。"

听到这么一说，她才上来。

绢江的眼里充满惊恐。

梅雨时节，透曾经逮住绢江盘根究底追问她，每次来为何戴着不同的花儿。自那之后，绢江好一阵子都不登门了。虽说最近又热络起来，但头上也不再戴花，而是借口受到威胁、心中感到不安才来的。而且，口气也越来越夸张了。

"第二次啦，这回都第二次啦。况且还换了人啊！"

她一屁股坐在椅子上，边喘息边诉说。

"怎么啦？"

"您被人家给瞄上啦。我到这里来，特地打量了周围，绝对不能被人看到。弄不好会害了您的。您要是被杀了，肯定是因为我。那么我只有一死向您谢罪啦。"

"到底是怎么回事？"

"都第二次啦。因为是第二次，我特别在意。上回我不是对您说了吗？……这回也大致一样，只是稍有不同。今早，我到驹越海滨散步，在海滩上摘了一朵滨旋花，走到水边，呆呆望着海面。

"驹越海滨人很少，我不愿意被人眼睁睁看到。我呀，一旦面对海水，就感到无比地心平气和下来。假若将我的美貌挂在秤的这头，将大海挂在那头，或许秤是平的。这么一来，我就把我的美貌的重量交托给大海，更感到心情舒畅了。

"海滩上只有两三个钓客。其中一人，也许没钓到鱼，腻烦了，一个劲儿朝我这边瞅着。我假装不知，仍然在看海。可是那个人的视线，就像苍蝇一直叮着我的腮帮儿。

"嗨，那时我的心情就甭提有多坏了，您哪能理解啊！我想，这回又来了。我的美貌自行脱离我的意志，反而约束着我的自由。我的美貌可能像原本不属于我的灵魂的一类东西。我虽然安安静静，不打算招惹任何人，但灵魂偏偏跟我作对，不断带来灾难。假如灵魂位于外缘，那就可以称为真正的美女了。不过，没有比位于外缘的灵魂更难对付、更不随心所欲的了。

"真是的，又勾起了男人的欲望。啊，真讨厌！这么一想，我明白了，我的魅力正迅猛地将男人俘获。以往路边不三不四的人，眼看着都变成了丑陋的野兽。

"我这阵子，到您这里来虽然没有拿花，但我一个人的时候，喜欢把花插在头上。我爱将桃红色的滨旋花簪在头发上唱歌哩。

"忘记是什么歌了，刚才还在唱呢。您说奇怪不？我以为那歌很合乎我的美声，音调凄凉，能把人的心引向很远很远。不论多么蹩脚的歌，只要经我的嘴唱出，都变成优美的歌。真是没办法呀。

"说着说着，那人就过来了。还是个小伙子，老实巴交的。但是，他的眼里却燃烧着藏也藏不住的欲火，一双眼睛黏胶一般死盯着我的裙子下头。我们天南海北闲聊了一阵，我终于还是在危险的关头保护了自己的身子。这下子好了。保护了自己，不过又在为您担心呢。

"他又转移话头，问了好多关于您的事情。比如您的人品啦，工作情况啦，待人亲切不亲切啦，等等。不用说，我都一一作了回答。我告诉他，您是个很优秀的人，再没有谁像您那样态度亲切、工作卖力的人了。不过有一点回答，那人听了露出怪讶的表情。那是我在说出'他有些超出常人的地方'时。

"不过，我呀，从直觉上是明白的。这回都第二次了。十天前不是有过类似的事情吗？我想，他肯定怀疑我和您的关系。不知哪里还躲着一个可怕的男子，他也许听到别人说起我，或者从远处看到过我，对我很着迷，使唤小喽啰探查我周围的情况，企图除掉被当成我的恋人的人。不知打哪里卷起对我一种疯狂的爱，一步步逼近，弄得我很害怕。因为我的美貌而殃及无辜的您，那可怎么办呢？这里头肯定有阴谋，一个由绝望的爱而引发的疯狂阴谋。一定有人从看不见的远方瞄准我，同时企图杀害您。这个人有钱有势，而且像癞蛤蟆一样丑陋。"

绢江滔滔不绝地说到这里，突然浑身发起抖来。

穿着牛仔裤的透跷着二郎腿，抽着香烟听着。他在思索绢江讲话的要点是什么。先不说她那颇为滑稽的妄想，透认为确实有人在进行间接的调查。那是谁呢？又是为着什么目的？假如是警察的话，除了未成年抽烟之外，他没有干过任何违法的事情啊。

关于这事，透决定他一个人先独立思考一下，然后为了对绢江所偏爱的妄想给以维护，使她的妄想带有理论的骨架，他煞费苦心地说道：

"你说的大致不错。不过，为了如此漂亮的你而被杀害，我一点也不后悔。这个世界总有一些腰缠万贯的恶霸、流氓，虎视眈眈，一心想消灭纯粹的美好的事物，我们到底还是引起了他们的注意。事情就是这样。

"要同这帮家伙斗争，不能只凭着一般的觉悟，因为他们在全世界都布下了天罗地网。对那帮家伙一开始必须装作俯首帖耳、言听计从的样子，慢慢花些时间，以探知他们的弱点，以便充分积蓄力量。然后，抓住敌人要害之处猛烈反击。

"不要忘记，纯粹而有魅力的人，往往就是人们的敌人。要知道，那帮家伙之所以无往不胜，就是因为人们都站在他们一边。在我们真正屈膝投降，承认自己是人类一员之前，他们是决不肯手软的。所以我们要做好精神准备，一旦到紧急关头，就要横下一条心去践踏圣像[1]，要果断地踩，否则就会被杀害。一旦踩了圣像，那帮家伙就心安理得，缺点也暴露出来了。在这之前，必须忍耐，而且还要保持强烈的自尊心。"

"我懂啦，透君。我呀，一切都听您的。您也要坚决支持我。美丽这颗毒瘤害得我两腿发软，只有您和我携起手来，才能斩断人的一切丑恶的欲望。要是顺利，还可能将整个人类全都漂白得一干二净。到那时候，这块土地就是天堂，我活着也不会再受到任何

---

1 日本古代为了禁止西方宗教传播，强迫人们脚踏刻有耶稣像、圣母像的木板或铜板，以检验谁是圣徒。

人的威胁了。"

"当然啦，你只管放心吧。"

"真高兴啊……我呀，"绢江一边后退着走出屋子，一边嘴里快速地说，"听着，全世界最爱的人就是您。"

——绢江走后，透总是回味不尽。

纵使她面目可憎，人一旦不在，美又有何不同呢？他们的会话一切都以绢江的美为前提，因为那种美本身并不存在，所以如今绢江退场，依然薰香萦绕。

……美在远方哭泣，透有时想。多半是在水平线稍远之处。

美，如嘹唳的鹤鸣，声音回荡天地，旋即消泯。纵然有时蓄积于人的肉体，也只是瞬间即逝。而绢江却凭借"丑陋"这根绳索，刹那间将这只鹤拴牢，而且不断用自我意识的食饵，永远将它饲育。

——午后的船"光洋丸"三时十八分进港。接着，直到晚间七时才有船进来。

眼下，清水港进来了二十艘货轮，包括系留中等待靠岸的九艘。

三区里系留中的船有："第二日轻丸""三笠丸""Camelia[1]""隆和丸""Lianga Bay[2]""海山丸""祥海丸""丁抹丸""光洋丸"。

日出码头有："上岛丸""卡拉卡斯丸"。

富士见码头有："太荣丸""丰和丸""山隆丸""Aristonikos[3]"。

此外，专供装卸木材的木料船停泊的折户湾，船舶没有靠岸，而是系留于浮标上，有："三天丸""Dona Rossana[4]""Eastern Mary[5]"。

另外，为安全起见，油轮不许靠岸，只能系留于一定水域，通过输油管将油输送上岸。在专门供系

---

1 山茶花。

2 利昂阿湾，菲律宾地名。

3 亚里斯托尼哥。

4 罗萨纳夫人。

5 东方玛丽。

留油轮的海豚水域，只有一艘"兴玉丸"油轮，这艘油轮即将启碇。

从波斯湾运送原油的大型油轮，停泊于海豚水域，而运载精炼油的小型油轮可以靠近袖师码头。那里有一艘"日昌丸"。

还有，从东海道线清水车站引入的一条岔道铁路线，从大型码头几座栈桥旁边经过，穿越夏日阳光清晰地构成对角线阴影的寂寞的保税仓库，次第隐没于夏草丛中。从仓库之间的缝隙可以窥见海水的闪光，嘲笑般告诉人们这里是陆地的终点。尽管如此，那条宛若供古旧的机车投海用的红锈斑斑、孤独而褊狭的单轨铁道，一股脑儿通向海面，终于在突然光辉耀眼的海边戛然止步了。那个终点统称为铁道码头。今天那里没有停泊一艘船。

……黑板上排列着各个码头栏目，透刚刚在三区那里，用粉笔填上"光洋丸"的船名。

在海面待机的货轮要到明天才开始装卸，因为不必着急，所以询问"光洋丸"何时进港的电话也一再拖后，直到四点钟左右，才有人打听是否进港。

四时，领航员打来电话。因为他们八人轮流值班，所以特地通知明日由哪些人担任进港船的装卸工作。

——透傍晚闲着无事，用望远镜观看大海。

对镜窥视的同时，回忆起上午绢江所带来的不安和邪恶的幻影，仿佛给镜头罩上一只灰暗的滤光镜。

细思之，今年整个夏天就像罩上邪恶的滤光镜。邪恶细致入微地渗进光明之中，稀释了亮度，也淡化了夏天所特有的浓烈的黑影。云彩丧失了鲜明的轮廓，钢铁般青黑色的水平线上，看不到伊豆半岛，洋面上一派空白。海色呈现着充满单调苦涩的绿，眼下慢慢涨潮了。

透将镜头稍稍下移，注视着水线上的波浪。

波涛碎了，水花如沉渣泛起向后滑落，刚才还是三角形暗绿的堆积，一下子改变了形状，乱糟糟地充满"白色的不安"，向上耸起，向上膨胀。看来，大海疯狂了。

波浪高高耸立时，一方面可以看到波裾细碎的低浪，另一方面，高高的波腹刹那间泛起散乱的白色泡沫，发出哭诉无门的悲鸣，随之掀起无数的气泡，形成一道厚厚的锐利而明滑的、布满裂纹的玻璃墙。当波涛上升达于极限，银白的刘海一起美丽地向下低垂，再低垂，露出整然有序的青色的颈项。那颈项上漉满细密的白筋，眼看着变得洁白一色，如斩掉的头颅跌落地面，四散而去。

泡沫扩散着退去。黑色的沙地上，众多细小的泡沫，如沙蚕般排着队，一齐跑回大海。

犹如比赛结束后选手们脊背上急速消退的汗水，白色的泡沫顺着黑色沙石的间隙流去。

宛若一枚青石板般无量的海水，到达水线时碎了。同时又呈现着何等纤细的变化啊！千千万万纷乱细微的浪头，以及粉碎的白色飞沫，表现出海蚕般的性质，痛苦地吐露着无数的细丝。内部蕴含着白色而纤细的性质，同时又用力压伏，这是何等微妙的邪恶啊！

四时四十分。

天顶上展现一片碧空。犹如在图书馆美术全集上偶然看到的枫丹白露派[1]天棚画上的蓝天。那是一片刻意制作的沓蔼的蓝天，矫揉造作的云彩，伴随着抒情的装饰。这片蓝天绝不是夏日的天空。天上被甘美的伪善遮蔽了。

望远镜的镜头已经离开水线，转向天顶、水平线和广阔的海面。

那时，刹那间镜头里出现一滴白色的飞沫，几乎高及天际。如此蓦然高高腾起的一滴浪花，究竟瞄准了什么目标呢？那至高无比的断片，因何而被选中的呢？怎么就该是它那一滴？

自然由整体变成断片，又由断片变成整体，不断循环往复。当它采取断片的形式时，显得虚幻而清冽；与此相比，整体的自然常常是烦躁而阴郁的。

邪恶是否属于整体的自然？

还是属于断片的自然？

四时四十五分。空阔无垠，没有任何船影。

1　枫丹白露派是十六世纪活跃在法国宫廷的美术流派，主要包括来自意大利的画家罗索、普利马蒂乔和雕塑家切利尼以及法国画家库新、卡隆等人，在宫廷内外的装饰上形成了一个风格性很强的艺术流派。

海滩上一片冷清，没有人游泳，只有两三个钓客。望不到一艘船的海面，已经尽量远离了献身。如今，骏河湾既无一丝爱，也无一丝陶醉，完全沉睡于时间之中。这种怠惰、这种无伤的完整性，不久总得有切割的船只行驶，就像闪着白光的剃刀刀刃欻然滑向这里。船就是切向这种完整性的清凉的污蔑的凶器，只是为了划出一道伤口，才在大海紧绷的薄皮上奔跑。但它始终不能给以重创。

五时。

细碎的白浪瞬间染上黄玫瑰色的时候，由此可知，太阳正向西方天空滑落。

左方出现大小两艘黑色的油轮，向着远洋次第进发。从清水港驶出的是两艘油轮：四时二十分启碇的一千五百吨的"兴玉丸"，以及四时二十三分启碇的三百吨的"日昌丸"。

然而，今日的船影幻梦一般隐没于雾霭之中，航路变化不定。

透又把镜头对准水线。

波涛渐渐带上些暮色，同时增强了险恶的硬度。

光线越来越浸染着恶意，波腹的颜色也含着阴惨的意味。

是的。粉碎时的波浪，就是死的具体表演，透以为。这样一想，怎么看怎么像。那是临终时张大的嘴唇。咧开的两排白牙，拖坠着无数白色的口涎。张开的痛苦的嘴巴，开始用下颚进行呼吸。暮霭沉沉的紫色的土地，那是出现紫癜的嘴唇。

临终的大海张开着大嘴，死迅速跳了进去。于是，无数的死反反复复露骨地出现，大海每次都像警察一样，匆匆收集着尸体，悄悄掩藏起来。

这时，透的望远镜，看到了不该看到的东西。

张开的巨口泛滥着痛苦的白沫，他蓦地发现那里摇曳着另一个世界。透的眼睛不会看到幻影，他目之所及只能是实际的存在。但他不知道那究竟是什么。或许是海里的微生物偶尔描画的花纹。那闪射于幽暗深处的光彩，展示了一个别样的世界。他记得确实见过这样的地方，这可能关联着不可测知的遥远的记忆吧。要是存在"过去世"这个东西，也许会是这样。说起来，透一直想知道水平线再向前一步远的地方，那么，这两者又有着什么联系呢？真叫人弄不明白。如果说正要碎开来的波腹，缠绕着众多海藻，而这些海藻一边被卷入，一边跳跃，那么，瞬间描画的世界，抑或就是令人作呕的可厌的海底工笔画，画面上布满紫色的黏液，还有绯红色的襞褶和凹凸。然而，那里有光明，那闪灼不定的是被闪电照亮的海上光景吗？那种景象不该出现于这种夕照下的宁静的海岸。首先，那个世界和这个世界，没有必须同时共存的理由。那里依稀可见的，或许是别的时间吧？同眼下透的手表所跑动的时间相比，完全是属于另外一种时间范畴的吧？

透摇摇头，他想摆脱这种不快的视觉，甚至怨恨起望远镜来了。他转到屋子另一角落十五倍率的望远镜一旁，追逐着眼看就要出港的巨轮的姿影。

起航的是 YS[1] 航运公司驶往横滨的"山隆丸"，九千一百八十三吨。

"山下公司的货轮驶往你处。山隆。山隆。五时

二十分。"

透向横滨总公司打完电话，又回到十五倍率的望远镜旁，追逐着烟霭中桅杆朦胧可见的"山隆丸"。

黄褐色上面只有黑线描绘的烟囱标记，船腹的黑底上写着"YS 海运"几个大字。白色的船楼，红色的吊臂式起重机。货轮拼命想逃离望远镜镜头的圆形视野，船头冲开银白的浪涛，驶向洋面。

——货轮远去了。

他离开望远镜向窗下俯看，草莓田里燃起了篝火。

草莓季节过去了，梅雨时期一望无际的塑料大棚全部拆除。经过速成培育的草莓幼苗运往富士山五段山腰，迎接人工的冬天，十月末再运回这里，赶在圣诞节上市。

塑料大棚有的只留下骨架，有的连骨架也拆掉了，裸露着黝黑的田垄，人们在地里干活。

透到水房里准备晚饭。

晚饭很简单，他坐在桌旁边吃边眺望窗外，那里已经笼罩着暮色。

五时四十分。

南方天空高渺，云间露出半个月亮。迷离的玫瑰色暮云缝隙间，那半圆月犹如一把掉进来的象牙梳子，又立即同云彩融合一体，难以分辨了。

海边松林暗绿。这当儿，钓客们正要在那里停车，红色的尾灯十分耀眼。

草莓田岔路口出现了几个孩子。傍晚时分，怎么还会有孩子出来？一到薄暮降临，不知从哪里走来了这些神秘的孩子，发疯般地到处游逛。

田垄上到处燃起篝火，火焰越发炽烈了。

五时五十分。

透蓦地抬起眼睛，遥远的西南海面上，出现了普通肉眼决然看不到的极其微小的船影。透立即去摸电话。他确信自己不会出错，所以未经确认就把手伸向电话机。

代理店的人来接电话。

"喂喂，这里是帝国信号。是'大忠'。开始出现了。"

粉红色迷离的西南水平线上，仿佛用脏污的手指戳了一下，有个影子般的东西。就像玻璃表面残留的指纹，透一眼就能分辨清楚，于是他立即断言道。

根据《船舶名鉴》记载，"大忠丸"是三千八百五十吨的柳桉木材运输货轮。全长一百一十米，速度每小时十二点四海里。但超过二十以上者只限于外国商船，木材货船时速缓慢。

透对"大忠丸"非常亲切，因为是此地清水金指造船厂去年春刚刚下水的货船。

六时。

"大忠丸"船影紧接着由此地驶出的"兴玉丸"之后，模模糊糊浮泛于玫瑰红的洋面上。这是一种可谓从梦中渗出日常影像，从观念中渗出现实的异样的瞬间。在这一瞬间里，诗被实体化、心象被客观化了。看似无意味，看似像凶兆，一旦稍有改变存乎于心，心就被攫取，产生一种务必将此带向人世的紧迫力量。它终于存在于世上了。或许，"大忠丸"来自透的内心吧？起初似一根羽毛倏忽掠过心头的船影，变成了一艘四千吨的艨艟巨舰。不过，这也是世界任何地方不断发生的事情。

六时十分。

船向这里行驶，由于角度关系，看起来比实体更加凝重。两只摇臂吊杆恰似独角仙竖起的触角，由远而近。

六时十五分。

肉眼已能清楚地看见船体，但它依然像遗忘在货架上的东西，黑魆魆停留在水平线上。因为距离是纵向地堆积，看起来就像一直搁在水平线货架上的黑色酒瓮。

六时半。

透过望远镜，白地红色的圆环中套着 N 的烟囱标记，斜斜出现在镜头里。从甲板上堆积如山的柳桉木也可以判断出来。

六时五十分。

进入眼前水路的"大忠丸"正横着船身。云彩掩映着银白的月影，迷茫的暮色里，红色的桅灯明灭闪烁。另一艘梦幻般的轮船从远方摇摇摆摆驶来，两艘船交肩而过。尽管两者有一段距离，但桅樯的灯光里分不出远近，交叉掠过的两盏红色的桅灯，于黄昏的海面，犹如两支香烟，火头相交之后又各自离去。

直接进港的"大忠丸"，船腹上前后设置两道牢固的白色铁栅栏，高高耸立，以防止甲板上堆积的柳桉木材掉落到海里。满载的木材以看不到吃水线为准。这种被热带阳光晒得焦黑的柳桉木，粗大的树干紧紧绑在一起，层层堆积起来。看上去好像把一群勇武的褐色奴隶的尸体捆在一起，装上轮船运往这里。

透联想到密林般极为繁琐的新的《海事法》，载有《满载吃水线规则》。木材满载吃水线，分为夏季、冬季、冬季北大西洋、热带、夏季淡水和热带淡水木材满载吃水线六个种类。而热带木材满载吃水线，又分为热带域和季节热带区域两种。"大忠丸"与前者有关，亦即"关于甲板堆积木材运输船舶的特别规定"。这些规则中有关"热带域"的纬度线、子午线和南回归线等，都有详细的规定。透还记得，他曾饶有兴致地阅读过这些规定。

所谓热带域，包括自美洲大陆东岸至西经六十度、北纬十三度的纬度线，由此至北纬十度、西经五十八度相交点的航线，由此至西经二十度、北纬十度的纬度线，由此至北纬三十度、西经二十度的子午线，由此至非洲西岸的北纬三十度……由此至印度西岸……由此至印度东岸……由此至马来西亚西岸……由此至位于北纬十度越南东岸的这一片亚洲大陆的东南海岸……自巴西桑托斯港……自非洲东岸至马达加斯加西岸……还有苏伊士运河、红海、亚丁湾、波斯湾……

从大陆到大陆，从大洋到大洋，纵横拉上一条无形的线，其中一旦命名为"热带"，"热带"便突然挺身而起。凭借着它的椰子，它的珊瑚礁，它的碧蓝海水，它的一堆堆积雨云，它的疾风骤雨，它的五颜六色的鹦鹉的鸣啭。

一根根柳桉木，贴上金黄、大红和碧绿等光怪陆离的"热带"标签运来了。堆积在甲板上的木材，从热带到这里，一路上淋浴着几多热带的骤雨，濡湿的木肌映着灼热的星空；有时经受海浪的淘洗，有时被深深隐蔽的绚烂的甲虫咬破身子。但或许做梦都不曾想到，最后等待它们的竟然是为人类无聊的日常生活服务。

七时。

"大忠丸"通过第二座铁塔。前方的清水港灯火绚烂。

因为是在规定时间之外进港，所以检疫和装卸都延至明天早晨进行。即便如此，透及早打电话依次通知各单位：拖船公司、领航员、警察、港湾管理事务所、代理店、船餐饭馆和洗衣店等。

"'大忠'进入 3G。"

"喂喂，我是帝国信号，'大忠'进入 3G。装载货物吗？堆积如山，毫无余地啊。"

"清水船餐饭馆吗？我是帝国信号。谢谢每次的关照。'大忠'进入 3G，拜托啦。"

"'大忠'……是的，'大忠'。进入 3G，请关照。"

"我是帝国信号，谢谢。'大忠'进入 3G 了。如今位于三保灯塔洋面。"

"是县警吗？'大忠'进港，明日七时。是的，请多关照。"

"'大忠'……'大忠'。进入 3G，请多关照。"

八月下旬某日晚上，轮休的透一个人待在公寓里。他吃完晚饭，洗罢澡，打开房门，来到走廊上，借着南风乘凉。遮着蓝色防雨庇檐的走廊，残留着白天里酷热的暑气。从地面登上铁制的阶梯，到达这条粗劣的走廊上，就是各家各户的一排房门。

南面不远有一座四千坪的木材堆积场，晦暗的灯光下露出堆积的木材巨大的断面。透觉得，木材有时候看起来像一头沉默的巨兽。

远方森林深处，按理应该有座火葬场。透想看一次高大的烟囱吐出的黑烟和火焰，但是一次也没有看到过。

南方有一方凌空而起的黝黑的山体，顶端就是日本平。盘山公路上流线型的汽车前灯清晰可见。山头旅馆的一小团灯火辉煌耀眼。电视塔上红色的航空标识闪闪烁烁。

透没有到过那家旅馆，他对豪华的人世、豪华的生活全然无知。道理与财富不相一致之类的现象，他虽说比谁都了然于心，但对于企图使这个世界走向逻辑化的尝试一向不关心。所以，革命是他人的工作。对于透来说，没有比"平等"这一概念更使他无法忍耐的了。

汗退了，他正要回房间的当儿，紧挨楼梯口前边，停着一辆"皇冠"牌轿车。夜间虽然看不清楚，但车子很眼熟。他看到下车的所长，不由吃了一惊。

所长手中攥着纸袋，一头闯进门，顺着铁梯咚咚咚跑上来，那副样子就像平时赶往工作地点一样。

"呀，安永君，你好。碰到你休息，真是太好啦。我带酒来了，到你屋子里边喝边聊吧。"

所长不顾周围有没有人，大声喊道。透第一次被这种突如其来的到访弄得不知所措，几乎是背着手把房门打开。

"嗬，好认真啊，收拾得挺干净嘛。"

所长坐在透递过来的坐垫上，擦了擦汗，环顾一下周围说道。

楼房是去年建的，加之透又爱干净，所以给人一尘不染的感觉。铝合金的窗户镶着红叶花纹的毛玻璃，内侧再安装障子。墙壁是淡紫色的新建材，天棚布满过于洁净的木格子，进出的高腰障子房门，安装着竹叶暗纹的毛玻璃。隔扇上也绘着神奇的纹路。公寓管理者出于个人爱好，凡是能搞到的新型玩意全都用上了。

房租一万两千五百元，公益费二百五十元，一半由公司负担，对此，透再次表示感谢。

"你一个人不寂寞吗？"

"我一个人挺自在。再说，上班也是一个人啊。"

"可不是吗。"

所长从纸袋里掏出方瓶三得利威士忌，还有装在小纸袋里的鱿鱼干和虾酥饼等下酒物。没有玻璃酒杯，就用茶杯代替。

所长带着酒突然跑到信号员宿舍来，这种事态不同寻常，看来凶多吉少。透不负责财会，不大会犯有金钱方面的过错，只能是自己疏忽大意引起的重大疏漏。而且，平素颇为威严的所长竟对一个未成年者劝起酒来。

透想到可能会被裁免，不过公司没有成立工会。还有，他虽说是个三级无线通信员，但却是个十分勤快的少年。他很清楚，当今这个时代，像自己这样的人，也并非轻而易举就能物色到。只要稍微忍耐一下，就能找到饭碗。透变得心情严冷起来，反而可怜见地望着所长。即便他说出"解雇"二字，自己也充满自信，保持自尊，不为所动。不管对方作何想法，透就是一个"失而不可再得的宝石般的少年"。

透硬是谢绝了劝酒，打坐在不透风的一隅，一双俊美的眼睛炯炯有神。

在这个一无依靠的人世，这位少年构筑了一座小小的冰城。这座冰城同人们引火烧身的出世欲、野心、金钱欲以及恋爱等没有任何关系。他一向讨厌拿自己同别人相比，所以没有嫉妒和羡望。他一开始就断绝同人世的和解之路，因而也就与人无争。他委实像一只无害、亲切而可爱的小白兔……至于失去工作，对他来说只是个很小的问题。

"两三天前，我被横滨总公司找去了。"所长为了给自己鼓劲儿，呷了一口威士忌，"你猜怎么回事？总经理不是亲自把我叫去了吗？我可真慌啦。我琢磨着，到底是什么事呢？我一踏进总经理室，羞愧得直打哆嗦。一见面，经理就笑容满面，请我坐下来。我想这回可不是什么坏事吧。一打听，对我来说，也谈不上什么好坏。你猜怎么着？是关于你的事啊！"

透睁大了眼睛。这是他完全没有想到的意外的话题。听到这里，根本不是什么解雇的事。

"这事也挺叫人吃惊的。有人通过对经理有恩的老前辈传话来，说要收你做养子呢。而且，我是直接介绍人，说请你务必答应下来。这可是总经理的托付，非同小可啊！真不知究竟是你该走运，还是看上你的人有眼光呢？"

说到这里，透的脑子里倏忽一闪，那位收他做养子的人，定是那个送过他名片的老年律师。

"请问，那位希望收我做养子的人，是不是本多先生？"

"不错，你怎么知道的？"

这回该轮到所长睁大眼睛了。

"他来过信号所。不过，只见过一次，如此急着收我做养子，不是挺蹊跷吗？"

"据说对方托信用调查所，三番五次进行了详细查证。"

听到这里，透想起绢江的话，不由皱起眉头。

"这种做法倒是叫人有些不快啊。"

所长慌忙重复地说：

"不过，其结果查明你是个无可挑剔的优秀的模范少年，不是很好吗？"

透的脑子里，比起那位老律师，倒是那个任性的西洋风的老太婆，更像一只不住抛撒众多鳞粉的飞蛾缠着他不放。她那副派头同透所居住的世界大相径庭。

所长当晚抓住困倦的透，一直聊到十一点半。透时时抱着膝头昏昏欲睡，喝醉了的所长摇晃着他的双腿唠叨个没完。

对方是个单身孤寡老人，生活优裕的名士。他之所以相中了透，是因为比起收留名门出身的浪荡公子为养子，不如领养一位真正优秀的求知欲强的少年。这样做不仅有利于本多自家，对于日本的将来也有好处。一旦办完手续，即刻让他报考高中，还想为他请家庭教师，为升入一流大学作准备。作为养父，本多想叫他学法科或经济，至于将来选择什么职业，则听凭他本人的愿望。为此，养父做他的后盾，不惜一切给予援助。养父年迈，去日无多，死后也没有惹麻烦的亲戚，本多的全部家财悉归透所有……所长条分缕析，他说人世间再也没有比这更幸运的事了。

然而，这是为什么？透思考着，自尊心受到了伤害。

对方跳越某种障碍，自己也跳越某种障碍，两者产生了偶然的巧合。对方认为，此种不合乎常识的事情理所当然；而在透一方看来，受这种非常识之事蒙骗的只能是以所长为首的中间型通晓世故的人。

老实说，透听到这件事没有任何惊奇的表示。自从当初见到那位娴静的老人，不知为何，他就预料到了这种异乎寻常的结果。透有自信决不会被人识破，即使被人误解也不觉得奇怪。这种认识使他对任何重大的误解都懒得理会，并具有将误解的结果全部接受下来的自负。假如发生什么不测，那也是美丽的误解的结果。只要将世间认识的错误看成是不言自明的前提，那么不管什么事都有可能发生。认为别人对自己的善意或恶意一概基于误解，这种考虑问题的方法，具有怀疑主义导致的自我否定，也有盲目的自尊。

透蔑视必然，蔑视意志。他如今有充分理由想象自己正处在古老的《错误的喜剧》[1]的旋涡之中。如果一个没有意志的人，抱怨意志被蹂躏而发怒，那一定是天大的笑话。只要横下心来按逻辑行动，对于透来说，"不想做养子"和"接受做养子"这两种说法完全是一回事。

这种缺乏充足根据的要求，会使一般人立即抱有不安。不过，这个问题取决于对方的评价和自己的自负心相互较量的结果。透的想法不走这条路。他不拿任何人同自己相比较。其实，一切都类似一场儿戏，

----

1 莎士比亚早年创作的滑稽喜剧。

缺乏必然性，越是近似有钱者的心血来潮，越是觉得此种要求缺少不可避免的要素，也就越容易为透所接受。不相信宿命的他，也不会受到任何约束。

总之，这件事是戴着一副培养英才的假面具所提出的请求。透本可以像普通的天真无邪的少年一样叫喊：

"我不是乞丐！"

然而，那不过是少年杂志式的反抗。透更有一种捉摸不定的微笑的武器，以本质的拒绝接受事物的武器。

事实上，有时他对着镜头，仔细审视自己浮现出的微笑，因射到镜面上的光线时强时弱，他感到很像少女的微笑。仿佛有一位远方异国的少女，言语不通，只有这微笑才是同别人交流的唯一渠道吧？自己的微笑并不像女人的微笑啊。然而，这种既不是媚态也不是羞涩的微笑，好比是在犹豫和决断之间最微妙的窝巢里待机的鸟儿，为对方设置了如下的危难：就像走在黑夜和早晨交替的薄明中，分不出泛白的道路和河川的界线，踏错一步就要落水。这到底不是男子汉的微笑！透有时想，这种微笑既不是受之于父亲也不是受之于母亲，而是幼时在哪里继承了一位素昧平生的少女的微笑吧？

……另一方面，接受这项请求的透，显然不是因错误估计自己的身价而高傲自大。透对自己诸处看得十分清楚，别人的目光不论多么敏锐，都没有他自己对自己了解得最深透。这是他自尊心的根据，不管在别人眼里他是怎样的形象，任何对透施以重金的请求，可以说都是施之于他的幻影，不会对他的自尊心造成伤害。透是安全的。

话虽如此，对方的动机难道真像这样不可理解吗？其实没有什么不可理解的。透很清楚，大凡无聊之人，可以若无其事地把地球卖给收破烂的。

……透抱着膝头，昏昏欲睡。反正自己早已考虑好了。不过，他尚未一口应承下来，因为出于礼仪，透要等所长急得满头大汗好一阵，才有资本向别人夸耀是如何苦口婆心说服他的。

透再次为自己生来不爱做梦而感到高兴。他给所长点上蚊香，蚊子飞来叮透的腿。那份奇痒，蒙眬之中如明月在天。透恍惚觉得搔过痒的手必须再洗涤干净。

"看样子要睡着啦。值了一夜的班，也难怪啊。哎呀，十一点半了，好吧，安永君，这事就这么定啦，你答应了吧？"

所长站起身，将手使劲儿搭在透的肩膀上，仿佛给他加压。

透这才开始显现出醒过来的样子。

"好的，可以。"

"你答应啦？"

"是的，答应啦。"

"啊，谢谢啦。接下来就由我代替你来催促父母，可以吧？"

"好的，拜托了。"

"可我想，这里失去你这样优秀的人才，实在可惜哩！"

所长说。他已经醉得无法开车，透到附近叫了出租车，送所长回家。

十五

　　翌日继续歇班，透去看了电影，又去海港看船，度过了一天。第三天上午九点开始，透又上班了。

　　几次台风过后，残暑的天空才开始堆积着夏令特有的云朵。或许这是在这个信号所见到的最后的夏景。想到这里，那飘流的云彩引起了他的注意。

　　这种黄昏景象的天空很美。海面上几道层云的彼方，积雨云神一般伫立不动。

　　这些含着淡黄色的壁垒森严的云朵，头顶上又有另外的云层横切而过。积雨云劲健的肌肉遍含羞涩的玫瑰红。云背后的青空，倏忽化作崇高的水蓝色。横斜的云朵，有的灰暗，有的如弓弦般发出亮光。

　　那是靠近眼前、最为高渺的一块积雨云。众多的积雨云排成一列，一直绵延到远方的海面，以夸张的远近法，在澄澈的大气中呈阶梯形弓着脊背。透想，这不是云彩的诈术吗？实际上，渐次低伏的云的横队，模拟远近法，或许欺骗了眼睛吧。

　　一群白色陶俑士兵般排列的云层中，有的上方黑云翻滚，犹如龙卷连着天际；有的形态崩溃，浸染着玫瑰红的光亮。其中，横斜云层的颜色，一一分解成浅淡的红、黄、紫。与此相应，积雨云的颜色也失去了劲健。当透注意到这些现象的时候，刚才银白耀眼的神的面容，变成一副灰暗的死相。

十六

　　本多查清了透的生日是昭和二十九年三月二十日。金茜死去的日子要是比这晚，那就谈不上两者有什么关系了。不过查了各种线索，情况都搞不清楚。时光忽忽，开始办理收留透做养子的手续了。

　　听月光公主的孪生姐姐说，金茜的死只晓得是在"春天"，他深悔没有问清楚具体的日子。其后同美国大使馆联络，打听到她返美后的住址，再三写信询问，一概杳无消息。穷途末路之际，只好托外务省的朋友，请他照会曼谷日本大使馆给予协助，那边回信只是说正在调查，后来就没有下文了。

　　要是不惜钱财，倒也有几个路子。但老年本多的焦躁和极端的吝啬，使他只顾急于办成自己和透的养父子关系，从而忽视了对金茜忌日的调查。不知为何，他已经懒得管这类事了。

昭和二十七年，本多曾经对古典式的财产三分法抱有不安，或许那时他的头脑还很年轻灵活吧。如今，这种古典的常识已经崩溃，本多却依然墨守成规，同比自己小十五岁的年轻的财务顾问发生了争执而分手。

尽管如此，过去二十三年间，财产至少翻了五倍，达到十七八亿元之多。昭和二十三年所得三亿六千万元，按土地、证券和银行存款一分为三，每份一亿二千万元。土地增长十倍，证券增长三倍，存款减少。

本多就像英国古典风格的俱乐部里那些穿着鸟翼尖领衬衫打台球的绅士，对于情有独钟的资产股票锲而不舍。由于本多仍然是拥有东京海上火灾保险公司、东京电力公司、东京煤气公司和关西电力公司等"富于品格又坚挺"的股票的股东，所以他无法摆脱具有绅士资格的时代鄙视投机的社会习尚。话虽如此，即便那些毫无趣味的资产股票，近二十三年间，也已增至三倍。由于免除百分之十五的红利税，那么分红的税率微乎其微。

对待股票也同领带一样，那种印着流行花色和宽幅的大红大紫的领带，到底不适合于老年人。不系这种领带虽然无法获得暴利，但可以不冒由此招来的危险。

昭和三十五年以来的十年间，人们就像在美国那样，慢慢地可以凭借持有的股票占卜他的年龄了。热销的名牌日渐趋于下流，越来越弄不清底细。生产半导体收音机小零件的厂商，年销售额创下百亿元的纪录。五十元的股票涨到一千四百元，乃是常有的事情。本多如此重视股票的品格，却对土地的品格一向漠不关心。昭和二十八年，相模原美军基地周边，建房子向美国人出租，真可谓一本万利。当时，盖房比置地花钱更多，本多听从财务顾问的劝告，对盖房不屑一顾，而以每坪三百元的价格购入了一万坪地皮。如今，每坪值七八万，三百万元的地皮可以卖到七亿五千万元。

当然，这应该说是侥幸。手中的地皮，有的划算，有的不怎么划算，但没有一坪是下跌的。这样一来，本多至今还在后悔，当时折价三亿六千万元的山林，哪怕保留下来一半也好啊！

积财本是一种奇妙的经验。如果本多再大胆些，财产也许会增加数十倍。转念一想，正因为自己脚踏实地，所以财产才没有失去。他只能认为，自己走过来的是一条最好的道路。但是，他还是有些后悔和不满意。说到底，这种心情来自对与生俱来的性格的怨艾，不可避免地就会产生一种不健全的情绪。

本多明明知道要吃大亏，却依然将落后于时代的财产三分法当作自己的行为准则，以求得心情的宁静。那是对陈旧的资本主义三位一体的崇敬。在那种心理之中，存在着某些神圣的东西，自由主义经济"预定调和"的理想散射着余晖。还有，那种心理象征着对殖民地化的土地进行原始且不安定的单一经营这种方式，本国绅士们所抱有的悠悠然理智的矜持和均衡感觉。

不过，那些东西在日本还存在吗？只要税法不变，只要所有企业不再回到依靠自己资本经营的方式，只要银行不停止要求用土地作为贷款的担保，那么，日本国土这个巨大的抵押物就绝不会理睬什么古典法则，而只能是继续看涨。要想让土地不涨价，那么只能是经济停滞发展或共产党上台的时候。

本多对这些心如明镜，但他依旧忠实于安全可靠的古老的幻影。他加入生命保险，愚蠢地死守着一天天不断贬值的货币。在本多心里，或许依然存在着勋轰轰烈烈活着的时代那种金本位制的遥远的黄金梦吧？

来自自由主义经济学美丽的预定调和的梦想早已幻灭了。预言行将灭亡的东西存活下来，预言获得发展的东西（确实发展了），蜕变为别的东西。到处都没有纯粹理念生存的余地。

相信世界走向崩溃，这很简单，本多要是二十岁，他很可能相信。但世界是不大会崩溃的，人们就像在表面滑行的冰上运动员，活着然后死去。对于人来说，这个问题不可疏忽大意。假如知道冰会裂开，谁还会滑冰呢？假如知道绝对不会裂开，那么也就失去了目睹他人落水的快乐。问题是自己滑行期间会不会裂开呢？本多滑行的时间已经不多了。

在这个时期内，利息和各种好处时时刻刻都在一点点增大。

人们以为这样下去财产会逐步增加。要是能超越物价上升率，事实上财产肯定会增加。然而，这种本来站在同生命对立原理一面的增加，只能依靠向立于生命一侧的东西逐步侵蚀方可实现。利息的增值如同白蚁对时光的侵蚀。只要那些地方逐渐获利，那么同时也就伴随着时光的白蚁一点点着力啃吃的齿音。

这时，人们才感到财产获利的时间和自己活着的时间，两者性质是不同的……

——对于这些，本多躺在早醒的被窝里，一边等待黎明的曙光，一边任思绪自由飞翔，嬉戏之间必定反复思考过。

利息又如一望无际的原野上的绿苔，不断蔓延繁殖下去。我们总不能一直追索到底。因为，我们的时间逐渐沿着坡道准确无误地被带到断崖之上。

本多认为自我意识只关系到自我，那时他还年轻。青年时代的本多，在"自己"这个透明水槽中，浮泛着满是荆棘的黝黑的海胆般的实质，只有与此相关联的意识，才叫作自我意识。"恒转如暴流"，自打在印度听闻这句话时，直到在日常生活有所体会，整整花了三十年的时间。

年老之后，自我意识终于归结为时间的意识了。本多的耳朵能分辨出白蚁啃噬骨头的声音了。人们在多么淡泊的生的意识中，一分一分，一秒一秒，消磨着一去不复返的时光啊！年老之后，他才明白这一滴滴之中有浓度，甚至能使人酩酊。美丽时光的滴沥，就像珍贵的葡萄酒，一滴滴都极有浓度……而且，时光的流逝就像失去血液一样。所有的老人都将干巴巴枯竭而死。在那个光辉的时代，本人完全没有意识的时候，丰富的血液，丰富的酩酊，奔涌而出。但那个时代没有及时留住。他们懈怠了，如今遭到了报应。

是的，老人懂得了时光包含着酩酊。一旦明白的时候，就失掉了足以达到酩酊的美酒。为什么不留住时光的脚步呢？

尽管如此苛责自己，本多并不认为没有留住时光是因为自己的怠惰和胆怯。

眼皮内已经感受到黎明时微茫的光亮，但本多依旧把头枕在枕头上，独自在心中念叨着。

"不，我即便想留住时光，但也从未获得过'可以供我留住的时光'啊。如果说自己多少有些关系到宿命的话，那么'没有留住时光'恰恰是自己命里注定。

"自己没有堪称青春绝顶的东西，所以没有可以存留的时光。存留应该留于绝顶。然而，我却闹不清绝顶在哪里。奇怪的是，我对此一点也不后悔。

"不，即便青春稍稍走过了头也未尝不可。一旦绝顶到来，就该在那里留住时光。但是，要说看到绝顶的眼睛就是认识的眼睛，我则有些异议。因为没有任何人像我这样让认识的眼睛无休止地劳动；也没有任何人像我这样一生都在妨碍着意识的寸刻的睡眠。看到绝顶的眼睛，光靠认识的眼睛还嫌不足，其中还需要宿命的援救。然而，我自己很清楚，赋予我身上的宿命是尽可能稀薄又稀薄的。

"有人说，我强韧的意志阻碍着宿命，这种说法很轻松。但果真如此吗？所谓意志，不就是宿命的残渣吗？自由意志和决定论之间，不就是像印度种姓制度那样，生来就有贵贱之别吗？当然，卑贱的即属意志。

"年轻时，我不这样想。我认为一切人的意志，都是关系到历史的意志。那段历史到哪里去了？那位一路上跌跌撞撞行乞的老太婆呢？

"……可是，有一种人得天独厚，能够在生命的绝顶及时留住时光。我亲眼见过这样的人，所以我只有相信。

"这是何等有能力，何等富于诗意，何等幸福的事情啊！登上山巅，白雪映眼。就在那一刹那，迅即挽住时光的辔头！那时，山那种撩拨着人微妙心情的倾斜，高山植物的分布，已经给了他预感，时间的分水岭也能够清晰地判断出来。

"再稍微朝前走走就明白了，时间停止了上升，随即无间歇地转为下降。下坡的道路熙熙攘攘，人们都在从容而愉快地等待进入收获。然而，收获又能怎样呢？一旦到对面，水和路都一个劲儿向下跌落。

"啊，肉体永恒的美！只有这才是人们留住时间的特权。眼下，来到留住时间的绝顶跟前，肉体美丽的绝顶出现了。

"准确预感到白雪覆盖的绝顶，身处其间的人的肉体，澄明而美丽，带着不祥的纯粹，侮辱的凉意。那时，人的美和羚羊的美通体一致：高贵地立起的角，暗含拒绝的温润而优柔的眼神，白斑点点的流丽的前肢，微微翘起的前蹄，头顶上飘着的山巅的彩云，充满诀别的矜持。

"那些留在地上的人，继续待在时光奔流不息的场所的人，即便向他们扬扬手，对我来说也是不适宜的。我要是突然在街头扬起诀别的手，弄不好出租车会停下来。

"说不定我不能留住时光，而只会继续叫出租车停住。我凭着坚定的意志，将自己弄到另一个地点，同样是一个时光奔流不息的场所。为了搬运自己，我只能这样做。既没有诗情，也没有幸福。

"……既没有诗情，也没有幸福！这才是至关紧要的啊！我知道，生存的秘诀只能在这里。

"即使留住时间，等待的也是轮回。这个，我也早已明白。

"透和我一样，决不容许那种空洞可怖的诗情和幸福。这就是我对那位少年的教育方针。"

……本多想到这里，完全清醒了。新的一天最初确确实实意识到浑身的疼痛和喉咙里的痰液。他又变成义务的俘虏，遂将睡眠时支离破碎的一切重新组合。他从被窝里支起自己的身躯，就像竖起一张破旧的折叠椅子。屋内明亮起来。他有个习惯，醒来马上用对讲机报告已经起床。可转念一想，遂作罢了。然后走到百宝架前，拿来绘有泥金花纹的盒子，取出透的履历调查材料，挑出关键之处仔仔细细反复阅读。

养子关系调查报告

受理号　M第二五八二号

委托代号　第一四九三号

本多繁邦阁下

昭和四十五年八月二十日

大日信用调查所股份有限公司

姓名　安永透　昭和二十九年三月二十日生（十六岁）

原籍　静冈县庵原郡由比町 6-152 号

现住址　静冈县清水市船员町 2-10 号明和庄

一、本人事项

1. 经历和现状（略）

2. 体质容貌（略）

3. 性格品行

头脑明晰，IQ 高达一百五十九，实为罕见之英才。IQ 为一百的人占百分之四十七，而 IQ 超过一百四十以上的人极其稀少，仅占百分之零点六。如此俊才，双亲早逝，寄养于贫穷伯父之家。因不幸之境遇，初中毕业后即行辍学，实乃遗憾之至。然而，他并不沉溺于自己的睿智，一方面凭良心和忠实完成单调的工作，一方面凭谦虚的态度为上司和同僚所爱戴。应该说，这是他的人品所使然。他毕竟才十六岁，至于品行，没有任何风言风语。但据闻他于近处保护一位被欺侮的名叫绢江的疯女子，对她十分亲切。但绝不属于两性关系，完全证明他本人的一片爱心和人道主义。绢江将比她年幼的透奉若神明。

4. 趣味嗜好

可以说没有什么兴趣。假日里只是去图书馆或去看电影，还有到清水港观看轮船。他有些孤独癖，出去游玩时大多单身一人。他尽管还未成年，却已经有了抽烟的癖好。看来这和单调孤独的工作性质有关，是不得已的事。但并没有因此而出现健康上的障碍。

5. 未婚再婚

当然是未婚。

6. 思想和交友关系

或许因为年幼，对一切过激的政治活动不感兴趣，或者说厌恶所有的政治活动。眼下，公司没有工会组织，未发现他有参加组织工会等活动的表现。虽然年少，但读书颇为丰富，阅读倾向遍及各个方面。热心跑图书馆，凭借非凡的记忆力掌握内容。没有发现他沉浸于左右过激主义思想书籍的迹象。倒是有意识地搜求百科辞典的知识。朋友中经常来往的是初中时代的两三位同学。但没有什么太亲密的朋友。

7. 宗教信仰

（1）已故父母家中的宗教是佛教，但本人宗教意识薄弱，亦不属于任何新兴宗教等团体，直至今日都坚持拒绝信徒们执拗的劝诱。

（2）家庭（略）

（3）家世、血统、亲属关系

父方、母方，还有曾祖父，都做了调查。未发现有精神病的遗传因子。（以下略）

十七

　　本多决定将十月末某一天，作为教授透吃西餐礼仪的第一天。他吩咐在小客厅里摆好餐桌，订了法国大菜，专门请来服务生，安排了一顿规规矩矩的正式晚餐。他让透穿上笔挺的新做的藏蓝色西装，从坐在椅子上的姿势开始教起。告诉他要紧贴椅背而坐，椅子和餐桌尽量缩短间距，绝不可将两肘支在桌面上，不要把头俯在盘子上，两只胳膊紧贴胁腹等，逐一教示。还有，如何系餐巾，如何喝汤，应斜着调羹放入口内，不许发出声音等，万般给予提醒。透老老实实照着做，不会的地方反复演练。

　　"吃西餐这套程式，看起来无足轻重。"本多一边指导，一边说明，"但如果你能纯熟地按照这套程式，颇为优雅地吃西餐，那么别人见了就会放心。你只要给人一个有教养的印象，你在社会上就会格外获得信用。因为，在日本所谓'有教养'，指的就是亲身体验过西洋的那套生活方式。所谓纯然的日本人，要么是下等阶级，要么是危险人物。今后的日本，这两种人会越来越少。日本纯粹的毒素越来越稀薄，对于全世界所有的国家来说，日本将是一道越来越合口的美味佳肴。"

　　说着说着，本多自然而然回忆起勋来。抑或勋并不懂得吃西餐的规矩之类。勋的高贵一概同这些无关。正因为如此，透应该从十六岁开始，熟悉西餐的一套礼仪规范。

　　饭菜置于左侧，汤水置于右侧。刀叉分别由外到内取用……本多一边目不暇接地忙着指教，一边瞧着受教的透缓缓伸出手，像潜水员一般在水里到处乱抓。他便进一步说：

　　"边吃边适当交谈。说话应使人听起来心情舒畅。边吃东西边说话，食物会打嘴里喷出来。趁着别人说话的当儿，你就应该抓紧找寻机会咀嚼。现在父亲对你问话，你可要好好回答……对啦，今晚，从现在开

始，你不要把父亲当成父亲，只把他看作世上的伟
人。你在他面前将受到极大的关爱，获得各种教益。
我们两个一起演戏，好吗？你很用功，三个家庭教师
对你都很佩服，可是你丝毫不打算交朋友。这是为什
么呢？"

"因为我不喜欢交什么朋友。"

"瞧，这样回答不行。光是这么说，人家就会以
为你太古怪，看不起世人。想想看，应该怎么回答
好呢？"

"……"

"光用功，没有常识，那怎么行啊。应当尽可能
快活地回答：'眼下学习第一，没有时间交朋友。等
升上高中，自然就会有朋友了。'你再说一遍。"

"眼下学习第一，没有时间交朋友。等升上高中，
自然就会有朋友了。"

"对对，就这副口吻……这样一来……接着，话
题突然转到美术上。意大利美术中，你喜欢什么？"

"……"

"意大利美术中，你喜欢什么？"

"曼特尼亚[1]。"

"一个毛孩子喜欢什么曼特尼亚，真是荒唐。或许人家连名字都没听说过哩。这种回答，只能给人不愉快的印象，以为你是个不懂装懂的小才子。你看这样回答怎么样。'文艺复兴时代，真是太棒啦！'说说看。"

"文艺复兴时代真是太棒啦！"

"就这样。这种回答给对方一种优越感和怜悯心，使他觉得你很可爱。接着，他会利用你给他的机会，对你做一番一知半解的长篇论述。他说的内容即使全都是错的，或者即便正确的部分也早已为你所知晓，而你都必须带着好奇和尊敬的目光认真倾听。世界所要求于年轻人的，无非是做一个老实巴交、容易上当受骗的听众罢了，其他什么也没有。只要能使对方口若悬河，就是你的胜利。这一点一刻也不能忘记。

"社会绝不要求年轻人富有才智，同时，一旦遇

---

1 安德烈亚·曼特尼亚（Andrea Mantegna，1431—1506），意大利文艺复兴时期画家。作品有《凯撒的胜利》《哀悼基督》和为曼图阿城的冈查加大公所作的宫殿壁画等。

到一个过于保持均衡的青年，又会从头到脚产生怀疑。你应该具有一种讨得前辈欢心的无害的偏执，摆弄机器啦，打棒球啦，吹小号啦，尽量寻求一些稳妥而抽象、同精神无缘，同政治无缘，而且又不太花钱的娱乐。一旦发现这些，前辈们就会明白你的剩余能量发散到哪里，也就安心了。关于这些，哪怕你有点不知天高地厚也无关大局。

"一旦考入高中，可以搞点不影响学习的体育运动，而且是显而易见有益于健康的活动。提起运动员的好处，是容易被人看成傻瓜一个。当今的日本，人们对美德的要求，只限于：对政治盲从，对长辈忠诚。

"你应该一方面在学校里以最优异的成绩毕业，一方面应如鼓风的船帆一般，孕育令人放心的愚蠢的美德。

"关于金钱，等升入高中之后再教你。眼下，你已经有了堂堂正正的身份，用不着考虑钱的事。"

面对老老实实的透，他执拗地反复规劝着。本多仿佛感到，他是面对清显、勋和月光公主唠叨个没完没了。

他们要能这样就好了。他们如果富于智慧，不直接实现自己的宿命，而同世人步调一致，在人面前隐藏自己飞翔的能力，那该多好。世界不容许会飞的人存在。翅膀是危险的器官。它引导人们于飞翔前走向自我毁灭。只要能同那些愚蠢的家伙和睦相处，他们就不但对你的翅膀视而不见，还会为你到处宣传：

"他的翅膀仅仅是一种装饰物，用不着计较。你们处处看，他可是个通情达理、可以信赖的普通人物啊！"

这种口头上的保证是不可忽视的。

清显、勋和月光公主，一概都没有下过这番功夫。他们这样做，既是对人类社会的侮辱，又是傲慢的表现，迟早要受到惩罚的。他们甚至在苦恼之中，也凭借特权作了一番过分的表演。

十八

　　三位家庭教师都是东大的高才生。一个教社会和国语，一个教数学和理科，还有一个教英语。估计昭和四十六年的升学考试，将增加记述一类的考题，以代替延续至今的划○×式的回答方式，还有，英语增加听写，国语增加作文。老师立即叫透练习英语广播中新闻节目的听写，先把新闻录入磁带，然后放在耳边反复听上数十遍。

　　理科有一道关于地球和天体运动的题目：

　　（1）金星在黎明时分处于怎样的位置才可能长久观察到？用图中的符号回答。

　　（2）处于问题（1）位置的金星，通过望远镜观察，会呈现怎样的形态？从a—d中选择最正确的一项，请用符号回答。

a. 西半部发光。

b. 东半部发光。

c. 细如月牙状发光。

d. 圆而发光。

（3）日没时分，火星于正南方天空闪耀，火星处在何种位置？请用图中符号回答。

（4）午夜零时，火星于正南方天空闪耀，火星处在何种位置？请用图中符号回答。

……透即刻从图上指出 B 点，正确回答了问题（1），从问题（2）中选出 c，在问题（3）中指出 L 点，又在问题（4）中立即找出太阳—地球—火星相并行的 G 点。四个问题都答对了，使得家庭教师们惊诧不已。

"这道题以前做过吗？"

"没有。"

"那么，怎么会答得这么快呢？"

"火星和金星我每天都看，十分熟悉。"

当你问起一个小孩子他喂养的小动物的习性时，他会马上做出准确的回答。透的表情正是这样。其实，在信号所望远镜那个小小的围栏里，星星们就像终日转动车轮的小白鼠。他只需通过观望，对它们投以思念的食饵。

不过，透既不留恋自然，也不因丧失望远镜的世界而悲伤。他热爱那种单纯得不可思议的工作，并有着"上班"的感觉。将双眼投向那水平线的彼方，就是他幸福的根据，然而对于这种爱和幸福的丧失，他并不觉得有什么可惜。他拿定主意，至少在二十岁成人之前，跟在老人身边，在洞窟里摸索前行。

家庭教师都是本多亲自通过面试挑选的秀才，他着意于那些具备明朗的世俗的性格，可以充当透榜样的人。谁知，竟也有失算的时候，一位教国语的姓古泽的学生，对透的头脑和性格抱有特别的兴趣，看到透学习很累，深为同情，常带他到附近的咖啡馆，有时还陪伴他到远方旅行。本多被他那副开朗的表情所蒙骗，反而对他感谢不尽。

透也很喜欢古泽，古泽动不动说本多的坏话，透从不轻易附和他。

有一次，他们顺着本乡真砂坂向下溜达，从区公所前边往左拐，朝着水道桥方向走去。因为正在修筑地铁六号线，路面杂乱无章，随处搭满高大的脚手架，致使后乐园方面的景观也给挡住了。过山车刚用纤细的钢丝编成，像随处散落的空笼子，透视着十一月下旬早就黑下来的天空。

两人从出售奖杯、体育器械的商店以及荞麦面馆门前穿过，来到可以望见马路对面后乐园游乐场入口的地方。只见彩虹色的墙壁上凿开一座拱门，两排电灯泡从右向左，不住明灭闪烁。告示牌上写着：

十一月二十三日前，晚间营业至八时为止

这么说来，夜夜辉煌灿烂的天空，再过两三天就完结了。

"怎么样？到那边乘坐一下摩天轮，歇歇脑筋好吗？"

古泽问道。

"哦。"

透含糊地应了一声。

他想象着自己于电珠依稀的灯光里，极不情愿地坐在客人很少光顾的脏兮兮的桃红色摩天轮里，周围的风景只能看到光与影的横杠杠罢了。

"哎？怎么样？考试还有九十二天呢，干吗心事重重？一定会录取的。"

"还是去咖啡馆吧。"

"你是个不爱活动的人啊。"

棒球场三垒一侧的大看台，犹如巨型圣杯涨满暮色高高耸立。对过有一家卢纳尔咖啡馆，古泽的双脚径直踏上咖啡馆的楼梯。

透跟着古泽下去一看，店堂出乎意料的宽阔，巨大的喷水池周围摆着椅子，桌子与桌子之间可以任其俯仰。茶褐色的地毯稳健地吸纳着沉静的照明。客人也不多。

"没想到住处附近有这样一个地方。"

"这正说明你整天关在屋里。"

古泽要了两杯咖啡，从口袋里掏出香烟，递给透一支。透忙不迭接过去。

"在家里躲着抽挺不好受的呀。"

"本多先生够厉害的。你到底和中学生不同，都是一名社会人啦，他还禁止你抽烟，想把你拖回孩子时代。但是你只要忍到二十岁就行啦。等考入东大，尽情展翅高飞，好好让你爹吃惊一下吧。"

"可不是吗，我正想着这事儿呢。不过，你可要保密啊。"

古泽微微蹙起眉头，怜悯地笑了笑。透明白，这正是刚刚二十一岁的古泽，强装成一个大人的表情。

古泽戴着眼镜，一张平静的圆脸，笑起来鼻子根荡着皱纹，这是他特有的可爱之处。眼镜腿松了，他总是时时用食指尖朝眉眉骨间顶一顶，看样子似乎在不间断地苛责自己。他手脚粗大，身个儿比透大得多。然而，这个本是铁路职工儿子的穷秀才，身体内部却深藏着暗红色海虾似的蠢动的灵魂。

古泽认为，透同自己都是贫苦出身，而这位少年凭借坚强的努力和忍耐，侥幸抓住养父的财富而不肯撒手。透并不想立即打破自己在古泽心目中的肖像。

别人为自己描画的形象都很自由。他的自由本来就是属于他人的。说实在的，属于自己的东西只有侮辱。

"本多先生的真实意图弄不清楚，他或许将你当作英才教育的 marmot[1] 吧？不过，你也挺不错的，继承下来一大笔财产，再也不用拼命爬到人世的垃圾山上，伸着脏手掏垃圾啦。但你得保持坚强的自尊心，哪怕毁灭自己也要保住自尊心。"

透本想说已经保有，但还是控制住了。

"是的。"他说道。透的习惯是，不论什么样的回答，总要先在嘴里咂咂味。自己要是觉得太幼稚，就干脆咽进肚里。

今天晚上，父亲本多应邀出席律师们的会餐，不在家。他和古泽两个可以随便到哪里简单地吃顿晚饭，不用那么着急回家。父亲居家的晚上，不管有什么要事，午后七时都要一起吃晚饭。有时会有客人同桌，每当庆子来访的晚上，透最感痛苦。

1　实验用的小鼠，实验品。此种说法由荷兰传入日本。

喝了咖啡，眼睛更加清亮了。然而，没有什么可视的东西。他望着碗底残留着半圆形的咖啡渣。那碗底和望远镜的镜头都是圆的，厚厚的不透明的瓷器，阻挡着透的视线。碗底上，人世社会的底子完整地呈现出白瓷的表面。

古泽侧着脸，突然发话了，就像把语言的烟头一下子丢进烟灰缸。

"你有没有考虑过自杀？"

"没有。"

透吃惊地瞪大眼睛。

"不要用那副眼光瞧我。我自己也从来没有认真思考过。

"我这个人，大体上是讨厌自杀者的衰微和软弱的。不过，只有一种自杀是可以谅解的，那就是为了追求自我正当化而自杀。"

"那是一种怎样的自杀呢？"

"你感兴趣吗？"

"嗯，有点。"

"好吧，我来说说……

"比如说，有个故事说，一只老鼠老以为自己是猫。也没有什么缘由，那只老鼠仔细分析了自己的本质，确信自己与猫无异。由此，它也用不同的眼睛看待同类的老鼠了。它相信所有的老鼠都只不过是自己的食物，只是为了不被识破，自己才不吃老鼠的。"

"一定是只很大的老鼠吧？"

"肉体的大小倒不是问题，这是信念问题。这只老鼠认为，自己之所以长着一副老鼠嘴脸，但那只不过是'猫'这一观念披上的伪装。老鼠相信思想，不相信肉体。它觉得只要有猫的思想就够了，无须体现这样的思想。因为这样，才会有最大的侮辱的快感。

"可是有一天……"

古泽用指尖顶顶眼镜，鼻子根上刻着说服性的皱纹。

"可是有一天，这只老鼠遇到了真正的猫。

"'我要吃你。'猫说。

"'不，你不能吃我。'老鼠回答。

"'为什么？'

"'猫怎么能吃猫呢？这从原理上、本能上都讲

不通啊。你呀,别看我这副模样,咱也是只猫哩!'

"猫听到这儿,一下子笑得倒在地上。它颤动着胡须,两只前爪抓着虚空,笑得布满白色绒毛的肚皮一瘪一鼓。接着,翻身而起,猛地扑向老鼠要将它吃掉。

"老鼠大喊:'为什么要吃我?'

"'因为你是老鼠。'

"'不,我是猫。猫不能吃猫。'

"'不,你是老鼠。'

"'我是猫。'

"'那好,拿出证据来!'

"老鼠看到身边有个洗衣盆,里边泛着洗涤剂的白色泡沫,它一头栽进去自杀了。猫伸出前爪沾了点舔舔,洗涤剂的味道太差,放着漂浮的老鼠尸体走开了。猫离去的缘由很清楚,一句话,那东西不能吃。

"这只老鼠的自杀,就是我所说的自我正当化的自杀。当然,它并没有因为自杀而使得猫把它当作一只猫,老鼠自杀时无疑也是认识到这一点的。但是,老鼠是勇敢、聪明而富有自尊心的。它看透老鼠有两种属性。第一，老鼠不管从哪方面说都是一块肉；第二，因此对于猫来说是可以吃的。不外乎这两点。关于第一个属性，它很快灰心了。思想轻视肉体招来了报应。但是，第二个属性是有希望的，首先，它当着猫的面而死，没有被猫吃掉；其次，它将自己弄成一个'根本没法吃'的东西。凭这两点，至少可以证明自己'不是老鼠'。既然'不是老鼠'，证明'是猫'就容易得多。为什么呢？因为生就一副鼠相的东西，假如不是老鼠，那就可能是另外任何一种东西。于是，老鼠的自杀是成功的，它完成了自我正当化。……你说是吗？"

透一边倾听一边在心中反复掂量着青年嘴里说出的这则寓言的分量。古泽想必对这个故事在心里琢磨了无数遍，一定是滚瓜烂熟。其实，透很早就觉察出古泽这个人外观和内心互有龃龉。

假如古泽通过这个故事说明自身存在的问题，那就罢了；要是他已经发现透的内心，借此对他进行讽喻，那就应该提高警惕。透伸出无形的精神触角进行探索，似乎用不着担心。古泽越是讲下去，他的灵魂就越发躬腰塌背，团缩于自身的深海之中，无暇他顾。

"然而，老鼠的死是否震撼了世界呢？"他再也不顾有透这个旁听的人在场，只管一个劲儿倾诉下去。透只以为他是自言自语，随便听听就是了。他第一次听到古泽的音调里充满阴郁的苍苔般的苦恼。"世界对于老鼠的看法，有没有因此而稍有改变呢？这个世界真的有一种东西长着一副鼠相而又不是鼠吗？有谁真正听到过这种传闻呢？猫的确信是否多多少少有过动摇呢？还是猫为了防止这个寓言的流布而变得神经过敏呢？

"然而，不必大惊小怪。猫什么也没做。它很快忘了，开始洗脸，然后睡觉，进入梦乡。作为猫，它志得意满，甚至没有认识到自己是猫。而且，在这个完全放松的慵懒而怠惰的午睡里，猫轻而易举地变成老鼠所梦寐以求的另一种东西。猫凭借苟且偷安、自我满足和无所意识，可以无所不为。熟睡的猫身子上空，蓝天一碧，彩云流徙。风儿将猫的香气传遍世界，它那鱼腥味的鼻息如音乐一般随处弥漫……"

"你说的是权力吧？"

透问道。他感到有义务同古泽搭话。不料对方立即变得和颜悦色起来，像老好人一样回答：

"是的呀，你倒挺明白。"

透一下子失望了。

于是，这一切最终都暗含着青年所喜欢的悲惨的政治。

"总有一天你会觉悟到的。"

尽管周围没有什么人，但古泽还是压低声音。他从桌子上凑过脸来说话时，透蓦地闻到他那早已忘却的口臭。

为什么一直忘了呢？在复习国语准备迎考的时候，他们脸磕着脸，不住闻到古泽的口臭，当时也没有特别感到厌恶，可如今倒成了透讨厌他的根据。

这则猫和鼠的故事，古泽从头至尾讲起来，尽管没有丝毫的恶意，但总有一种令透恼怒的因素。不过，他不想以此作为憎恶古泽的因由，他觉得这样反而越发贬低了自己。他讨厌古泽，甚至憎恶，但总得另外找个能充分说服自己的理由。因而，口臭就忽然变得难于忍受了。

古泽丝毫没有觉察，他只顾说下去。

"总有一天你会觉悟的。来自欺瞒的权力，要想维持下去，就得使欺瞒如细菌一般时时刻刻都在增殖。你对它越是发动攻击，它的欺瞒的耐性和繁殖力就越强大。最后，你不知不觉就在灵魂深处产生了霉菌。"

——不久，两人走出了"卢纳尔"，到附近吃了碗中国面条。比起陪父亲吃晚饭时面前摆着好多碗碟，透觉得好吃多了。

面条腾起的热气使透眯细着眼睛，他一边吃一边估量自己同这位大学生所产生的共鸣会带来怎样的危险。他们在心情上确实有着某种共性，然而，琴弦的共鸣是受控制的。说不定古泽就是父亲为了考验自己挑选的奸细，想从透这里套出话来吧。透心里明白，就像今天这样，他把自己招呼出来（当然出自父亲的要求），然后汇报去了哪些地方，还要从父亲那里索回临时支付的花销。

归途中，他们走在后乐园一边的人行道上，古泽又邀透去坐摩天轮。透看出古泽自己很想坐，所以就答应了。买了门票进去，摩天轮就在眼前。等了一会儿，没有别的客人，工作人员极不情愿地单为他们两人打开了电钮。

透坐绿色的椅箱，古泽有意隔开一段距离，坐桃红的椅箱，箱子外面描绘着一圈廉价的花纹，使人联想到郊外家用陶瓷店实行清仓大拍卖的红茶茶碗，那种店通常位于行人寥落的街道一侧，过分明丽的灯火夸耀般地辉映着一个个玻璃器皿和陶瓷的表面。椅箱开始转动了。本来遥远的古泽，很快从身边擦过，他那一只手压着眼镜的喜笑颜开的脸孔，一闪而过。从坐进椅箱开始，一股寒气透过裤子渗进腰间，一旦旋转起来，随即变成严寒的风暴。透胡乱转动把手一个劲儿加速，他就喜欢那种一无所见、毫无所感的境界。世界随即变成雾气萦绕的土星的环。

转动好容易静止下来。惯性使得椅箱如水面的浮标缓缓漂动，这时透想站起来，但一阵眩晕，随即又坐下了。古泽从恍惚还在转动的地面上走来，笑着问道：“怎么样？”

　　透只是笑着，他没有站起身来。刚才还在旋转不止、视野模糊的世界，现在又恢复了常态，将其破败的裂纹、剥落的宣传画，以及犹如巨大的红色电热器般的可口可乐广告电光板的背面，毫无顾忌地一起排列在那儿。他一下子适应不过来。

十九

第二天吃早饭时，透说道：

"昨晚古泽老师带我到游乐场去了，我们乘坐了摩天轮。晚饭时两人吃了中国面条。"

"那很好啊。"

本多露出满嘴整齐的假牙笑了。假若那是装假牙的老人常有的无机而恬淡的微笑就好了，可本多的笑是真正发自内心的喜悦。这很使透伤心。

透自打来到这个家，每天早晨饱尝着豪奢的欢乐。他吃柚子时，总是用薄薄的弯刀剥下一片片果肉，再用汤匙舀着吃。这是一种异常芳醇的水果，莹白闪光的果肉带着淡淡的苦味，含蕴着无礼的过分丰富的果汁，每每使得早晨温热而绵软的牙龈发酸。

"古泽老师有口臭。温课时使人有点受不了。"

透尽量平淡地笑着说。

"那倒奇怪，是胃不好吧？你有洁癖才这么说。这点小事，还是忍耐为好。像他那样优秀的家庭教师很难找。"

"可不是嘛。"

透暂时退却，表示同意。他把柚子吃完了。精心挑选的面包片，十一月的朝阳照在断面上，发出鞣皮般的光泽。透抹上油亮的黄油，眼看着自然融进面包片里。他照着本多教给的方法咬了一口。

"还有啊，古泽老师是个好人，不过有没有调查过他的思想关系呢？"

本多脸上一时显得有些平俗的激动。透看了很高兴。

"他是否跟你聊过这些事呢？"

"没有。他没有和我明确交谈过，但给我的印象是，这个人干过政治运动，或者说现在还在继续干。"

本多自己信任古泽，他相信透也喜欢古泽，所以他对这一突然的提问，一时有些吃惊。然而，这从本多一方看来，是一个信赖父亲的儿子发出的警告；
而站在古泽一方看，则是明显的告密。这种微妙的道
德问题，本多将如何处理呢？透对此饶有兴趣，他暗
暗窥视着。

本多一直站在判别事物善恶的立场，他觉得目
前不可轻率地裁决。假若对照本多平时理想中的人的
形象，那么透的用心则是丑恶的。然而，要是从本多
所希望的透做人的标准来说，这正合乎他的心意。在
这个节骨眼上，本多差点吐露出，他所寄望于透的正
是这种丑恶。

透为了使本多放宽心，也为了使他找点岔子斥
骂自己，故意粗暴地像个孩子，不顾膝头落满面包屑，
将面包片横斜着，大口大口地咬嚼起来。但本多对此
却视而不见。

透首次对本多表现出鲜明的信赖，但本多不好
责备透这种基于信赖的心情是卑鄙的。一方面，一种
古道热肠引诱他，让他教导儿子，不管出于何种缘
由，告密都是不正当的。不过，自己和透其乐融融吃
着早餐的当儿，本多不愿意一下子指出透不光彩的行

为来。

两人为了取红茶砂糖，伸手到糖罐里拿小勺，指头偶然碰到了一起。

朝阳映照着充满叛逆和告密的闪闪放光的糖罐，以及同时向那里伸手的同谋犯的感情。……这就是将透作为养子之后，最初自然产生的父子感情的萌芽。本多想到这里，未免有些黯然神伤。

透将这种焦躁看得一清二楚，内心里生出无穷的乐趣。他发觉父亲想对自己说："只要做一天你的家庭教师，你都得要多少对他抱有信赖和敬意。"但透看他犯着犹豫，始终没有说出口。父亲内心的症结和潜隐于父教深处的恶意，头一次表露出来。他像个孩子尝到了解放的喜悦，仿佛含在嘴里的西瓜籽吐了出来。

"……啊，这个问题交给爸爸去做，你要一如既往听从古泽君的辅导。用功读书，不用管闲事。其他一概由爸爸操心。最要紧的是通过升学考试……"

本多终于说话了。

"嗯。我会这样做的。"

透说着，露出美好的微笑。

——当天，本多一整天都在犹豫不决。到了第二天，他终于跟警视厅一位旧相知——公安系统的警察谈了这件事，托他调查古泽。几天后，他回话了，古泽属于过激派左翼组织的成员。本多随便找个不像样的借口，将古泽及早赶走了。

二十

透时常给绢江写信，绢江也给他寄来长长的回信。绢江一次在信中告诉透：开封时要小心，因为她总是随季节在信里夹寄一些押花。冬天，野外没有花，这是从花店买的，请他谅解。

裹在纸里的花就像一只死蝴蝶。沾满的不是鳞粉，而是花粉，给人留下的印象是，活着的时候曾经飞翔过，而死后翅膀和花瓣变成了同一种东西。前者是翔于虚空、五彩缤纷的遗留，后者是以静止和谛念作为点缀的遗留。

弯曲的花瓣硬是被压得扁平，血红色坚挺的纤维散乱而细密地分布着，犹如印第安人褐色的表皮，干燥地展开来。读了信才知道，那是温室里一瓣红色的郁金香。

227

信的内容一如往常。正像有时到信号所说的一样，尽是些东拉西扯的自我表白。而且，每次信中都要唠唠叨叨地诉说一番因为见不到透而感到的寂寞，还说要到东京来。透每次回信时都说，一旦有机会一定请她来，希望她一年年耐心地等待下去。

由于长久不得见面，透有时会产生错觉：以为绢江真的长得很美。然后又立即对自己的错觉嘲笑起来。然而，自打失去绢江，透渐渐明白了这位疯女子在自己心目中所占的位置。

为了慰藉自己过度的明晰，他需要别人的发狂。透的眼睛所确实看到的东西，例如云彩和船，古老阴郁的本多住宅的玄关，学习室墙上贴得满满的直到考试那天的科目温课表……所有这些在透眼里看起来，都那么明晰和确切。他必须拉一个人站在身边，在那人的眼睛里，这些明晰和确切的东西都变得面目全非了。

透有时也盼望解放和自由，而且那个方位已经确定。如此清晰可睹的世界的背面，所有的事象犹如瀑布从那里跌落。他必须朝向那个领域，朝向世界的不确定性寻求解放……

绢江不自觉地扮演着一位亲切的探监者的角色，她为圈在牢笼里的透的自我意识，带来了瞬间的自由。

不仅仅是这些。

透的心中有一种不断产生疼痛的冲动，这也要靠绢江给以缓解。这是不断暗自给人以伤害的冲动。透的一颗锐利的心，犹如破囊而出的一把锥子，随时都在为了伤人而跃跃欲试。既然在古泽身上初次尝到甜头，他打量着周围，看看下边又该向谁发动攻击。打磨得如此纯粹，没有一点锈迹，早晚会转变为一把凶器。透觉悟到，除了观看，自己还具有一种力量。这种力量的自觉，强化了不间断的紧张，因而，绢江的信成了他精神的安息场。透十分明白，正是绢江，正是她的发疯，才可能停驻于透绝不会实施伤害的世界。

任何人都不会伤及自身，他们所具有的这种自负，恐怕就是紧紧将两人连接在一起的最坚固的纽带。

　　古泽的后任很快决定下来，也是人世上最通晓世故的大学生。透不想在自己考上学校时，看到三位家庭教师摆出一副大恩人的面孔，所以决心在两个月之内也把其余两名教师扫地出门。

　　透这么一想，又被一种警戒心制止住了。当他收拾这帮家伙的时候，父亲无疑将对透的性格产生疑虑，对于透所申述的不满也将大打折扣，非但不相信透所谴责的那种人的缺陷，还会对透的倾诉抱着某种怀疑的目光。这样一来，透也会失掉潜在的快乐。……透认为，眼下该忍耐还得忍耐，以便静待时机的到来。要等待那种最值得伤害的人出现，他们远非家庭教师可比。倘若能巧妙地加害于这样的人，即便是间接的，也会给父亲造成最沉重的创伤。要想出一个独特而万无一失的办法，这办法绝不会使父亲对透留下怨恨，即使怨恨，那也只能是父亲自己怨恨自己。

　　今后，犹如那水平线上渐渐显露的船影，将会是个什么样的人物出现在他的前方呢？如果船本来就是透的思念结成的物象，那么毫无疑问，那个人也正如透锐利的心灵所希冀的，不知不觉背负着被透伤害的命运，作为非船非幻的一抹云影，出现于水平线上。……透感到，他对未来大体上是抱着希望的。

透考入自己所希望的那所高中。

到了二年级的时候，有人通过中介人向本多探听消息，问将来能不能把女儿嫁给透做媳妇。透尽管已经到了法定年龄，但对于刚满十八岁的他来说，这事有点嫌早，本多听了只是笑笑，没有多加理睬。谁知对方不死心，又托另外的人进一步说合。这位是法律界的知名人物，本多不便一口回绝。

此时，刺疼本多内心的是那个年轻的未婚妻的幻影，由于透将要死于二十岁，她会一味抽动着身子悲叹不已。本多巴不得那位姑娘是个长相美丽、面色苍白的薄命女子。要是这样，本多的财产就会丝毫无损，再一次同美的透明结晶体见面。

这样的幻想同本多对透所施行的教育产生严重

的矛盾。但是，如果这种幻想没有一点存在的余地，那么从一开始就绝对不会有那种危机感，也就根本想不到对透实施促使他永生走向丑恶的教育。本多所害怕的，正是本多所希望的；本多所希望的，正是本多所害怕的。

这门亲事，巧妙地搁置一段时间又被重新提起，就像洪水悄悄漫上了地板。本多接受了法律界那位名人的来访，饶有兴味地望着这位意志坚定的老人，带着一副毫无融通的口吻谈话。无论如何，这件事进入透的耳眼还为时尚早。

老人带来的照片使本多着迷。那是个年方十八的美丽的姑娘，长方脸，没有沾染任何当今的风习。拍摄时那微微蹙眉的困惑的表情，可谓恰到好处。

"是个漂亮的女孩儿，身体健康吧？"

本多带着完全相反的心情问道。

"这个我很清楚。她人比照片要健康得多，没听说生过什么病。健康自然是最重要的。这张照片是她父母挑的，看来还是带着老派的眼光啊。"

"那么，性格很开朗吗？"

"不，不知开朗是指的哪一方面。但这姑娘给人的印象，没有一点轻佻的表现。"

老人的回答不得要领。本多蓦地泛起个念头，他想见见这位姑娘。

——一开始就瞄准金钱，这个目的很明确。除此之外，再也找不到其他缘由。一个十八岁的少年，无论多么优秀，也不可能马上做女婿。如此有钱人家，姑娘的爹妈自然着急，因为不愿看到这块肥肉被别人抢走。

本多对这一切心知肚明。要想叫本多答应这桩亲事，只能是在这位老人很难养育十八岁少年情急似火的时候。不过，看看透，并不感到有什么特别的危惧。于是，他觉得双方的利害得失越来越远离，简直没有一条值得商谈的理由。本多颇有兴味地将如此的父母和美丽的女儿两相对比，他想看看利欲熏心的自尊究竟是如何屈服的。据说对方是名门贵族，但本多对此早已没有任何兴趣。

女方想举办一次包括透在内的聚餐，本多没有答应，他只同意出席对方邀请法律界前辈和他两个人的宴会。

——打从这天开始的一两周内，七十八岁的本多做了不折不扣的"诱惑"的俘虏。那位姑娘，他是在晚餐席上见到的。略略交谈了几句，又拿到几张照片。……诱惑就这么开始了。

他并没有给对方什么满意的回复，也不曾有所决断，可是一颗老年的心十分执着，单凭理智的判断已无法自律。他那老年人常有的为所欲为，犹如疥癣一般，烧得他浑身奇痒难耐。无论如何，他都要把那些照片带给透看看，一心想窥探一下透的反应。

这是一种怎样的冲动呢？就连本多自己也闹不清楚。不过，这诱惑的底层却涌动着喜悦和骄矜。他知道，这样下去就不得自拔，但知道归知道，他的固执己见的性格不许他回头。

他要把那姑娘和透系在一起。就像球台上的红球和白球相互碰撞，他等待观望种种预想不到的结果。无论是姑娘迷上了透，或者透迷上了姑娘；也无论是姑娘为透的死而悲伤，或者透为姑娘的贪欲所警醒，他都可以借此确实探察人性的表演。不管哪种结局，对于本多来说，都是他所希望的归结，这本身就是一场最好的庆典。

本多早已过了认真思考人生的年龄。如今这个年纪，任何邪恶的把戏都可以获得允许。不论如何牺牲他人，渐渐到来的死可以为他偿还一切。如今这个年纪，他可以把青春当玩具，视人类如土偶，将人世的一切习惯全部归为己有，令所有的诚实化作一夕晚霞的嬉戏。

别人算不了什么，一旦下定决心，屈服于诱惑就是眼下的使命。

某天晚上，本多将透喊到书斋，时候已经很晚。打从父辈一直沿用下来的这座英吉利风格的书斋，到了梅雨季节，霉味更加浓烈了。本多讨厌冷气，他没有装空调，透坐在眼前的椅子上，衬衫里白皙的胸脯微微泛着汗水的光亮。本多想，可恶的青春犹如白色的紫阳花，在那里尽情开放。

"眼看就要放暑假了。"

本多说。

"不过，要等考完试才放假呢。"

透正把待客的薄荷巧克力薄片放在嘴里，用整齐的门牙咬嚼着。这时他移开巧克力，回答道。

"你那吃法像只松鼠哩。"

本多笑了。

"是吗？"

透快活地笑了，他未受到任何伤害。本多望着他那微笑中的细白的面颊，心想，到了夏季，今年应该让那双面颊晒得黑一些。不过再怎么着，他那肌肤一向不会长粉刺的吧。本多从抽斗里拿出一张照片，按照先前想好的自然的表情，放在透面前的桌子上。

透拿起照片的态度就是一道风景，本多从头至尾看个仔细。透首先以门卫审视通行证的神情，严肃地注视着照片，抬起探寻的目光朝着本多倏忽一瞥，接着又立即回到照片上来。这回，眼看着少年的激动之情背叛了好奇，他的脸孔一直红到耳根。透把照片放回桌上，将手指捅进耳眼胡乱地抓摸一番。接着，稍显生气地说道：

"长得好漂亮啊！"

本多想，多么完美的反应！透将同年龄相应的凡庸的内心激动（尽管是如此突如其来的场合），几乎诗一般地完成了。其实，本多忘了，所有这一切，只不过都是透按照本多所希望的那样，做出的反应罢了。

这是个复杂的综合性的作业。为掩饰微妙的羞耻，甚至借助粗暴，这些都仿佛是本多的自我意识本身瞬间里扮演着少年这一角色。

"怎么样？想不想见见她呢？"

本多平静地问。在他窥视少年接下来的反应时，想到事情能否如愿以偿，从而又产生一种不安，由此引起一阵顽固的咳嗽。透实际上已站起身来，绕到本多身后为他捶背。

"这个……"

透一时支吾起来。他站在父亲背后有种放心感，透的眼睛放肆地闪着光亮，心里忖度着：

"没有白等，终于有了值得伤害的人物啦！"

他的背后，窗外在下雨。雨水洒在熏蒸过的

树皮上，映着窗内的灯光，犹如黑色的油汗淋漓而下。……夜晚，沿着高架线奔驰的地铁电车，在这一带轰鸣不止。不久又钻入地下，瞬息之间，那一排车窗内灿烂的灯火，伴同父亲不间断的咳嗽，一起进入透的梦境。然而，这一夜任何地方都不见船舶的影子。

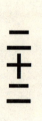

二十二

"不妨先交往一个时期，要是不中意，就马上告诉我，不必顾忌义理人情。"

本多嘱咐透道。

进入暑假后的某个晚上，姑娘家里请透吃晚饭。饭后，母亲叫浜中百子给透看看自己的卧房。于是，她陪伴他来到楼上的房间。八铺席大的西式房间，每个角落都充满少女的气息。透生来头一遭走进女孩儿的香巢。屋内弥漫着桃红色襞褶般柔和的繁杂。壁纸、画框、偶人，以及每一件装饰品，无一不经过女人的纤纤玉指精细的加工，汇合成一曲令人窒息的情爱的合唱。透坐在一角里的扶手椅上。厚厚的多彩的绣花坐垫，反倒使那张椅子很难坐上去。

这姑娘看起来像个大人。这一切摆设，都明显

地来自百子自己的兴趣。她那略显贫血的清雅而细白
的面庞，同那线条抑扬有致、含有古典风韵的眼睛与
鼻官，十分契合。因而，在这间屋子无数可爱的物件
之中，正是荡漾在她颜面上的有些凄然的真挚，使她
成为唯一的不很可爱的存在。百子的美犹如一只精心
折叠的白色纸鹤，有些地方给人不祥的感觉。

　　母亲放下点心出去了。至今，透与百子已经多
次碰面，但这一天是两个人初次单独相会。然而，空
气的密度并未因此而增加。百子居于被命令的位置
上，安然的神情没有改变。透忖度着，首先要让她感
到不安。

　　吃晚饭时，大家对透百般呵护，弄得他很不高兴。
这种强忍的不快，到了这里就要忍不住了。人们企图
安排一场交配，用小镊子夹起微小的爱，点缀在五颜
六色的面团上。为了制作这样的点心，自己已经被送
进烤箱。……然而，对于透来说，不管是主动进入，
还是被动进入，都是一回事。他对自己没有感到什么
不快。

　　只有两个人时，百子做的第一件事是，从盒套

背脊上标着号码的五六册影集中抽出一册交给透。由此可知，她的感受性多么平庸。透放在膝盖上一翻开，就看到一个光屁股的婴孩，喇叭般张开两条大腿，咧着嘴傻笑。短裤里兜着尿布，胀鼓鼓的，像弗兰德骑士。天生的不整齐的牙齿露在外头，柔软的口腔内填满了桃红的泥泞。透问她这是谁。

百子惊恐的反应非同小可。她朝影集睃了一眼，将那页一手捂住，赶紧夺过来抱在胸前，跑到墙边，肩膀一耸一落地直喘气。

"真该死，怎么把盒套号码和内容搞错了呢？竟然把这个拿给您看。我可怎么办呀！"

"自己曾经是个婴儿，有什么可保密的呢？"

透冷静地说。

"您倒挺沉着呀，就像个医生。"

百子说。她自己终于平静下来，将影集放回书架。透想，百子如此疏忽，下边交给他的影集里，肯定有百子七十岁的容颜。

可是，下一册影集全是最近旅行的照片，极为寻常。他知道，不管挑出哪一张来，都是受到大家宝爱的百子。这些都是无聊透顶的幸福的记录。百子想给他看去年夏天在夏威夷的旅行照；而透却被某年秋夕她在庭园里燃起篝火的身影吸引住了。彩照上的火焰带有强烈的官能性色感，将蹲着的百子的脸照得像个巫婆一般严峻。

"你喜欢火吗？"

透问。

眼前的百子眸子里闪过一丝犹豫，她不知如何回答才好。透产生一个奇妙的念头，他确信百子盯着这堆烈火看得出神，肯定是在月经来潮时期。那么，眼下呢？

——如果摆脱性的好奇获得完全的自由，那么自己这种形而上的恶意将变得多么纯粹！透知道，这一切不像辞退家庭教师那样轻而易举就能对付过去的。不过，自己不论受到多大的爱护，都能始终保持一颗冷酷的心，他对此有自信。只有这个，才是他内心宇宙湛蓝的领域。

二十三

本多对透一直不肯放手，这年夏天，他决定带透到北海道旅行。为了不至于太疲劳，他把日程安排得很轻松。庆子很难再同本多一道旅行了，她通过担任驻瑞士大使一位亲友的关系，一个人单独去了日内瓦。浜中家想利用两三天时间同本多父子一起度夏，于是两家在下田预约了旅馆。刚刚出梅的下田酷热难当，本多几乎终日不肯离开空调房间一步。

两家相约共进晚餐，浜中夫妇收拾停当，就到本多房里约他们一道去。浜中夫人问，百子怎么不在，本多回答道，听说到吃晚饭还有一段时间，她和透到院子里散步去了。于是，浜中夫妇在沙发上坐下，等着两个年轻人回来。

本多拄杖站立在宽阔的窗户前边。他内心里暗自思忖，一桩愚蠢的事情开始了。本多没有一点胃口，饭店的饭菜极为单调。未进入餐厅，就晓得那里早已来了许多鄙俗的食客，携家带口，一派喧闹。况且，浜中夫妇的谈话，也一概令人心烦。

老人不论愿意与否，都被强行带有政治色彩。七十八岁了，尽管浑身骨节疼痛，也还得强颜欢笑，满心和悦，借此掩盖内心的淡漠。本多的大前提就是淡漠。要战胜这个愚妄的世界，一年年活下去，就只能如此。这是海岸般的淡漠，要像它那样，每天都在收容涌来的波浪和杂沓的漂流物。

生活在这个阿谀奉承、蝇营狗苟的世界，本多有时自觉身上还保留一些没有磨平的棱角，以便做出一些干扰。可是，就连这些也渐渐消失了。有的只是压倒一切的迂执，混合着鄙俗的臭气，一切都变得清一色了。这个世界实际上有着千差万别的鄙俗。高品位的鄙俗，白象的鄙俗，崇高的鄙俗，鹤的鄙俗，充满知识的鄙俗，犬儒的鄙俗，谄媚的鄙俗，波斯猫的鄙俗，帝王的鄙俗，乞丐的鄙俗，狂人的鄙俗，蝴蝶的鄙俗，斑蝥的鄙俗……所谓轮回，或许就是对鄙俗的严罚。而且，鄙俗最大的唯一的原因就是求生的欲望。无疑，本多也是其中的一个。但他和别人仅有一点不同，那就是对自己和他人异常灵敏的嗅觉。

本多朝着坐在沙发上的那对中年夫妇乜斜了一眼。这对男女为何闯入他的生活？这种不必要是违背他热爱简洁的精神的。然而，如今已经无法反抗，这对夫妇坐在本多房间的沙发上，泰然处之，看那副乐呵呵的样子，似乎等上十年也没关系。

浜中繁久五十五岁，本是东北某地的旧藩主。他以洒脱的派头掩盖如今已经没有意义的名门的自豪，写过一些有关"藩主"的随笔，印成书籍，多少赢得些名声。他担任旧领地地方银行的总裁，是花柳界传统的"风流"的玩家。他戴着金丝眼镜，一张瓜子脸，头发浓密而黝黑，但身子骨却给人一种缺乏精力的感觉。他自信口齿清晰，善于谈吐，每当要说笑话时，总要先静场一会儿，巧妙地省去开场白，再对自己的能言善辩吹嘘一番。他总是满面春风，是个温和的讽刺家。他从来不忘敬老，做梦都不会想到自己是个无聊之徒。

妻子栲子也出身大名华族，是个肥硕而粗俗的女子。女儿的脸型长得像父亲。她的话题实际上只限于亲戚故旧，从未看过电影和戏剧，每天守着电视机过日子。夫妻俩除了小女儿百子待嫁之外，其余三个孩子都各自独立，出人头地，成为他们最值得骄傲的本钱。

老式的良好品性，一成不变地构成这对夫妇轻薄的实质。繁久谈到对现代的性革命表示理解，而栲子却怀着旧有的羞耻心感到愤怒。本多不愿看他们，也不愿听他们继续说下去。繁久毕竟是繁久，他对妻子种种落伍于时代的反应，权当是赏给自己的有趣的小把戏。

本多对自己至今依然缺乏一种宽恕之心感到愕然。他知道，随着越来越不愿接触陌生人，微笑需要付出多大的精力啊！最行之有效的感情是轻蔑，而轻蔑本身又会带来阴郁。他感到，毫无意义的应酬话顺着嘴角流泻出来，还不如干脆用流口水代替说话更痛快。不过，语言是剩下来的唯一的行为，甚至有些老人仅凭语言就能歪曲世界，就像将编好的柳条筐一脚踹扁。

"您这样站在那儿，显得多么年轻！就像一个军人。"

栲子说。

"你这个比喻很不恰当，人家原是大法官，哪里是军人可比。记得从前看过德国马戏，里头有一位英俊威猛的驯兽师，就和本多先生长得一模一样。"

"您怎么拿驯兽师作比呢？这样太失礼啦。"

这种不值一提的小事，倒使栲子笑弯了腰。

"我站在这里并非摆什么派头，一是为了欣赏黄昏美景，二是为了从上面监视散步的年轻人。"

"啊呀，看见他们了吗？"

栲子走过来，站在本多身旁。繁久也缓步挨过来，靠在栲子的背后。

从三楼的窗户向下俯瞰，圆形的庭院铺满青草，院子一旁有一条通往山崖的小路。那一带向海面缓缓倾斜下去，连同灌木间两三张长椅，都看得清清楚楚。到庭院里去的人很少，一家人肩上搭着毛巾打低凹的游泳池那边走回来。夕阳西下，每个人都在草地上拖曳着长长的身影。

透和百子手指扣着手指站在草地中央。他们的身影幻想般长长地向遥远的东方绵延，宛如两条鲨鱼，咬住了两人的足尖。

透穿着的衬衫背部兜满晚风，百子的头发吹得纷乱开来。这是一对极为寻常的少男少女。本多蓦地想到，他们的影像是实体，他们的存在被影像所啃食，被深深的观念的忧愁所侵蚀，他们的肉体越发成为缺乏实质的东西，越像蚊帐那样透明。本多确信，生命不是那样的。生命是不容许的。可怕的是，透大都明白这些。

假若影像是实体，他们那过于轻盈、单薄透明的肉体或许就是翅膀。飞翔吧，飞翔于鄙俗之上！因为有了翅膀，四肢和头颅成为多余，是属于形而下的东西。内心的侮辱要是再增强一些，他就会和女子指头扣着指头飞起来。可是，本多禁止透这样。本多本想凭借全部的老迈无力，激发嫉妒之情，赋予两个年轻人飞翔的能力，然而嫉妒已经在本多胸间燃不起火焰来了。时至今天，本多想起来了。他对清显和勋的最基本的感情，就是一切智者的抒情之源，也就是嫉妒。

那么，好了。权且把透和百子看作地上最低下的不足挂齿的青春的一对好了。他们就像提线木偶一样，本多只需动一动指头，他们必然会摇摇摆摆扭结在一起，不住晃动。他将挂着拐杖的两三个手指上下动一动，于是，草地上的两个年轻人向山间小路走去。

"唉，这里在等着，他们又想去更远的地方呢。"

栲子的肩膀担着丈夫的手掌，稍稍提高了嗓门喊叫起来。

两个年轻人朝大海走下去。他们穿过茂密的树丛，坐在长凳上，从脖颈的姿势上，可以看出是在眺望纷乱的晚云。这时候，长凳下边钻出个黑色的东西，距离太远，看不清是猫是狗。百子惊慌地站起身来，透也跟着站起来，抱住了她。

"嚯！"

声音来自站在窗边看风景的百子的父母之口。那声音从容不迫地漏泄出来，就像飘动的蒲公英的绒毛。

本多并非在观望。他不是用认识的目光从洞穴里窥视，而是站在明丽夕照中的光明正大的窗边，一边在心中主动扮演凭借自我意识应命而动的姿态，一边使出浑身解数进行指挥。

"你们很年轻，应该证明自己具备莫大的活力。是给予你们雷鸣，还是给予突然的闪电？或者给予一种奇矫的电的现象？例如，让百子的头发立即倒竖而燃烧起来。"

那里有一片向大海倾斜的树林，树枝像蜘蛛腿脚一般挓挲开来。两人开始爬树。本多感觉到身边百子的父母猝然紧张地屏住了呼吸。

"哎呀，早知这样不叫她穿喇叭裤就好了。瞧她那副疯狂劲儿……"

栲子说着说着就要哭起来。

他俩爬上树，跨上树梢，拼命晃动着枝条。干枯的树叶落在地面上。在那片树林中，只有这一棵树，突然像发疯一般。两人的身姿以夕阳绚烂的大海为背景，宛若站立在树枝上的大鸟的剪影。

百子先从树上下来了。她惊恐地扭动着身子，不小心头发缠住了下面的树枝。透连忙下来拼命帮她解头发。

"他们爱上了呀。"

栲子终于哽咽着喊道。她独自反复点着头。

透为百子解头发费了好长时间。本多立即明白了，透是故意将头发越来越杂乱地绕在树枝上的。本多害怕那种微妙的过分的做法。百子态度安然，她拖着头发正要走开，又被树枝猛地拽回来，感到一阵剧烈的疼痛。透摆出一副架势，装着越是着急头发越是解不开。他像赶车人一样再次跨上下面的枝条。百子站在原地拖着长发缰绳稍稍离开些，她背对着透，双手掩面啼哭。

这一切对于隔着广阔的庭园、站在三楼窗内一直盯着的人来说，犹如希腊的壶绘[1]，仅仅是一帧小小的恬静的影像。浩大的是向海面倾泻而去的云间的阳光。打午后起，有好几次边出太阳边下雨。余下的

1　古代希腊陶瓷器皿表面上的绘画，多取材于神话中的英雄故事。

云层向海湾表面抛洒着高贵的散光。这光线照耀着树木以及海湾岛屿上的山峦，在那致密又致密的纤细而坚硬的底线上施以重彩，明晰地令人恐怖。

"他们爱上了呀。"

栲子反复嘀咕着。本多的心脏剧烈跳动，仿佛那迁执的心跳达于极点，三人所眺望的港湾海景上空，升起一道鲜艳的彩虹。

二十四

本多透的日记:

某月某日

我对百子有很多误解,我无法原谅我自己。有些基于明辨秋毫的事,一旦有了误解,就产生幻想,而幻想产生美。

我尚未认识到美产生幻想,幻想产生误解。我还不是那种彻底的美的信徒。作为通信员尚不够成熟的年代,我曾经报错了船舶。尤其是夜间,由于前后桅灯的间隔很难掌握,把不大的渔船错误地当作是外国航线上的大船,随之发出"请报告船名"的发光信号。渔船从未享受过如此正式的接送,于是开玩笑地报出一位电影女明星的芳名。其实那艘渔船并不怎么漂亮。

百子的美自然必须充分满足客观的条件。另一方面，对于我来说，需要有她的爱。我首先必须交给她一把刺伤她自己的利器。她用纸做的假刀，无论如何是不能刺穿自己的胸膛的。

许多"非如此不可"的严酷的欲求，较之理性和意志，更是来自性欲。这一点我很清楚。性欲那种繁文缛节的诉求，经常被错误地当成伦理的欲求。我对百子所订的计划，为了免于混淆，早晚都得另找一位发泄性欲的女子。这是因为，最微妙的恼人的邪恶愿望就是不伤害百子的肉体，而只伤害她的精神。我对自己恶的性质了如指掌。这是意识，正是意识本体化身为欲望的难以遏止的欲求。换言之，明晰，依然是完全的明晰，扮演着人最深奥的混沌。

我经常想到，要是死了该多好。因为从死的彼岸来说，这种企图完全可以实现，我可以获得真正正当的远近法。……活着干这些事情，乃难中之难矣。尤其，你要是十八岁的话！

——浜中家父母的态度实际上很难预测。他们希望我们五年、七年长期保持交往，以便获得优先特权，等我成人之后和百子正式举办豪华的婚礼。这一点是毫无疑问的。然而，他们对此究竟有何保证呢？他们对自己女儿的魅力能有这般自信吗？或者说，万一婚约解除，他们能够拿到一笔巨大的损失赔偿金吗？

他们恐怕没有做过一番深思熟虑。对于男女结合，脑子里只有一些世俗的常识性的概率。有一次，他们听说我智商很高就惊叹不已，仿佛对优生学，尤其是收入高的优生学，倾注了全部的热情。

在下田分别后，我便随父亲去了北海道。返回东京的第二天，百子从轻井泽打来电话，说想同我见面，叫我到轻井泽去一趟。看来，似乎是百子的父母叫她打的。她的声音多少有些做作，于是我也放心地对她残酷起来。我告诉她，因为要温课投考大学，不能答应她的请求。我放下电话，出乎意料地稍稍感到些寂寞。当你拒绝一件事情，同时也是向拒绝做的几分让步。这种让步自然会给自尊心带来些微的惆怅。我并不感到奇怪。

夏季就要过去了。这种感觉总是惨痛的,一言难尽的惨痛!天上相继出现鱼鳞云和积雨云,空气里夹杂着少许的薄荷味。

爱,就意味着服务吗?我的感情却不能为任何人付出。

在下田时,百子赠给我的小礼物依旧放在桌子上。那是一个密封在玻璃圆罩内的白珊瑚标本,上面标记着:"赠给透君,百子",此外还画着一支金箭贯穿着两颗心。我不明白,百子为何始终脱不开孩子般的趣味呢?玻璃圆罩底上堆着细细的锡箔,稍一摇动就会飞散开来,好似海底的白色沙石闪闪发光。玻璃罩的半边是朦胧的蓝色。我所知道的骏河湾被封闭在七公分见方的范围内,大海在我生活中占的位置,变成一个姑娘硬塞给我的抒情标本。然而,这白珊瑚虽小,但冷酷而又高贵,表现了作为抒情核心的我那不可侵犯的悟性。

某月某日

我的生存哪里会有艰难呢?换个说法也一样:我的生存的顺利和容易到了可怕的程度。

　　有时我想，如此一帆风顺地活过来，说不定在这个世界上，从逻辑上说，"我"的存在本身或许是不可能的吧？

　　这并非我赋予自己人生的一道难题。我确实在没有动力的情况下活着，运动着。这正如永动机一样，本来就是不符合原理的。然而，这绝不是宿命。根本不存在的东西，怎么可能是宿命呢？

　　我似乎明白，我一旦降生到这个世上，"我"的存在本身就是悖乎情理的。我不是背负着阙如而出生。我是作为这个世上几乎不存在的完美的"全人"的底片而生。但是，这个世界却充满了"非全人"的正片。假如有人亲手为我显影洗相，对他们来说，那是不得了的事，从而会产生对我的恐惧。

　　对我来说，最感可笑的是，这个世界始终板着面孔教训我，"要按照自己的真实而生存"。这本来是不可能的事。如果我要忠实地实行，我就得立即死去。为什么呢？因为我只能使自己悖理的存在同其他人统一起来。

　　假如没有自尊心，或许会有别的办法。要是舍掉自尊，不管多么扭曲的形象，都能很容易使他人和自己承认这就是自己的真实。然而，这种只有怪物才有的事，也会那么具有人情味吗？如果真实就是怪物，那么世界就会立即使人放下心来。

已经是小心翼翼，自我防卫的本能依然有巨大的漏洞。但那是明朗的洞口，从那里吹进来的风，时时令我陶醉。因为危险是常态，所以看不见危机。没有绝妙的均衡，就无法生存。所以具有均衡感觉是好的，不过下一个瞬间，不均衡和失坠就会变成炽热的梦境。……越洗练，越增加凶暴，就越发疲于撤动自我控制的按钮。我不相信自己的热情，对别人热情，那对于自己是多大的牺牲，指望谁会相信这一点呢？

总之，我的人生一切都是义务，就像新来的呆头呆脑的水手。对我来说，不是义务的，只有晕船，也就是呕吐。世上所有称为爱的东西，在我看来都是呕吐。

某月某日

不知为何，百子害怕到我家里来，我们相约，放学回来花一个小时到卢纳尔咖啡馆见面。有时，我们到游乐场尽情玩耍，两人一起乘坐过山车。只要天还没黑，浜中家即使女儿回来晚些，父母也会给予谅解。当然，请百子看完电影我也能送她回家，不过事前要打招呼，回家的时刻也要征得她父母的同意。这种获得批准的交际没有什么意思，所以两个人便开始暗暗地幽会，哪怕时间短些也好。

今天百子又到"卢纳尔"来了。她大讲学校老师的坏话，谈论同学的私事，装作毫不关心的样子，轻蔑地议论电影明星的丑闻。这类话题，使表面上显得有些老派的百子，也和相同年龄的少女没有一点区别。我一边听一边随口应和着，表现了男子汉的宽容。……

——写到这里，我已经没有勇气再继续说下去了。因为从外观上看，我的保守态度与随处可见的十几岁的少年们无意识的保守态度没有任何不同。而且，不管用心多么恶劣，百子都毫无觉察。因此，我便随感情而动，这样就必然变得真率起来。我一旦变得真率，我的存在本身那种不合逻辑的矛盾就会显露出来，正如退潮时露出丑陋的海滩。然而，最麻烦的是海水尚未退尽的低潮时期。因为在水位降低的某一阶段，要通过这样一点：我的焦躁变得和其他少年的焦躁完全同属一种性质，掠过我额头的悲哀也和同龄少年们的悲哀完全同属一个种类。我在这一点上要是被百子抓住，那就糟了。

认为女人不断为是否被爱这个苦恼的问题所折磨，这种观点是错误的。我很想使得百子也陷入这种苦恼，可是这头行动灵敏的小兽是绝不会就范的。不管我如何对她表白"实际上我不爱你"，都毫无用处。她只认为我在撒谎。等过些时候再看，剩下的只有使她产生嫉妒。

我有时想，自己迎送过那么多船舶，是否由于感觉枯竭而多少有些变化呢？不可能对精神没有一点影响。这艘船产生于我的观念，眼看着成长，壮大，成为有名字的实实在在的船……同我有关联的，只到这里为止，一旦入港，继之再度启碇，她都住在和我不同的世界。无暇应接这艘船的我，渐渐将以前的船忘却。然而，想叫我忽而变成船，又忽而变成港，这种把戏我玩不来。女人们要求我这样做。"女人"这个观念一旦变成感觉的实体，那就完了，说千说万她再也不想出港了。

我作为通信员，对于出现在水平线上的我的观念逐渐变得客观化，我总是品味着悄悄到来的骄矜和逸乐。因为我从世界之外伸手创造着什么，所以我自己从未有过被收入世界内部的感觉。就像大雨来临时，晒衣场里被急急忙忙收起来的洗好的衣衫。我自己没有这样的感觉。那里也没有下过使我转入世界内存在的大雨。我相信，当自己的透明度即将陷入某种理智的沉迷中时，感觉能给予正确的救治。这是因为，船必将通过，船绝不会止步不前。海风使一切变成花斑大理石，太阳将心灵化作玻璃。

某月某日

我独自一人。一种悲切的孤独。我每当触及人性的东西，为了不感染上霉菌，总是赶紧洗净手指。这种习惯是何时养成的呢？人们只把这看作是我反常的洁癖造成的。

我的不幸，明显来自对自然的否定。既然称作自然，内部必然含有一般的规律，应该站在自己一方。然而，"我的"自然却不是这样，即使被否认，也是当然的。但是，我是以亲切之情对待这种否认的。我绝没有受到过别人的姑息，而常常感到一心想伤害我的人时时不离身边。因而，结果适得其反，对于必然给人带来伤害的亲切之情的支出，我慎之又慎。这甚至可以称作人性的关怀。然而，"关怀"这个词的本身，就夹杂着令人嚼不烂的粗老的纤维。

同"我"这一存在的问题相比较，世界诸种生成以及复杂微妙的国际大问题，看来完全不值一顾。政治、思想和艺术，都是啃剩的西瓜，被夏令的潮水冲上海滩，大半都是贪吃后抛下的白皮，微薄的红瓤犹如朝霞流散的天宇，仅仅剩下的只是西瓜的残渣。我憎恨那些俗人，因为只有他们才有获得永生的可能。

每当意识到对自己深切而苛酷的理解，那种不被理解和误解反而更加巨大。对我的所谓理解，意味着令人难以置信的蛮不讲理，只有具备最阴险的敌意方可实现。船何时理解了我呢？我一旦理解它，就因此满足了。船有时勉勉强强，有时规规矩矩报来船名，便匆匆忙忙径直进入海港。船若对我抱有少许怀疑，刹那间船就会被我的观念炸毁。没有一艘船想到这一点，这是它们的幸运。

我变成为着人类具有如此感觉的精密的体系。比起纯正的英国人，归化的外国人更加具有英国绅士的派头。我远比人更富有人情味。至少作为十八岁的少年是这样！想象力和逻辑性是我的武器，精密度比起自然、本能和经验要高得多。关于概然性，具有丰富的知识与调节能力。总之，完美无缺，滴水不漏。我成了一名人类的专家，就像昆虫学者成为南美甲虫的专家一样。……人醉心于某种花香，或被某种情绪包裹，我用没有香味的花做试验，明白了这个过程。

所谓看就是这么回事。从那座信号所发现海上有径直驶入的船舶时，我看到船在一定距离之内，一直注视着这里，在乡愁的驱使下，对十二点五海里的时速焦躁不安，陆地上的一切梦想胀大到极点。但实际上，那里只有我的目测。眼睛位于水平线遥远的彼方，已经转向目不可及的领域里出现的肉眼看不见的东西。所谓"看"不可视之物，又是怎么回事呢？这是眼睛的最终愿望，亦即眼睛的自我否定——通过看而否定一切的终极的自我否定。

……可是，我时时怀疑，我的这种想法和一切企图是否只在我的体内自生自灭？至少信号所是这样。那座小小的房子，终日映照着被抛掷进来的玻璃碎片般的世界碎片的投影。而这种投影，只是临时在墙壁和天花板上洒上些光亮，而不留什么形迹。要是这样，外面的世界不也与此相同吗？

我必须支撑着自己继续活下去。因为我时常漂浮于空中，抵抗着重力，驻守于不可能的区域。

昨日，在学校里，一位卖弄学问的老师，讲授了这样一首古希腊诗歌中的句子：

> 受到神的恩惠而出生的人，
>
> 有义务壮丽地死去，
>
> 以免损害神恩惠的果实。

我的人生全都是义务，唯独缺少壮丽的死的义务。因为，我从来不记得受过神的恩惠。

某月某日

微笑成了我沉重的负担。我暗自打算，今后一段时期内，在百子面前将继续表现我的不快。有时让她猝然看到我像一头怪物，但另一方面又要为极为普通的解释留有余地。要使她明白，这都因为我是个因欲望郁积而烦躁不安的少年。而且，要是这一切都成为盲目的演技，那太无聊了，我必须具备某些情感才是。我寻找产生情感的理由。我找到了看似最为实在的情感，那就是诞生于自己内心的爱。

我几乎笑了。现在我才明白，任何人都不爱这个不言自明的前提意味着什么。它意味着随时可以"自由地爱"这一爱的自由。赤日炎炎之夏，将车停在树荫里的卡车司机，一边打盹，一边忖度着，等醒来之后随时可以把车子开走。爱情也应该如此发动。假如自由不是爱的本质，而是爱的敌人的话，那么我就会将敌我一下子掌握在自己手中。

或许，我的不快变得真切了。这是自由之爱的唯一形式。因为边寻求边排拒，这是当然的事。

百子担心地注视着我，犹如看着一只急剧失去食欲的家禽。她染上一种低俗的思想，认为幸福就像把巨大的法国面包全都分赠予人。因而她无法理解这样一条数学法则：在这个世界上，每有一种幸福，同时必然伴有一种与此相应的不幸。

"出什么事了吗？"

百子问道。这句话从百子一抹悲剧般俊美的容颜和高雅的口唇中漏泄出来，实在有些不大相称。

我模糊地一笑，未作回答。

即便如此，"出什么事了吗"这句问话，只限于一时，她无意中又沉溺于自己的喋喋不休之中。听的人的忠实，在于一言不发地倾听。

其间，今天体育课上我因练习跳马受伤了，百子看到我右手中指缠着绷带，刹那间闪过一丝安心。这些我都看在了眼里。我以为，百子弄清楚我郁郁寡欢的原因了。

一面对于以往的不闻不问的疏忽表示歉意；一面又极为担心地询问是否疼得要命。我一概加以无情的否定。

首先，说真的，我已经不那么疼了；其次，是

因为她把我不高兴的原因都归结为这一点，令人不可
饶恕；最后，为了不使她发觉，今日一开始见面就把
缠着绷带的中指藏起来。尽管如此，对于至今都不大
在乎我的百子，从感情上还是满怀着不快。

于是，我越发强烈否定疼痛，摒弃了她的同情。
这样一来，百子越来越不相信了，从表情上，似乎看
穿了我的逞强和我的虚荣，于是更加同情我，甚至义
务性地逼我向她吐露真相。

百子注意到早已脏得发黑的绷带，立即站起身
表示要到附近的药房去。我越是磨磨蹭蹭的，她越发
看出我的克己。两人终于来到药房，向店内看似护士
打扮的婆子要求换绷带。百子很怕见到伤口，她转过
脸去，所以我那只不过擦点儿皮的伤没有被她瞧见。

一跨出店门，百子就问我怎么样。

"说骨头露出来了……"

"哎呀，哎呀！"

"……那倒也不是。"

我冷冷地对付她一句。要是截断一根手指又该
怎么办呢？我有意无意对她作了这种暗示，把个百子

吓得直打哆嗦。这种过度的惊恐，给我留下了少女感觉上的利己主义这个鲜明的印象。然而，我对这一点丝毫没有不愉快的感觉。

两人边走边聊，主谈者依然偏向百子一方。她谈起自己的家庭欢乐、正统、明朗，家庭生活美满温馨，父母人品高尚，她对这些丝毫不抱怀疑。她谈话的口气令我怏怏不乐。

"如此漫长的人生，你的那位妈妈，说不定跟别的男人偷偷睡过觉吧？"

"绝对不会有那种事。"

"你怎么知道？那是你出生之前的事。下次，你去问问哥哥和姐姐看。"

"胡说……胡说。"

"你的父亲，也有相好的女人。"

"那种事绝不会有。"

"有什么证据？"

"你太残酷了，至今没有人对我说过这种刻薄的话。"

这样的对话眼看就要变为争吵，但我不喜欢吵架。我只有保持阴郁的沉默为好。

两人沿着后乐园游泳池下边的人行道走着。周围和平时一样，寻购便宜货的人们熙来攘往。看不到穿戴入时的年轻人，一些身穿制服和机织毛衣的平民和地方都市的所谓上层人士，相互拥塞在一起。小孩儿急忙蹲下身子，捡拾路上的啤酒盖子，引来母亲一阵叫骂。

"您干吗要欺负我？"

百子几乎要哭出来了。

我这不是欺负，不容许他人自我满足，就是我的关怀。我时常切身感到，自己不正是一个讲求道德的动物吗？

走着走着，我的脚步折向右方，随即来到以"先忧后乐"命名的水户光圆[1]的宅邸"后乐园"的门前。纵然住在附近，我从未来过这里。牌子写着，四时半闭园，四时停止售票。看看钟表，差十分到四时，我

1　德川光圆（1628—1701），日本江户时代的大名，初代将军德川家康之孙。设彰考馆，召明末遗臣朱舜水讲授儒学。晚年隐栖西山庄，效宋林逋，以种梅养鹤自娱，称西山隐士。

心急火燎地催促百子赶快进园。

公园正门的天上挂着西斜的太阳。十月末尾，
周围满是秋虫的鸣唱。

我们和正要出园的二十多名游客交肩而过，然
后就在小路上随处闲逛。百子想和我手挽手，我伸出
缠着绷带的手指，避开了。我们为何一面怀抱着险峻
的感情，一面像恋人一样，于日没时分步入这座宁静
的古老园林呢？不用说，当时我心中正构思着一幅能
令我们陷入某种不幸的风景画。美丽的风景使心灵震
颤，让心灵感冒，令心灵发烧。关于这个，百子必须
有充分的感受能力才能得以实现。我多么想倾听她那
自心灵漏泄而出的呓语，多么想看到她那受尽委屈于
极度痛苦中的少女干裂的芳唇。

我想找一个没有人的角落，于是下坡来到惊梦
瀑旁边。这条小瀑布干涸了，下面的瀑布潭只有一泓
死水。水面上不住荡漾着细细的水纹，原来是无数的
水马在水面上往来乱蹿，描画着一幅细针密线的花纹
图案。我们坐在水潭边的石头上，久久地凝视着。

我发觉我的沉默终于给百子带来了威胁。而且，

她绝对抓不住我心情不快的缘由，这是确定无疑的。我一旦尝试着使自己带些感情之类的东西，反而助长了别人对我神秘莫测的看法，真是滑稽透顶。只要不带感情，人类无论如何都能相互取得联系。

说是水池，其实是沼泽。表面上枝叶纵横，夕阳从缝隙里漏泄下来，到处明晃晃的，照耀着浅浅水下堆积的枯叶，发出噩梦般极不得当的亮光。

我故意逗她：

"看看那里，一旦走到明亮的太阳地里，咱们的心灵也是那样浅薄，那样肮脏。"

百子顽固地回答：

"我可不像您。我的心灵深沉而又干净，真想捧给您瞧瞧。"

"你怎能肯定只有自己例外，拿出根据来。"

我才是不折不扣的例外，当有人以例外自夸，我就忍受不住，立即给以反击。我真不明白，瞧她那颗凡庸的心，怎好坚持说自己是例外呢？

"我知道我自己的心是干干净净的。"

此时，我很清楚，百子陷入了地狱。以往，她

276

从未想到过要证明自己什么，只是沉浸在充满某种悲哀的幸福之中，从她那杂七杂八的少女趣味到爱情，她都一直融汇于一种暧昧的液体之中。她全身沐浴在她的浴槽里，只露出脑袋，这是颇为危险的事。但她既不打算呼救，又一概拒绝亲切的援助之手。为了伤害百子，我无论如何都得伸手把百子从浴槽里拉上来。不然，刀刃为液体所阻碍，不能到达她的身体。

夕阳辉耀的森林里，秋蝉哀鸣，鸟雀欢噪。国营电车的高架线上隆隆轰响。一根低低地伸向沼泽表面的树枝上挂着蛛网，上面吊着一片黄叶。叶子稍稍旋转一下，映在叶面的阳光就神圣地闪耀一次，宛如悬在半空里的一扇小小旋转门。

我默不作声地盯着那片黄叶。每当那被夕阳染成金黄的小小旋转门转动一次，我都凝神谛视，很想看看对面打开的是个怎样的世界。由于风繁忙地进出，那扇急剧旋转的小门，或许能使我从门缝里或墙隙间窥见我所不知道的微小城镇上繁华的景致，还有那浮泛于空中的微小都市里光芒闪烁的道路。……

——坐着的石头冰得屁股发冷，我们必须赶快循路回返。还有半个钟头就该闭园了。

这是一次心神不定的匆促的散步。宁静而美丽的庭园也充满着日落前的忙碌，大泉水上的水鸟一阵骚动。不见一朵花的花菖蒲园一旁的那丛胡枝子，也显得红花寥落了。

我们以闭园时刻为借口急急忙忙地赶路，其实不光是因为这个。我们害怕秋日黄昏的庭院所酿制的情绪渗入心里。另一方面，想借助匆匆加快的脚步，像欣赏高速旋转的唱片那样，切望听到内里高亢的音响。

这座供人随便观赏的巡游式庭园，眼下一望无际，没有一个人影。我们来到一座桥上，同桥的影子化为一体，长长的身影拖曳在背后鲤鱼游动的大水池里。我们不愿看到水池对面药品公司巨大的霓虹灯广告塔，一直背对着那边的天空。

于是，站在桥上的我们，面向着长满小竹子的圆形假山——小庐山，以及笼罩在后面幽深树林上的落日最后的鲜丽余晖所织造的光的大网。我自己好比是拼命挣脱网眼的最后一条鱼，耐不住令人目眩的苟烈的光明，极力反抗。

我说不定做着死后的梦。我梦见我和百子两个是身穿淡色毛衣的高中同学，我们并肩站立在桥上，仿佛感到裹挟着死亡的时光，突然从头顶上一掠而过。"情死"这一概念的性爱的芳醇倏忽闪现在心间。我本来就不是个祈求救赎的人，即便救赎降临我的头上，那也只能是意识断绝之后。当悟性在如此光辉的夕阳里渐渐腐烂的时候，那是多么令人高兴啊！

桥的西侧是长满荷花的小小莲塘。

水面上布满了肉眼看不透的浓密的荷叶，犹如水母一般在夕风里浮游。翻毛皮般粉绿的荷叶填满了小庐山下的谷底。荷叶柔软地躲闪着光亮，萦宿着邻叶的暗影，还有的浸润着池边一枝红枫细微的叶荫。所有的荷叶摇曳不定，竞相祈求于明丽的夕空，仿佛能听到那低声细语的合诵。

仔细看看那摆动的样子，实际上我在留意那复杂的动作。风尽管从一方吹来，也不是一律向另一方倾倒。有的地方摇摆不定，有的地方顽固地静止。尽管有一片叶子反转过来，其他叶子也不会跟着反转。

一味地惆怅，恼恨，左右晃动。风时而掠过叶面，时而吹入根部，胡乱地拨弄着荷叶不规则地飘摇不止。这期间，寒冷的夕风终于渗入我的肌肤。

众多的荷叶，叶心叶脉柔嫩而平滑，叶边却锈蚀发红，破裂开来。叶子自斑驳的红锈开始凋落，接着一叶传一叶，次第波及其他。自前天起一直没有下雨，叶心圆形凹坑里的积水干涸了，留下茶褐色的小圆圈。有的叶心，那儿装着一片干枯的枫叶。

天色依然明亮，但黑暗不知从哪里正悄悄迫近。我们虽然只是三言两语地交谈着，但脸儿几乎磕着脸儿。尽管如此，却像待在遥远的地狱里互相呼唤。

"那是什么？"

百子指着小庐山麓一簇簇艳红的细绒线般的东西，怯生生地问。

那是闪闪发光的曼珠沙华，看上去似乎是一团脱落的红头发乱糟糟缠络在一起。

"马上闭园啦，请快回吧。"

年迈的管理人打我们身边走过时说道。

某月某日

那天游后乐园的印象，使我下定了决心。

这是个小小的难以启齿的决心。如果要给百子以精神上的伤害而不是肉体上的伤害，从这天起应该赶快另外结识一个女人。

从百子的内心发现某种禁忌，既是自己的负担，也是逻辑上的矛盾。况且，百子一旦知道我对她理智上的关心其实源自对她肉体的兴趣这一隐秘，那么我的矜持也就完蛋了。我只能用"自由恋爱"这个冠冕堂皇的权杖给她以伤害。

结识个女人好像不是什么困难的事。放学途中我去跳摇摆舞，这是我在同学家里学会的，不管跳得好坏，反正一味地到外面去跳了。学校里有个同学，他为自己订了健全的计划，严格遵守。每天放学后一个人去舞场，独自跳上一个小时，然后回家吃饭，饭后复习功课，迎接大学考试。天天如此。那位同学带我一起去那儿跳舞，一小时之后，他回家，我一个人泡在那儿喝可口可乐。一位浓妆艳抹的乡下打扮的姑娘过来搭话，我便同她一起跳舞。不过，这姑娘不是我心目中的搭档。

同学告诉我,逢这种场合,必然有"吞噬童贞"的女子到来。一般人想象是上了年纪的女人,其实不一定。也有年纪轻轻、富于教育关怀之心的女子。此种女子多为出人意料的美人儿,她们出于自尊,本人不愿被那些性爱高手随意玩弄,便选择这样一条道路:主动充任性的教师,给对方青春的心灵留下难忘的印象。对于男性纯洁的关怀,为她们带来犯罪的喜悦。很明显,她们自己并不认为这种行为是犯罪,因而,这种喜悦只不过是罪及男性的喜悦,同时也意味着,她们在别的方面本来就是一直怀抱着罪愆的意识长大的。尽管她们各不相同,有佯狂型的,有愁苦型的,但她们给人的感觉就是在体内孕育着罪恶鸡蛋的母鸡。而且那鸡蛋不是为了用来孵小鸡,而是整天梦想着将鸡蛋在年轻男子的脑门上磕碎。

那天晚上,我结识了一位衣饰华丽的二十五六岁的女子。她要我管她叫"汀",不知道这个字是姓还是名。

她有一双异常的病态的大眼睛,薄薄的不怀好意的嘴唇，这些都使她整个脸盘洋溢着丰韵的气息，仿佛产在温暖地方的一枚蜜橘。她的酥胸放肆的粉白，直到脚踝都很养眼。

"那个嘛。"

这是她的口头禅。她对我总是刨根究底问个没完，可我不管问她什么，她总是"那个嘛"一句话就打发完事了。

我跟父亲说好了九点左右回家，所以只有同那女子一起吃晚饭的时间。她把自己的住址地图和电话号码给了我，叫我有空时到她公寓去玩。她说家里只她一个，用不着客气。

——几天之后，我去了一趟。关于当天发生的事情，我想详细地记述一下。

这件事情一发生从外形上就已经被歪曲了，个人感情上充满激烈的夸张和想象，却又使人感到沮丧。即便我想从客观上冷静地描写，也将离事实很远；然而，要是把当时的迷惘情绪一道表现出来，就会变得非常概念化。我想将以下三点一个不漏地全部罗列出来，这三点就是因条件不同而有差别的性快感；为体验单纯未知而初试锋芒的震颤的好奇心；分不清是理性还是感觉的一种急切的互不协调。然后正确地加以分类，防止相互之间的侵蚀，圆满地移植到体验中去。这些对我来说都是无法胜任的作业。

显然，女人一开始过大地估计了我的羞耻心。我说我是"初次"，汀竟然对此叮问了两三次，弄得我也怀疑起来，心想别让汀以为我在诓她；另一方面，我也不想凭着这种不值得骄傲的事讨得女人的欢心。思来想去，我觉得有必要故意显示一下微妙的派头。其实，这想法本身就是虚荣掩盖下的一种羞耻。

看来，这个女子内里有两种心情在争斗不已：既想让我镇静，又想叫我焦急。不管哪种情绪，结果都是为了她自己。汀抑或从多次的经验中得知，女子过多的诱导会使小青年一蹶不振，她对此很害怕。这种极端的利己的悬念，正说明了汀为何表现出有节制的柔情蜜意，以及她为何小心翼翼在身体上洒满馥郁的香水。我看出汀在接纳我的目光里，小小秤盘上的指针不住颤动。

女子想利用我的焦躁和贪婪无尽的好奇心作为

满足自己情欲的诱饵，这是不言自明的。因而，我不能容许她眼睁睁看着我。虽说被她瞧着也并不觉得难为情，但我还是用指尖轻轻给她合上了眼皮。这动作使女子知道我是出于害羞的要求。这样一来，女子暗中只是感到，一个沉重的车轮子咕噜咕噜在自己的玉体上滚过去。

不用说，我的快乐打一开始就了结了。我因而放松多了。我真正品味到快乐的滋味，似乎是在第三次的时候。

那时我才知道，快乐这东西本来就具有理性的性质。

就是说，只有当产生某种疏离、产生快感和意识的交融，以及产生计谋和智慧的时候，快乐才会真正到来。犹如女人清晰地俯视着自己的乳房，自己快乐的形态明显外现出来。即便如此，我快乐的外形依然荆棘丛生。……

经过历练方可达到高潮的境界，原来潜隐于开头极其淡薄而短暂的满足之中。懂得这一点，对于骄矜的我来说，实在是很扫兴的事。最先到来的绝非冲动的精髓，而是久已铸成的观念的精髓。尔后对于快乐的理性的操作，究竟更偏重于哪一方呢？观念的徐徐（或急遽）崩溃，随之用于建起一座小型水库，再利用其电力，一点点使冲动强化起来吗？这么说来，我们沿着理智的路径走向动物世界是无限遥远的。

事后女子对我说：

"你呀，倒是敢于果断出手的哩！将来绝对有出息。"

她捧出语言的鲜花为我饯行，她用这种方式将多少巨轮从海港送往了茫茫大洋？

某月某日

我发生了雪崩。

雪尽管安安稳稳覆盖着我危险的断面，依然令我感到厌烦。

然而，什么自我破坏，什么毁灭皆同我无缘。这场雪崩从我身上滑落下来，冲垮房舍，伤害人命，使得人们发出地狱般的惨叫，然而，它却是冬空轻轻带来罩在我身上的，同我的本质没有任何关联。不过，雪崩的瞬间，雪的温柔和我断崖的苛酷相互交替。带来灾难的是雪，不是我；是温柔，不是苛酷。

自远古以来，从自然历史最古老的时点开始，像我这种不负任何责任的苛酷的心早就存在了。这是毫无疑问的。多数场合，是以岩石的形状。其至纯者乃为钻石。

但是，冬日过于灿烂的太阳甚至能渗入我透明的心房。正是此时，我梦想有一双不受任何遮拦的羽翼；同时我又预感我的人生将一事无成。

我会得到自由。然而，这不过是死一般的自由。这个世界，我所梦想的，没有一样能弄到手。

正如从那座信号所里观察到的骏河湾的景象，冬季晴明的日子，甚至可以看到伊豆半岛奔驰的车辆的闪光，在我的眼睛里，人生未来，毫发毕现。

我会得到朋友。然而，聪明的朋友将全部叛我而去，只留下那些愚蠢的朋友。遭人背叛之类的事态，发生在我这样的人身上，叫我很难理解。人们一看到我的明晰，皆会涌起背叛我的欲望吧？对于叛徒们来说，背叛我的明晰正是莫大的胜利。所有不为我所爱的人，都对我的爱确信无疑；而为我所爱的人，将一味保守着美丽的沉默。

全世界都巴望我死。同时又竞相伸出手臂，阻挡着我的死。

我的纯粹不久将超越水平线，逡巡进入目不可测的领域。我于他人难于忍受的苦痛的终极，渴望自己变成神祇。多么痛苦！在这个世界上，我将品尝着绝无仅有的宁静的痛苦。犹如一只病犬，独自颤抖着身子，团伏一隅，我能承受得了吗？欢乐的人们，围绕在我痛苦的四围，兴高采烈地唱歌。

这个世界没有为我治病的药饵。地面上没有收容我的病院。到头来，人类历史的某个地方，将以小小的烫金文字标识着：我是个邪恶的人。

某月某日

到了二十岁，我立誓将父亲打入地狱底层。从现在起，就要订好周密的计划。

某月某日

和汀挽着膀子走进常同百子幽会的场所，这很容易做到。但我不打算及早解决这个问题，我不愿意见到汀陶醉于无聊胜利中的那副脸孔。

汀送我一个银质的小小银牌，系着银链子，刻着汀姓名（Nagisa）的第一个大写字母 N。我在家和上学都不带着，只是同百子幽会时才挂在身上。通过上次手指缠绷带这件事，我知道要想唤起百子的注意难上加难。我忍着寒冷，在开领衬衫外头，套了一件鸡心领毛衣，鞋带也故意扎得很松。因为每当系鞋带时，银链子就会从毛衣里滑出来，小银牌也随之闪闪放光。

那天，我有三次重新扎好鞋带，还是未能引起百子的注意。我对此深感沮丧。百子散漫的注意力，来自于她一味盲目相信自己是幸福的，但我又不好直截了当地掏给她看。

百般无奈之余，下一次我有意邀百子到中野一座大型体育馆的温水池里游泳。听说要去游泳，百子很高兴，因为可以回忆起夏日里下田的情景。

"你是男的吧？"

"哎，也算是吧。"

游泳池随处可以听到这种典型的男女对话。犹如将春信[1]分不清男女的浮世绘中的人物扒光衣服，集中到这里来了。有的男人，虽然光裸着，但留着和女人差不多的长发。我有自信在性的上面抽象地飞翔，但并没有感觉到融入异性的欲望。要我做女人，我可不干。女人的构造本身，就是明晰的敌人。

我们稍稍游了一阵之后，便坐到了岸上。在这种场合，百子也同样挨过肩膀来，所以项链就在她眼前十公分远的地方晃荡。

百子终于看到了项链！她伸过手来，攥住了那枚小银牌。

"N是哪个字的开头？"

百子终于提出了这个我盼望已久的问题。

"你看呢？"

"你的名字应是 T·H，这是什么呢？"

---

1 铃木春信（1725—1770），浮世绘画家，致力于锦绘（彩色版画）创作，以绘制茶室女侍、售货女郎和艺妓为主。

"想想看。"

"啊，我懂啦。是'日本'吧？"

"人家送的，你猜是谁？"

我虽然很失望，但却不由自主提出一个很不利的反问。

"N 这个字母，对啦，我家的亲戚有姓'野田'和'中村'的。"

"你家的亲戚怎么会送东西给我呢？"

"我知道啦，是北方（north）的 N 吧？这么说，这枚小银牌周边的花纹就像一块磁石。是轮船公司送的礼品吧？比如新船举办下水典礼啦什么的。对啦，'北'是捕鲸船，猜对了吗？肯定是捕鲸船送给你们信号所的礼物，绝对没错。"

百子这么想就会放下心来，还是她用这种想法以达到自我安慰呢？或者说是故意做戏，以便掩饰内心的不安？她的本意很难弄明白。不管怎样，我再也没力气说出"不对"这个词了。

某月某日

这回，我决定在汀身上打主意。这个女人诸事都很爽直，可以利用她那淡薄、无害的好奇心。我向她提议，等有空，想不想从别处暗中瞧瞧我那位小未婚妻。汀立即就上套了，她一个劲儿叮问我有没有同百子睡过觉。看汀的意思，她对自己的学生如何解答这道应用题深感兴趣。我跟汀约好个条件，叫她装扮成陌生人，完全不要搭理我，只是从旁观察。我告诉汀我同百子在"卢纳尔"会面的日期和时间。我很清楚，汀不是个守约的女人。

——那天，百子到来不久，汀从我们的背后进来了。我凭眼角感到，她若无其事地坐到喷水池对面的位置上了。瞧那副风情，犹如一只悄无声息的猫，眯缝着双眼，不时从远处向这里瞟一下。不知底里的只有百子一人。刹那间，我和汀达到高度的谅解，我感到不是对着眼前的百子说话，而更多地是在和汀交谈。"肉体的接触"这句混账话真是别具意味。

汀的座位虽说隔着喷水池，但看起来，透过低微的水音可以听到我们的谈话。一想到有人旁听，我的话立即变得真率起来。百子看到我心情很好，她非常高兴。而且，我很明白，百子的心中只是想着"不知怎的，我们倒情投意合啊"。

我说着说着腻烦了，就从领口拽出那枚系在项链上的小银牌，衔在嘴里。百子没有责备我，而是一味地傻笑。凭着舌头的感觉，银牌带着甜丝丝的银器味，仿佛是难于溶解的剧毒药片。而且，被拉得很紧的细细的链子，毫不客气地滑过下巴颏勒进了嘴巴。不过，这样倒使我很快活。我感到自己变成了一只十分无聊的野狗。

我从眼角瞥见汀站起来了。从百子睁得硕大的眼睛里，觉察到汀已经来到我的身旁。

突然，染着红指甲的手指伸到我的嘴边，拽出了那枚小银牌。

"我的银牌，不能吞下去。"汀说。

我站起来，向她介绍百子。

"我叫汀，打扰了，请原谅。好吧，再见。"

汀飘然离去。

百子面色苍白，浑身颤抖。

某月某日

下雪了。星期六午后，我一直待在家里，不知所以。通向二楼的西式楼梯，在转弯的平台一方开着窗户。只有这扇窗户可以清楚看到家门前的道路。我把下巴颏抵在窗框上，瞧着雪花。这条平时很少有人走的小路，整个上午留下的车辙印都被下午的雪盖住，看不见了。

雪中积聚着微光，降雪的天空一派黯淡。地上的雪光映照出的不是一天里的某时某刻，而是一种奇妙的特别时间。远处宅第后面的钢筋水泥院墙，雪片堆积在坑坑洼洼的水泥板接缝里。

此时从右首走来一位老人，他没有打伞，头戴黑色的贝雷帽，身穿灰色的外套。外套的腰部鼓鼓囊囊，一边走一边用两只手臂护着那鼓胀的腰肢。他好像为了躲开雪，特地将包裹藏在外套下面了。和鼓胀的外套很不相称的贝雷帽下那张干瘪的脸型上，一眼就能判别出来老人有着瘦削的身材。

他走到门前即刻停止了。那里有一个小耳门。我把他当成是托父亲打官司的穷苦人，那算他找错门了。然而,那人没有走进家门的意思,他任凭外套上的积雪结成霜花,也不肯伸手掸一掸,只顾环视着周围。

老人腰间的鼓胀猝然消失了,犹如生下个大鸟蛋,那包裹掉落在雪地上了。我凝神望着那东西,开始不知道到底是什么。有着地球仪般的杂沓的色彩和浑圆的外形,在雪面上泛着模糊的光泽。仔细一瞧,是塑料袋子,里边塞满了青菜瓜果的碎屑。深红的苹果皮,橙黄的胡萝卜,嫩绿的包菜,五颜六色,满满登登一大包。他大概很难处理,扔在这里了吧?由此看来,老人是独身,或许是个顽固的素食主义者。这么多碎菜屑裹在塑料袋里,给雪地平添了奇妙而新鲜的色彩。碧绿的青菜碎片甚至使人胸间荡起一阵反胃般的复苏。

我好半天凝望着那个包裹,老人已经走远,来不及追踪他了。其实,他一边踏着细碎的脚步,一边徐徐走过我家门前而远去。我看到他那穿着外套的背影。即使有意地伛偻着身子,外套的形状依然显得不自然。总是有棱有角的,虽说不像刚才那么显眼,但还是异常庞大。

就这样，老人迈着相同的步子走远了。我想，老人自己大概没有觉察吧，他走过家门口五米远的时候，仿佛一滴巨大的墨点，一件东西从外套下边掉落在雪地上了。

掉落的像是乌鸦般的鸟的尸体，说不定是八哥吧。我的耳朵瞬间似乎听到啪嚓一声，甚至误以为是飘落的羽翼击打积雪的声响。然而，老人还是义无反顾地走远了。

于是，那黝黑的鸟的尸骸，成为我长时间难解的谜团。那个位置相当遥远，隔着前院的树木，再加上纷纷扬扬的飞雪，使得那鸟体的形象扭曲了，不管如何凝神睇视，因目力有限，还是难以判别清楚。本想拿望远镜来，或者到外面确认。然而，虽然这么想，但慵懒压倒一切，终于不了了之。

那是什么鸟啊！我久久地望着，望着。我想，那一团黝黑的羽毛，不是鸟，而是女人的假发。

某月某日

百子的苦恼终于开始了。仿佛一个纸烟头燃起一片山火。不论是平凡的少女，还是伟大的哲学家，都会因为一次不值一提的蹉跌，引来毁灭世界的梦想。在这一点上，他们都是相同的。

等待着她的苦恼的我，改变了预定的态度，随即软了下来。我百般讨好百子，顺着她的话，一个劲儿说汀如何如何粗暴无礼。百子对我哭诉，叫我同那女子分手。我答应分手，但要百子给予援助。我故意夸大其词，说什么没有百子的援助，很难和那恶魔般的女子分开来。

百子答应帮助我，但有一个条件，她要求把汀送的那条小项链当着她的面扔掉。那东西对我来说，并不怎么值得留恋，所以我勇敢地答应了。我带着百子走到水道桥车站进口的桥上，从脖子上拽下那条项链，交到百子手里。我对她说，你就亲自把这个丢到肮脏的河水里去吧。百子将项链高高举起，那枚小银牌在冬日的夕阳里闪闪发光，她横下心来，一下子扔到刚好有一艘驳船通过的脏污河水里了。她气喘吁吁，仿佛杀了个人，一时愤激难平。百子一把搂住我，路上的行人都疑惑不解地望着我们。

补习班上课的时间快到了。我们约好明日星期六下午再见，然后就分别了。

某月某日

总之，我让百子按照我所说的话给汀写信。

那个星期六的下午，我对百子千百次地使用过"爱"这个词。如果我爱百子，百子也爱我，那么为了消灾灭祸，两人只好合谋，共同编造一封假信。

两人在神宫外苑一侧的保龄球场相会，玩了一会儿保龄球，接着便在冬日里阳光温馨的外苑，沐浴着冬天银杏树的树荫，手挽手一起来到青山大街一家新开张的咖啡馆。一路上，我手里拿着一个纸袋，里边装着准备齐全的信纸、信封和邮票。

散步的当儿，我像打了麻醉药一般，不住地在百子的耳边反复"爱，爱"地嘀咕着。不知不觉间，我把百子当作了疯女绢江。我觉得只有在"这世上的爱绝不相互交合"这一明显的错误的概念之中，才能自由呼吸。

相信自己是美女的绢江，相信被人爱着的百子，

在否定现实这一点上都是共同的。但百子需要别人的
帮助,而绢江连别人的助言也不需要。要能使百子达
到那样的高度该多好!那正需要我的热情教育,也可
以说是爱。看来"我爱你"也并非在撒谎。但是,像
百子那样,以肯定现实的灵魂企图否定现实,这不是
方法上的矛盾吗?要使她像绢江那样,做一名同全世
界进行战斗的女子,看来并非易事。

但是,"我爱你"这句经文念了一遍又一遍,无
限地重复下去,诵读者自身的心灵也会产生某种质变。
我几乎感到仿佛是在爱着,由于"爱"这个词突然解
禁,心中一种东西随之陶醉于无限的自由之中。好比
飞机教练员和一个新手飞行员同乘一架飞机,这位教
练员必须有万一发生危险的思想准备才行。诱惑者和
教练员何其相似。

百子所要求的正符合这位落后于时代的少女,
因为是纯粹的"精神"的确证,所以仅用语言报答她
就足够了。在地面上留下清晰阴影的飞翔的语言,这
不正是我本来的语言吗?我本就是为如此使用语言
而出生的。要是这样,(这种感伤的词语也使我很恼

火）我在人前隐藏的本质的母语，抑或就是爱的语言本身。

就像一个癌症患者，当本人尚不知情时，家属千百遍对他叨咕"肯定能治好"。我走在冬日树影斑驳陆离的路面上，怀着最大的爱情，对百子不住叨咕着"爱"这个词。

我们到咖啡馆坐下来，我带着同百子商量、听从她意见的口吻，大致阐述了汀的性格，以及同这位汀进行斗争的巧妙战术。不用说，所谓汀的性格，完全是我的杜撰。

即使我对汀说，百子是我的未婚妻，她爱我，所以咱们分手吧。汀也不会听我的，她不是那样的女人。我要是对她这么说，她会看不起我，越来越使我难堪。她是个同"爱"这个词战斗到底，暗地里不惜将其生命毁灭的女子。汀下决心，要在那些打算结婚并装出要做个好丈夫的小伙子们身上，全都盖上自己的印记，并躲在背地里嘲笑所有人的婚姻生活。不过，这种女人也有"老好人"这样的弱点。她对爱虽然决不容忍，但正因为自己有钱，对那些"为生活而战斗的女子"不乏奇妙的尊敬和同情。我经常从汀的嘴里听到这样的事例。如果听到有人向她哭诉："尽管没有爱，但出于金钱和生活的需要，汀小姐的存在便是最大的麻烦。"这类话语最能打动她的芳心。她要是这么个人，该怎么办呢？

"要是使她知道，我一点也不爱你，只是出于金钱和生活的需要才跟你好，不就得了？"

"是呀，说得对。"

这一假定立时使百子欢欣鼓舞起来，要是这样该有多好。她陷入了梦想之中。

刚才还在苦恼非常，眼下却眉开眼笑，百子那副兴高采烈、天真烂漫的表情令我有些厌烦。接着，百子重复道：

"再说，这也不全是假的。我父母拼命隐瞒，我也从未对人说过。其实，我们家的经济状况不算太好。同银行有些疙疙瘩瘩的事情，我爸爸一手包揽下来，将老家的土地全都做了抵押。爸爸就是那么一个好人，看来他是被坏人给骗了。"

百子幻想着将自己变成卑微的女子（她认为这

在现实中是不可能的），热衷于扮演校庆舞台上一名少女的角色。于是，根据百子的意向，由我口授，百子执笔，在咖啡店的桌子上完成了这样一封长信：

……

汀小姐：

这是一封向您求情的心，请您务必看完。说实话，我请求您同透君的交往就到此为止吧。

个中缘由我将尽可能坦率地写下去。我和透君的关系固然是童子婚姻，但却并非爱的结合。我把透君只当成一个好朋友，并不抱有超出这个范围的什么感情。我的真正意图，正如父亲所说，透君的父亲已经年老，没有多少日子可活了。到时候，全部家产都由透君一人继承，又没有其他亲族添乱，我一旦做了透君这样有钱人家媳妇，就能和聪明的透君一起享受荣华富贵。还有，我父亲因在银行工作，也有着诸多难言之隐，手头拮据，也可以向透君的父亲告贷。他父亲去世后，还可以请透君本人给以照顾。总之，会有各种情况出现。我很爱我的父母，假如这时候透君移情别恋，一切都将落空，希望也会因之破灭。说真的，为了金钱，这桩婚姻对我至关重要。依我看，这个世界没有比钱更要紧的事情了。我不认为金钱是肮脏的。抛却金钱，奢谈什么爱呀恋呀，那简直难以理解。对于汀小姐来说，可能是一时的儿戏，可对于我来说，全家人的重大计划就被您给毁了。我不是因为爱透君，才让您同他分手，我是作为一个比外表更加带有成年人冷静的女子，向您提出这个要求的。

可能您会这么想："我和透君暗暗交往，又碍着你哪里？"这样想就错了。因为这种事早晚会给人知道。况且，我也不愿意打现在起，就被透君当成只为了钱，其他都可以马虎过去的女子，否则就会吃大亏。我既然为了钱，就应该监视透，以便守住我的矜持。

这封信请千万别让透君看到。女人万般无奈之下，才会写这种信。假如您是个坏女人，

您就会立即将信送给透君看，将他的一颗心从
我这里强夺过去，作为您胜利的工具。不过，
那样做您就犯了大罪，您从一个女子手里抢去
的不是爱，而是她生活的必需。您一生都将受
到折磨。我们彼此都不存在心灵的问题，请冷
静处理吧。假如您把这信给透君知道了，我一
定杀死您！而且不是一般的杀戮。

百子

……

百子兴奋不已地说：

"这最后一句非常有魄力啊。"

我笑着说：

"要是我看了这信，就会闹出乱子来啦。"

"经你看过，我也就放心啦。"

百子说罢凑过身来。

我又叫百子在信封上写好姓名地址，贴足快件
邮票，两人手挽手到有邮筒的地方发出去了。

　　某月某日

　　今天我去汀那儿，她给我看了百子的信。我故意装出怒不可遏的样子，读完后攥在手里就走了。从补习班回来，半夜里去父亲的书斋，满含悲悯，将信交到父亲面前。……

　　　　　　　　　　　（透的日记——结束）

二十五

　　一般人都是十五岁升高中，透却是十七岁才入学。昭和四十九年二十岁，正当成年那一年，他将同时考大学。到了高中三年级之后，每天温课准备应考，没有一点闲暇。本多担心透用功过度损害健康，千方百计给以提醒。

　　高三那年秋季的一天，本多想叫透至少利用周末到外头呼吸一下新鲜空气，透不肯，说怕耽误功课，本多只好硬拽着透到户外去。透不愿意出远门，但他说好久没有见到轮船了，很想看看。为了满足他的愿望，本多打算坐出租车带他去趟横滨，回来的路上在南京街吃晚饭。

　　十月初这天，碰巧多云。横滨是座天空辽阔的城市。他们在南大栈桥下车，抬头仰望，天空布满粗粗的鱼鳞状浓云，到处放散着斑驳的白色光点。若是硬要寻找蓝天，只在远处中央大栈桥上头，有那么一点像是蓝天的余韵，犹如钟声远逝的微音。而且，若有若无，渐趋消泯。

"要是给我买辆汽车，我就可以开车带爸爸到这里来。坐出租车太浪费了。"一下车，透就嘀咕道。

"不行，不行。等你考进东大，作为贺礼，肯定买。再忍耐些时候吧。"

本多叫透去购买进入海港的门票，他走到眼前必须攀登的台阶前，用手杖支撑着身子，愁苦地仰望着。他知道，要是没力气爬，可以叫透过来搀扶着他。但是当着众人的面，他尽量不让人看见他的那副老态。

来到海港，透的心情顿时欢畅起来。到这里之前，就想到会是这样的。不仅清水港，哪里的海港都具有一种透明的特效药，都能适应透那与生俱来的性情。可谓药到病除。

眼下是午后二时。标示着午前九时停在港内的船舶：巴拿马船"珠莲号"[1]二一六七吨、苏联船、中国船"海义号"二七六七吨、菲律宾船"明达诺号"三三五七吨。还有预定二时半进港的来自纳霍德卡载有大批日本船客的苏联船"哈巴罗夫斯克号"。一旦登上海港大楼，所有轮船的甲板尽在眼皮底下，其高度正好适合于观望海景。

父子站在"珠莲号"船首一带位置，俯视着海港内喧闹的景象。

就这样，父子默默并肩而立，各自同某种广大的风景相对峙。每个季节，都时常这样。对于本多父子来说，或许这是最为合适的姿势。他们都知道，一旦意气相通，就会产生恶，就干脆以风景为媒介，相互委身于各人的意识中。假如这就是两人的"关系"，那么父子俩都在以风景作为个人自我意识的巨大过滤器，犹如将盐分很浓的海水经过过滤，使之变成可以饮用的淡水。

"珠莲号"前边汇聚着舢板，看似漂流到一起的

---

1 即上文 Chung Lien 的音译。

木片相互重叠，或浮或沉。混凝土码头上，纵横标识着"禁止停车"的文字和直线，像是儿童们玩过跳房子游戏留下的印记。不知从哪里飘来淡淡的烟霭，发动机的震颤也不停地波及这里。

"珠莲号"黑色船舷上的涂装已经老化，防锈的柿红色的花纹鲜明地分布于船首弯曲部分，宛如航拍的海港设施的照片。生满青锈的铁锚像一只大螃蟹，紧紧趴在锚眼里。

"那装载的是什么？又细又长，包裹得很严实，好像是大挂轴画呢。"本多说道，他早已被"珠莲号"上的装卸工吸引住了。

"不像是挂轴画，是装着什么东西的木盒子吧？"

儿子也不知道是什么，本多对此很满意。他倾听着装卸工们的相互吆喝声，凝神眺望着自己一生未曾从事过的劳动场景。

令人惊奇的是，他这漫长的一生，父母赋予自己的身体、筋肉和各个器官（不包括头脑），虽然一概闲置未用，但健康无病，还保有用之不尽的财富。

本多没有运用过独自的思想和独创的精神，他只进行冷静的分析和准确的判断，最后竟然使他腰缠万贯。他望着额上流汗、吃苦耐劳的海上搬运工们那种曾经见过也曾被画在画面里的劳动场面，决不感到什么"良心"的责备，但却对于自己一生隔靴搔痒之感苦恼万分。眼中的所有风景、事物和人体的动作，并非自己接触从而获利的现实本身，而是一堵不透明的墙壁，角角落落涂满气味浓烈的颜料的墙壁。这堵墙壁横亘于看不见的现实和从中获利而看不见的人之间，不断地嘲笑双方。这幅涂满颜料的壁画中那些活蹦乱跳的人物，其实是被最简陋的机器所操纵，屈服于他人支配之下。本多从来不希望自己是受人支配的不透明的存在，但毫无疑问，他们这些人总想像船舶一般，实实在在将锚抛落于生命与存在之中。细思之，社会只对某些牺牲付出代价。生命与存在牺牲得越大，就越能获取丰富的才智。

　　如今，此种叹惋已无须重视。本多只管望着那些不住移动之物借以娱目好了。他想，自己死后，那些船舶照旧进港、扬帆、沐浴着灿烂的阳光驶向各国。

世界没有他，依然充满希望。他若是海港，即便是绝望的海港，也不能不容许众多的希望之船停泊。然而，本多连海港都不是，现在，他可以面向世界，面向海洋宣告：我是个彻底的废物。

假若他是海港呢？

本多看看站在一旁的透，他正在出神地望着装卸作业。透就是停泊在"本多港"唯一的一艘小船。这艘小船和海港完全一样，同海港一起腐朽，永远拒绝扬帆出海。至少本多是知道这些的。小船用混凝土紧紧黏合在码头上，本多以为他们是理想的父子。

眼前，"珠莲号"巨大的船舱张着黑洞洞的大口。满载的货物一直堆到舱口。站在货堆顶端上的装卸工们，从船舱里露出枣红的毛衣或交织着金丝线的绿毛围兜，黄色的安全帽歪斜在后颈上，向着头顶上空的吊车呼喊着什么。人字形起重机纷繁的铁锁，在自身的轰鸣中震颤不已。装卸工亲手捆扎的货物，不一会儿就被吊上半空，左右摆动。远方中央码头停泊着一艘白色客货轮，那摇晃不定的货物，使得金字标识的船名时隐时现。

　　头戴船员帽的士官监督着装卸作业。他大声呼喊，狂笑，看样子是在用粗俗的笑话鼓舞工人们的干劲。

　　没完没了的装卸作业看得腻烦了，父子二人缓缓移动脚步，走到可以同时看见"珠莲号"船尾和下边苏联船船头的地方。

　　和热闹的船头相比，"珠莲号"船尾低矮的楼顶不见一个人影。朝向四面八方的赭红的通气孔，堆得乱七八糟的废旧物，铁箍锈蚀的脏污的古典式的酒桶，绑在白色栏杆上的救生袋，各种船具，盘卷的钢缆，红褐色帆布下边露出的救生艇白色船舷上的美丽而细白的皱褶。……还有，巴拿马国旗旗杆底部尚未熄灭的古老的提灯。

　　这些都和构图极为复杂的荷兰派的静物画十分相似。在大海阴郁的光线里，各种物象满含忧愁，仿佛都在午睡，遂将那徘徊船上的长久倦怠的时光，以及那不让陆地人见到的船的耻部，都在这小睡中展露无遗了。

　　另一方面，载有十三座巨大银色起重机的苏联船，高耸着黝黑的船首紧挨着这边。从巨大的铁索锚眼里流淌的红锈，用它流离而下的暗红的蛛网，细致周密地装点着船舷。

将这两艘船连接在陆地上的缆绳，各自牵系着两块雄大的风景，各有三根互相交叉，毛拉拉的，满满垂挂着马尼拉麻的胡须。这两艘船犹如兀立不动的钢铁屏风，从间隙里可以窥见海港繁忙不息的情景。船舷边排列的废旧黑轮胎的小汽艇，白色流线型的巡逻艇，穿梭往来。每当这时，航线临时改作平滑的水路，激荡不安的昏黑的水面也暂时平静下来。

透回忆起假日独自去参观的清水港的景象。每一次，仿佛自己心中有某种东西被掏了出来。他接触整个海港从无限广阔胸膛里涌出的叹息，还有那钢铁引擎的不绝轰鸣，以及响彻耳畔的人的叫喊，同时品尝到压迫和解放两种不同的滋味，充满了快活的空虚。眼下同样如此。但身边的父亲是个累赘。

本多说道：

"浜中家女儿的婚约，是开春时解除的，现在看来，反倒好了。你也可以一门心思用功读书了。看样子，情绪也得到了恢复，所以现在想和你聊聊。都怪爸爸不好，轻易上了他们的当。"

"不必再提了。"

透打心里感到厌烦，他的回答多少含着一些少年的哀愁和豪爽。但本多并未因此而退缩，他真正的意图不是道歉，而是下边这个一直未能找到机会向透提出来的问题：

"那姑娘写出那样的信，看来多么愚蠢啊，打一开始我就知道他们是冲着钱财来的，本来想马虎过去算了。谁知小姑娘嘴里说得那样露骨，不管怎么说都是挺叫人扫兴的。父母都在为女儿辩护，介绍人看了那信，一句话也没说。"

自从发生那件事之后，做父亲的一直闭口不提。今天一旦说出来，便毫无顾忌地滔滔不绝。这使透很恼火。因为透从直观上觉察，正像父亲欢迎他同百子订婚一样，父亲也同样欢迎这门亲事告吹。

"不过，凡是登门提亲的不都是如此吗？幸亏百子老实，使我们得以及早下手，这不是很好吗？"透回答。他双肘支撑在海港大楼的栏杆上，也不朝父亲瞧一眼。

"所以我也认为很好嘛。不过，也不能因此而气馁，这期间，还要物色更好的姑娘呀。……但是，想到那封信……"

"那封信为何直到现在还念念不忘呢？"

本多用自己的胳膊肘轻轻抵了抵透的胳膊肘。透仿佛被骸骨触到了身子。

"那信是你让她写的吧，对吗？"

透并不感到惊讶。他想，父亲早晚要提出这个问题。

"要是真的，又怎么样呢？"

"不会怎么样。我只是觉得，你学会了料理人生的一种本领。不管怎么说，这做法很阴暗，丝毫不显得幼稚。"

这话激发了透的自尊心。

"我也不希望人家把我看成个幼稚的人。"

"不过，从订婚到破裂，你一直扮演不成熟的角色，不是吗？"

"一切都只是遵从爸爸的意向行事。"

"可不是嘛。"

老人迎着海风露着牙齿笑了。他的笑使透觉得恶心。父子两个想到一块儿去了。这几乎使透动了杀人的念头。要是将老人从这座大楼推下去，即刻就大功告成。不过，当他想到老人也同样会觉察到这一点，少年的心顿时萎缩了。为了和一个打根基上想了解自己、同时又具有了解能力的人，成天相互守候着生活在一起，那是异常忧郁的事。

接着，父子俩都沉默不语了。他们在楼顶绕了一周，向对面码头横向停泊着的菲律宾船瞧了好半天。

眼前是敞着门的船舱入口，一条覆盖着亚麻油毡布的走廊通向这里，破烂不堪的毡布泛着灰蒙蒙的光亮。走廊转弯的地方有座通向楼下的阶梯，可以窥见旁边的铁栏杆。这不见一个人影的短小的走廊，暗示着凝缩在人们生活中的一种常态，即不论多么遥远的航海之路，都绝不会从人的身边脱离。在这白色的果敢航行的巨轮之中，只有这里代表着人人家里都有的凄清而黯淡的午后走廊的一角。家里没有多少人，只有老人和儿童，显得空阔、寂寥。

突然，透猛地一转身，本多吓了一跳，立即缩起脖子。透从手提包里掏出一沓大学笔记本，那封面上用红铅笔写着"日记"二字。透趁着被本多一眼瞥见的当儿，朝着远方菲律宾船船尾的海洋里奋力投去。

"你干什么？"

"是没有用的日记，胡乱写成的。"

"这样做会遭人谴责的。"

然而，周围没有什么人，菲律宾船尾上偶然有一个船员，只是惊奇地朝海上看了一眼罢了。那用橡皮筋裹着的笔记本，在浪花里倏忽一闪，眼见着下沉了。

此时，船首绘着红星，用金色的文字写着"哈巴罗夫斯克"船名的白色苏联客轮，被一只拖船拖曳着，缓缓地向同一座码头靠近。那拖船竖着桅杆，看起来就像一只煮熟的红虾，毛扎扎的。将要停靠的那一带的栏杆旁，挤满迎客的人群，头发被海风吹得直立起来。孩子们骑在大人的肩头，急不可待地举着小手喊叫。

二十六

　　庆子问本多，昭和四十九年的圣诞节，透打算
如何度过？就连这样的问题也激起了她的义愤。尤其
是九月发生那件事以后，这位八旬老人对一切都感到
畏惧。本多失去了以往那种聪明睿智，不论对什么事
情都唯唯诺诺，态度战战兢兢，仿佛受到什么威胁，
时时感到不安。

　　这个情况不完全是九月事件引起的。透做养子
以来的四年时光，倒还算平安无事，透的变化也不很
明显。然而自今年春天，透进入成年并考取东大之后，
他完全变了个人。透暮地对养父凶恶起来，稍不如意，
抬手就打。本多曾经被透用煤炉的火筷子划破额头。
他到医院看病，只得撒谎说是自己跌倒摔伤的。从那
之后，他处处迎合透的意思。另一方面，透知道庆子

是站在本多一边的，因而对她戒备森严，冷酷无情。

　　长年以来，本多同那些可能攫取他财富的亲戚一概疏远，所以没有一个亲戚会对他寄予同情。那些反对他认领养子的人，这会儿正中下怀，都幸灾乐祸起来。他们根本不相信本多的申述，以为只不过是以老年的迂执换取同情罢了。大家见到透，反而对他很同情。他们只抱有这样的想法：这位眉目清秀、洁白无垢的青年，诚心诚意照顾老人，反而引起老人的猜疑而身背污名。而且，他的话深明大义，恭敬有礼，实在无人能同他相比。

　　"实在让您费心了。这些无聊的小事不知您是从谁那里听来的。肯定是久松阿姨吧？她是个好人，可是就对我家老子说的话句句当真。最近一个时期，我家老子昏聩无度，又患上了被害妄想症。还不是长期做守财奴，逐渐形成了那种扭曲心理？居然把同是一家人的儿子当成小偷看待。有时我年轻气盛，忍不住顶撞他几句，他就到处说我欺负他。有一次，老子的脑袋撞在院子里的老梅树上，他就对久松阿姨说是我用火筷子给划破的。庆子阿姨对他是说　信一，说二信二，我呀，简直无立锥之地了。"

打这年夏天起，透收留了清水的疯女绢江，让她住在厢房里。他对这件事是这么说的：

"哦，您问那个？她实在是个可怜的女孩儿。我在清水工作那阵子，就时常照顾她。她在家乡遭到人们的嘲笑，小孩子也都欺负她。绢江一心想来东京，于是我征得她父母的同意，将她领来了。要是送到精神病院，绢江准会给杀掉。再说，她是个老实巴交的疯女，不会闹出什么乱子来的。"

日常来往之中，透受到每一位年长者的喜爱，一旦有人扯到自己的生活，他便巧妙而恭敬地加以回避。世人反而对本多看不惯，认为那样一个睿智的主儿，竟然陷入老年性谵妄之中而不得自拔。其中也包含着几分嫉妒的因素。人们没有完全忘记本多二十多年前侥幸获得的那笔财富。

……透的一日。

他无须再遥望大海，也不必等候轮船。

其实，他也无须再去上学，仅仅是为博取世人的信用才去的。从家里到东大，步行不要十分钟，他偏偏要开车去。

然而，他依然保有黎明即醒的旧习，透过窗帷的缝隙观察晴雨，检查自己所支配的世界的秩序。欺瞒和邪恶是否如时钟那般准确运行？是否有人觉察，世界已经被邪恶所统治？一切都按法律精确运转，而又到处找不到爱，这样的状态是否能完好地保持下去？人们对他的王权满意吗？邪恶已经化作诗情，透明地笼罩在众人头顶上了吗？"人性的因素"是否精心地予以排除？热情是否必然变成笑料？对此有没有考虑周到？人们的灵魂是否已经彻底死灭？……

透相信，只要自己白嫩的手臂温婉地伸向世界之上，世界必定会患上某种美丽的病症。透更是确信，出人意料的侥幸会随时来临，一种侥幸到手了，又一个意外的好运就会接踵而至。那个贫穷的少年通信员，不知凭借何种理由，被一位富有的一只脚插进棺材的阔佬收作养子。说不定下次又会从哪个国家走来一位国王，请他去做王子了。

他差人在卧室隔壁修建一间淋浴室，大冬天也跑进去洗冷水淋浴。这是保持头脑清醒的良策。

　　冰冷的水逼他退出身子，加速心脏的跳动。透明的水鞭抽打着他的前胸，仿佛几千根银针一起向肌肤刺来。好大一会儿，脊背承受着水势。接着再面对着水，心脏依旧耐不住冷气。胸脯似乎重重地压上一块铁板，光裸的身体好像束缚于水的狭小铠甲之内。他不住转动身子，好比被水的绳子吊在半空里，不停地打着旋儿。机体终于醒了，青春的皮肤反弹着一粒粒水珠。这时候，透高擎左腕，让水冲击着腋窝，三颗黑痣宛如激流底下的三块小小的黑石子，透过流水闪闪放光。那正是平素折叠着的羽翼的斑纹，谁也不曾注意的"幸运儿"的标记。

　　——洗罢淋浴，擦干身子。摁响呼铃。浑身发热。

　　早饭已经准备停当。女佣阿常一听到铃响，就把饭菜端到房间里来。这是她的工作。

　　阿常是透从神田咖啡馆挖来的姑娘，对他总是唯命是从。

　　透同女人交际不过两年。他很快掌握了一个法则，深知如何鼓动女人对自己决不爱的男人献殷勤。

他有能力，一眼看出哪些女人会绝对听他的话。如今，他把站在本多一边的女佣一个不剩全部辞退，将自己相中并与之睡过的女孩儿招进家来，呼之以侍女，当女佣使唤。阿常是其中最蠢笨的一个，她的乳房一等大。

他等她把早饭放在圆桌上，用指尖捅一下她的乳房，权当早晨的问候。

"又肥又大啊！"

"嗯，正胀鼓鼓的呢。"

阿常虽说毫无表情，但满脸含着谦恭之色。那浑身郁积着的溽热的肉体，本身就是一种谦恭。其中更加压抑着情感的，是水井般深深凹陷的肚脐眼。阿常偏偏生着一双极不相称的美腿，她自己也明白。透曾经看到，她在咖啡馆里端着咖啡走在高低不平的地板上，犹如猫儿的脊背蹭着灌木，小腿肚时时扫动着租来的长势不良的橡胶树下边的枝叶。

透蓦地想起什么，他走向窗边，俯视着庭院。敞开睡衣的胸口裸露于晨曦之中。这个时刻，本多至今依然惯守旧例，一起床就到院了里散步。

十一月朝阳辉映之下，挂着拐杖蹒跚而行的老人微笑着，挥挥手，用他那有气无力的嗓音，道了声："早上好。"

透微笑着，摆摆手。

"嘿，还活着哪？"

这就是透早晨的问候。

本多依然微笑着，默默地躲过危险的脚踏石，继续散步。他要是回答得不妙，弄不好会大祸临头。躲过一时的屈辱，至少到傍晚前，透都不会回家的。

一次，他有点过分靠近透，就招来一顿臭骂：

"老东西，又脏又臭，滚到一边去。"

本多气得满脸抽动，然而却束手无策。假若受到大声呵斥，他还可以对付。可是这时候的透，白皙的脸上挂着微笑，美丽无垢的眼神注视着本多，他是以冷静的口气自言自语说出来的。

在透的眼里，一起生活四年，老人越来越令他厌烦。他那丑陋衰弱的肉体，为弥补无力而没完没了的无用唠叨，同样一件事翻来覆去说了五遍，每重复一次都对自己的话激情满怀，循环不已。那种妄自尊大，那种卑屈吝啬，还有对自己老衰的身体过分的爱惜，以及对死的恐惧产生的令人厌恶的畏怯和怠惰，对一切都装作宽容的姿态，满布老斑的双手，尺蠖虫似的步履，每一种表情都混合着厚颜无耻的叮嘱和恳求……所有这一切都是透所厌恶的。况且，整个日本到处都是老人。

——透回到餐桌上来，他叫阿常侍立一旁服侍，给他倒咖啡，放砂糖。面包片烤得如何，他也要说三道四。

透有一种迷信的心情。他认为，能欢欢乐乐愉快地度过一天比什么都好。早晨应当是一颗没有瑕疵的水晶球。他之所以能忍受住通信员这个寂寞的职业，是因为仅仅用眼观看决不会损伤自尊心。

一次，阿常说道：

"以前，我待过的那家咖啡馆的老板，给透君起了外号叫龙须菜，是因为您又青又细的缘故吧？"

听她说罢，透将正抽着的着火的烟头，一声不吭地顶在阿常的手背上。打那以后，阿常尽管愚蠢，说话也特别小心翼翼了。尤其是早晨伺候透吃饭的时候，阿常格外注意。四个侍女轮流值班，三人每日轮番伺候透、本多和绢江，一人候补。轮到谁伺候透吃早饭，当天谁就陪他睡觉。完事之后，立即驱逐出门，不许睡在透的卧室。这些女人每隔四天都要接受透的一次爱抚，每周一次轮到做候补的女子，可顺次放假外出一天。这样的统治无懈可击，女人们之间也没有闹什么矛盾。本多对此暗暗佩服，透实际上是自然而然地使她们听命于自己的。

透严格训练她们，管本多叫大老爷，诸事都很周到细致，没有一点疏漏。偶有客人来访，都一致夸赞说，这些年来，从未见到过谁家里有这么多漂亮而富有教养的侍女。透一边使本多过着自由自在的生活，一边又不住侮辱他。

——透吃完早饭，穿戴整齐，上学之前必定去一次绢江住着的厢房。绢江化完妆，穿着便服，斜倚在廊下的躺椅上迎接他。借着装病故作媚态，是她最新的花招。

此时，透以一副率真而亲切的态度面对丑陋的疯女，他坐在廊缘上说：

"早上好，你心情如何？"

"还好，今天多谢你啦。……美女多病，光是早晨的化妆就费尽心机。如此懒懒地靠在躺椅上，应声道：'还好，今天多谢你啦。'要知道，只有在这样的瞬间里，这个世界才会飘荡着无常的美好气氛。美如沉甸甸的花朵，一闭上眼睛，就摇曳在眼前。怎么样？这是我呈献给你的唯一的报答啊！我很感谢你。在这个世上，我一无所求，能够满足我愿望的温柔男子，只有你一个。况且，自打我来这里之后，每天都能见到你，可以不必外出。要是没有你这个养父就好啦。"

"放心吧。他快要完啦。九月的那件事已经了结，其后一切都进展顺利。到明年，我给你买一只钻石戒指。"

"太高兴啦。我时时都在巴望着那一天呀。今天还没有钻石，有花就行啦。我把院中的白菊作为今日的花吧。能帮我采一朵来吗？真高兴。不是那枝，是花盆里的。对，就是那枝低垂着的大白菊花，花朵像一根根银线。"

329

　　本多精心培育的盆菊，透毫不留情地折了一枝送给绢江。绢江好似一位病恹美人，满怀惆怅，手里转动着那枝大轮白菊花，嘴角含着淡淡的微笑，然后将菊花簪在自己的头发上。

　　"好了，你走吧。别迟到了。上课期间也要时时想到我呀。"

　　她说罢，摇手告别。

　　——透到车库里，用车钥匙打开"野马"牌跑车的引擎。这辆车是今春开学时他叫父亲作为贺礼买的。如果说轮船那种笨重而富于浪漫气息的机关，也能那般乘风破浪行驶于万顷碧波之上，留下鲜明的航迹；那么，拥有八汽缸的"野马"敏锐而纤细的机关，为何就不能踢散无聊的人群，从一堆堆肉上纵横疾驰，飞溅起鲜红的血潮，犹如轮船荡起银白的水花呢？

　　然而，这些都给静静地抑制住了。安抚，压抑，强使它装出一副平和、温雅的样子来。人们将这辆锐利的跑车当作一件寒光闪闪的利器，满含赞叹地瞧着。它为了证明自身不是凶器，硬是将发动机附加一层美丽的抛光外罩，强作微笑。

而且，时速二百公里的跑车，早晨行驶在本乡三丁目潮水般混杂的人流之中，这本身就只能是极端的自我抚慰。因为，在这里，时速限制是四十公里之内。

……九月三日事件。

这是本多和透之间当天早晨发生的一次小小口角的继续。

整个夏天，本多去箱根避暑，幸好没有和透在一起。自从御殿场别墅遭火焚之后，本多一直不愿再谈别墅的事，御殿场烧毁的宅基地原样搁置不顾。每年一到夏季，他的身体耐不住暑热，就到箱根旅馆里消夏。透待在东京，到处游山玩水，他喜欢同朋友们结伙开车旅行。九月二日晚，本多回到东京。父子很久没有见面，此时，本多从透那一无遗憾的晒得黧黑的脸上，发现那双清亮的眸子里燃烧着愤怒的火焰。本多看了震颤不已。

紫薇花怎么啦？三日一大早，本多到院子里一看，不由惊叫起来。厢房前边那棵古老的紫薇花树被连根砍倒了。

本多夏天一直不在，七月初，绢江住进了院子里的厢房。额头曾经被透击破的本多，渐渐对透畏惧起来，所以对于绢江的进入，他只好言听计从，百依百顺。

听到一声喊叫，透旋即来到院子里，他左手拎着火筷子。透的卧室原是由接待贵宾的客厅改造而成，保有家中唯一的壁炉，即使夏季，火筷子照旧挂在炉端的钉子上。

透深知，只要看见自己手拿这件东西出来，曾被划破额头的本多，就会像狗一样浑身打哆嗦。

"你拿那个又想干什么？这回我可要报警啦。上次想到家丑不可外扬，便硬是忍住了。这回我再也不会原谅你，你可要放明白点！"

本多使出浑身力气说出这段话，两个肩膀不住抖动。

"你不是也拿着拐杖吗？可以用那个自卫。"

九月初即将回家时，本多巴望能见到繁花满枝的紫薇同患了白癜风似的树干两相映照的情景，谁知回来一看，院子里已经没有紫薇树了。原来又建了座新的庭院，和旧有的院子完全不同。这不外乎出自阿赖耶识。庭院转生，他刚想到这里，刹那间怒火中烧，不可遏抑，逼使本多高声喊叫起来。本多一旦开始喊叫，就感到满心恐怖。

事情很简单，绢江搬来时已是出梅时节，厢房前的紫薇花盛开了。绢江讨厌看到这花，说看了头疼。最后，一口咬定本多在耍阴谋，将这花种在绢江眼前，故意要把她逼疯。因此，本多去避暑时，透便将这树给砍掉了。

那个绢江躲在厢房里间的暗处不肯露面。透没有将这些经过告诉本多，怕他揪住不放。

"是你砍掉的吗？"

本多退一步问。

"嗯，是我砍掉的。"

透朗声回答。

"为什么？"

"那树已经老朽，不要啦。"

透闪现着优美的微笑。

这时候，透在眼前刺溜刺溜放下一堵玻璃墙。这是从天上落下来的玻璃。这玻璃和早晨澄澈的天宇完全是同一种材质。本多确信，在那瞬间，不论他如何号叫，如何唠叨，都不会送到透的耳朵里了。对方或许只能看到本多满口假牙的嘴巴一张一合吧？本多的嘴巴已经接受同有机体毫无关系的无机质的假牙。他早已开始部分的死亡。

"是吗？……是吗？那就算了吧。"

那一整天，本多关在自己房间里，身子一动未动。侍女们端来的饭菜，他碰也没碰。他脑子里清晰地想象着，那些侍女跑到透那里，向他一五一十回报的情景。

"老爷子耍小性，犟着呢。"

其实，这位老人的苦楚，或许只限于"耍小性"。本多自己也很明白，此种苦恼只能是自作自受，没有任何辩解的余地。一切都由本多惹起来，并非透的罪过，甚至透的变化都不值得大惊小怪。打从初次见到这位少年时候起，本多就看穿了他心中的"恶"。

一切都出自本多的心愿，他认为。但他未曾料到，透当面对他自尊心的损伤如此巨大。

本多从避忌冷气、害怕楼梯那个年纪起，就一直住在楼下一间十二铺席的房子里。这里隔着一座庭院，可以望见厢房。这间书院格式[1]的房子，是全家之中最古旧最阴暗的居所。本多将四个麻织坐垫并排在一起，时而在上面躺躺，时而在上面蜷着身子，苦挨着时光。他不顾室内溽热难耐，将窗户全都关得严严实实。他不时爬着过去，喝几口桌上水壶里的水。那水温热，就像被太阳晒过一样。

悲愤交集之极，陷入假寐状态，于睡眠和现实之间，迷迷糊糊打发着日子。每逢腰痛倒也可以分散注意力，但那天只是浑身感到疲乏无力，一点也不觉得疼痛。

一种不合乎道理的悲惨命运似乎已经降临。然而，这种不合理却带有细微而准确的刻度，仿佛调制特效药一般，目下正在发挥预期的效果。此时此刻，

---

1 原文作"书院造"，江户初期定型的住宅样式。设备较为齐全，有高级卧室，铺设地板或铺席。客厅独立，房内有方柱，室外有挡雨窗等。

更加难熬。按理说，老年的本多已经从虚荣心、野心、体面、权威、理智，尤其是感情之中摆脱出来，获得了一切自由。可是，他这种自由缺乏晴朗之色。他所感觉的东西本应早已抛却于往昔，然而，那阴郁的焦躁和怒气，又像灰烬一般不断冒烟，稍稍扒拉一下就又燃起阴沉的火焰。

照在障子门上的太阳，有了秋的气息。自己呢？置身于此种孤绝之中，不像季节的推移，看不到一些由此及彼移转的动作的征兆。一切都停滞了。愤怒与悲愁这些本不该有的东西，犹如雨后的水洼，在体内蓄积着闪光的雨水，永不枯竭。今日产生的感情，似乎是十度春秋之后变成的腐殖质，每一刹那都觉得很新鲜。况且，人生不快的记忆瞄准这里蜂拥而至，但又绝不能像青年那样，将自己的人生打上不幸的印记。

当阳光照在房内的凸窗上面时，他知道黄昏已经迫近。本多感到蜷缩的体内产生了情欲。这不是郁勃的情欲，而是终日挣扎于悲愁和愤怒的过程中，不知何时孵化出的浅淡的情欲，仿佛一条红蚯蚓缠绕于脑际。

一直使唤的司机告老回乡，接着雇佣的司机于钱财上做过手脚，之后，本多将汽车卖掉，外出时坐包租车。夜里十点钟，他用安在凸窗上的对讲机唤醒侍女，让她叫辆包租车，然后自己找出玄色薄西装和灰色运动衫，穿在身上。

透不知道哪儿去了，不在家。三更半夜，侍女们奇怪地目送着这位八十岁的老人出门去。

——汽车驶入神宫外苑时，本多胸中的情欲变成一种轻微的恶心。时隔二十多年，他又来到这个地方。

车子开来的一路上，本多心里搅动着的倒不是情欲。他两手支撑着拐杖，反常般地挺直腰杆坐在座席上，口里喃喃自语：

"还有半年，再忍一忍。再忍半年。"

"还有半年，再忍一忍。……假若那小子是真的……"

然而，想到的这个保留条件使本多战栗。透还有半年就满二十一岁了。假如这半年里透死掉，本多对他的一切都可以宽恕。如今这个一无所知的小子，妄自尊大，一味刻薄，本多对此心知肚明，他是可以忍耐下去的。不过，透要是个冒牌货呢？……

一想到透的死，就给近来的本多莫大的安慰。当他受尽凌辱时，就巴不得这个年轻人死去，他打内心里已经把透杀了。犹如透过云母遥望太阳，他从年轻人的残暴和冷酷的前头，一旦透视到死亡，本多就松了口气，他喜不自胜，扬扬自得地寄予爱怜和宽恕。此时，本多陶醉于可谓"慈悲心"的光明正大的残酷之中。或许，这就是以往他在一无所有的辽阔的印度原野的明光中发现的那种感情。

本多尚未出现明显的不治之症的征兆。血压不必担心，心脏也没什么障碍。他坚信，最多再忍耐半年，他就会比透活得长久，哪怕长一天也好。对于这个年轻人的暴死，他将毫不吝惜地倾注满腔吊慰的泪水！此外，面对愚昧的世人，还能扮演一位老而失掉宝贝儿子的不幸父亲的角色。他洞悉一切，凭借浸满毒汁的甘美而静谧的爱，一面预见着透的死，一面忍耐着透的残暴。这其中，不能说没有什么快乐。在他看到的时光的前头，透的暴虐就像蜉蝣的羽翼，看上去可爱而透明。人是不会爱比自己生命长久的家畜的。可爱的条件在于生命之短促。

抑或透因某种预感的到来而焦灼不安吧？就像往昔眺望水平线的彼方，突然出现一艘未曾听闻的怪船一样。更确切地说，或许是死的预感无意识搅扰着他，让他如此焦灼不安的吧？想到这里，本多心中便生出无限温存，在此种前提下，不单对透，本多也可以关爱所有的人了。他学会了一切不祥的人性之爱。

不过，透要是个冒牌货呢？……假如透一直活下去，本多赶不上他，早晚老衰致死呢？……

眼下他才知晓，刚才体内逐渐醒来的急火攻心般的情欲，却原来根植于此种不安。假如自己先死，不管多么卑劣的情欲都不可断绝。或者本来就命里注定，自己将死于此种屈辱和误判之中吧？对于透的误判本身，抑或就是命运为本多自己设置的圈套。假如本多这样的人也有命运的话。

细思之，透的意识太像自己了。这就是本多长期感到不安的根源。透或许早已看穿一切，透知道自己永生，也明明知道这位确信他早夭的老人居心不良，他处心积虑对自己施行各种实务性教育，其用意在于报仇。……

八十岁的老人同二十岁的青年，或许正在进行一场你死我活的肉搏战。

——这时候，车子进入阔别二十余年的神宫外苑，从权田原口进去向左拐，驶入环状路。本多先是来上一通没完没了的咳嗽，权当是开场白，接着吩咐道："再转弯，再转弯。"

沿着夜间的林木转弯的当儿，蛋黄色的衬衫在密林深处倏忽一闪，消失了。隔了很久本多心间又涌起那种特殊的激动。他感到，自己往昔的色欲犹如陈年落叶，依然随处堆积于树荫下边。

本多吩咐：

"再转弯，再转弯。"

车子一直向右转，沿着绘画馆后面最浓密的森林间的人行道前进。两三对情侣在路上走着，灯光依旧像以往那般黯淡。突然，左前方出现一束强光。夜间公园中央，高速路入口尽情张开着万道金光的大嘴，好似客人很少光临的寂寞的游乐场。

右前方应该正对着绘画馆左侧的森林，但夜间繁密的树木挡住了视线，看不到那座圆形的屋顶。树木的枝干伸展到路面，枞树、法国梧桐和松树等林木，枝叶交错。团团缠络的龙舌兰花丛中，虫声聒耳，甚至透过疾驰的汽车车窗都可以听到。本多对以往的事记忆犹新。其中，各处草丛里时时响起劈劈啪啪拍打蚊子的声音，那是凶恶的豹脚蚊在叮咬皮肤。

他叫司机在绘画馆前停车场附近停车，先打发司机回去。那位司机从窄小的额头下睐了本多一眼，这样的一瞥能把人一下子击倒。本多又提高嗓门对司机说可以回去了。他先把拐杖伸向人行道上，接着下了车。

绘画馆前停车场夜晚关闭，一旁竖着"夜间禁止入内"的告示牌。一条栅栏封住了车道。停车场值班房熄灯了，悄无声息。

本多看着包租车开走了，随即慢悠悠沿着长满龙舌兰的人行道走去。龙舌兰泛着淡绿，于黑暗中挺着带刺的叶片，满含恶意的花丛一派寂静。人影稀疏。

对面的人行道上只看到一对男女。

本多走到绘画馆正前方，停住拐杖，环顾着只有自己一个人的周围广大的构图。绘画馆圆形的大屋顶和左右翼楼，在没有月光的夜间巍然耸峙。前边配以方形的池塘和青白的露台。路灯悠长的灯光宛如分离的潮线，映射着朦胧黯淡的鹅卵石地面……左前方天空矗立着大运动场高而圆的外墙，没有发光的探照灯那盛气凌人的背影划破了天宇。野外的电灯只在最下边部分密林的树梢上，描画出烟霭般的光的轮廓。

本多伫立于连个色情的影子都看不到的严整的广场上，蓦地感到自己仿佛站在胎藏界曼荼罗的正中央。

胎藏界曼荼罗是根本的两界之一，同金刚界曼荼罗相对。它借莲华作表象，以显示胎藏界诸佛的慈悲之德。

所谓胎藏，具有含藏的意味，犹如世间贱女之胎得轮王之圣胎，凡夫烦恼淤泥般的心中包含着诸佛慈悲的功德。

那光明灿烂的曼荼罗完美的对称，于中央中台

八叶院的中心，不用说供奉的是大日如来。十二大院
由此向东西南北流出，诸佛各自的住所精致严整，左
右相称。

如果将高耸于无月夜空里的绘画馆的圆形屋顶
当作大日如来居住的中台八叶院，眼下本多隔着池塘
站立的宽敞的车道，较之虚空藏院更加靠西，或许就
是那个孔雀明王居住的苏悉地院一带。

金碧辉煌的曼荼罗诸佛密密麻麻的几何学般的
配置，一旦转移到为这里幽暗森林所包围的对称的广
场上来，那么鹅卵石的空白和柏油路的空虚就会立即
被充塞，到处都拥挤着满含慈悲的面颜，在白天的
阳光里耀目争辉。诸尊二百零九尊，外金刚部二百
零五尊，众多面孔显露于森林的外头，地面上闪闪
发光。……

一旦举步前行，此种幻想即刻消泯。周围虫声
四塞，细针密线般夜蝉的鸣唱在树荫里往来交飞。

如今，熟悉的道路依然保留在树荫里。这是面
对绘画馆右侧的森林。本多突然记起，这杂草的气息，
夜间树木的馨香，原是自己情欲不可或缺的要素。

那种心情，仿佛夜行于珊瑚礁的浅海，两脚踩着各种甲壳类、棘皮类动物和贝、鱼、海马等，足背浸润着温热、晃漾的海水，一步一步，为避免岩石尖角刺伤皮肉，小心翼翼，走过行将退潮的海滩。……本多深知火炽的快感复苏了，身子无法跑动，快感却疾驰而去。到处皆有"迹象"。不久眼睛习惯了，幽暗的森林似乎变成大屠杀后的现场，到处飘散着雪白的衬衫。

本多隐身的树荫下早已有了来客，只穿一件灰色上衫，看来是一位老练的偷窥手。身个儿矮小，不到本多的肩膀，一开始看他像个少年。等到迷茫的光线里发现他一头白发，本多这才对那男子厌恶起来，甚至不愿贴身闻到那满嘴阴湿的喘息。

其间，那人的眼睛离开了目的物，不断瞟着本多的侧影。本多极力不朝他那里瞧，不过刚才看到他那短短的白发，还有那一直剃到太阳穴的头型，一种不安的记忆油然而生，越回忆越焦躁。一着急嘴里就像平时一样，不停地发出阴沉沉的咳嗽声，止也止不住。

不一会儿，那人的喘息里又增添了可靠的判断。他伸直腰杆，极力凑近本多的耳朵边低声说：

"又见面了不是？你今天又来啦？还是没有忘记过去啊。"

本多不由转过脸去，只见那矮个子生着一双鼠眼。二十二年前的记忆突然复活了。没错，这位就是在美军基地松屋商店前叫住他的那个男子。

接着，本多颇为不安地回忆着。当时，本多对这个男子态度冷淡，硬说他认错人了。

"没关系，没关系。这里是这里，别处是别处。我们就照这条原则办吧。"

那人察知本多有些情急似火，先绕着圈子说，反而更加可怕。

"不过，千万别咳嗽。"

那人反复强调，接着赶紧将目光转向树干那里。

由于男子稍微拉开些距离，本多放下心来，从树木对面窥视着草丛。然而他已经失去了悸动，代之而来的是充塞胸臆的不安，还有愤懑与悲伤。越想求得忘我，越是远离忘我。这里正是观看草上男女的最佳地点，但他们的行为本身，仿佛明知被偷看而故意表演似的，令观看的人感到扫兴。没有视觉的快乐，偷窥的内里既没有强势进攻的甘美的紧迫感，也没有明晰本身的自我陶醉。

虽然只有一两米的间距，但光线微薄，看不清身体细部和脸上表情。中间没有障碍物，不好进一步接近。本多心想，看着看着总会唤起往昔的悸动，他一手支撑着树干，一手拄着拐杖，眺望着躺卧在草丛里的男女。

那个矮个子男人不再来打搅他了，本多却净是回忆起那些无关紧要的事：他的拐杖笔直而不弯曲，不能像那位老人一样用拐杖灵巧地撩起裙裾，他是学不来那一手的；那位老人想必已经老迈，肯定死去了；森林周围的"看客"之中，这二十年间死去的老人一定很多；即使那些年轻的"演员"也都结婚而离开这里，有的死于交通事故，有的死于早期癌症、早期高血压以及心肾等疾患；"演员"的变化当然要比"看客"更显著，眼下他们住在郊外的小区，从东京乘私铁需花上一小时才能到达，如今或许待在家中，撇开老婆孩子的吵闹，两眼正盯着电视；要不了多久，下回该轮到他们作为"看客"到这里来了……

突然，支撑着树干的右手触到一个软塌塌的东西，一看，是只大蜗牛，正沿着树干向下爬行。

本多轻轻挪开手指，他相继触到那软体和硬壳，好比先是摸到浸泡过的黏湿湿的肥皂残渣，接着又碰到肥皂盒的塑料盖，心里残留着恶心的苦味。仅凭这种触感，世界就有可能像扔进硫酸槽里的尸体，眼看着被消融殆尽。

当他再次将目光投射到那对男女身上的时候，本多的眼里几乎充满热望。让俺的眼睛也陶醉一下吧，快点让俺陶醉，哪怕一瞬间也行。世上的年轻人啊，无知无言，对老人不遑一顾，只管自己乐在其中。那么也让俺和你们一样陶醉一番吧。……

女人衣衫不整地横躺在周围喧闹的虫鸣之中，她稍稍抬起上半身，两手搂住男人的脖子。头戴黑色贝雷帽的男人，伸手使劲儿插入女人的裙子底下。他那认真抖动的手指，也传向穿着白衬衫腰背上的皱纹。女人依偎在男人臂弯里，扭曲的身子犹如螺旋楼梯。

她娇喘频频，好像急不可待地吞咽着必须喝下的汤药，仰着头同男人接吻。

……凝神注视的本多，眼睛都疼了。看着看着，他觉察，一直虚空的心底，立即涌起曙光初露般的情欲。

此时，他看到男人将手伸向屁股后头的口袋，是担心金钱被盗吗？欢爱之中竟然还有这份心思，这使本多感到厌恶。好不容易涌现的情欲，又立即冻结了。可是紧接着刹那间发生的事，使得他简直不敢相信自己的眼睛。

原来那男人从裤兜里抽出一把弹簧刀。他用大拇指一摁，立即嘶的一声，宛若蛇吐信子，在黑暗里闪着寒光。不知道划伤了哪里，女人发出一声号叫，男人火速站起身来，转首环顾四方。黑色贝雷帽歪斜到后脑勺上，前额的头发和脸孔开始映入本多的眼帘。头发完全白了，清癯的面孔刻满皱纹，这是一副年过六旬的老人的面颜。

本多怅然若失，那人蓦地穿过他身边，疾风般迅速逃走了。瞧那动作，很难想象是个上了岁数的老者。

"快逃吧，待在这里很危险啊！"

那个鼠眼矮个子喘息着，附在本多耳边催促道。

"可是我跑也跑不动啊！"

本多气馁地回答。

"糟糕，稀里糊涂地逃跑，反而招来怀疑，还是当个证人为好。"

矮个子咬着指甲犯起了踌躇。

传来哨子声。杂沓的脚步声。人们吵吵嚷嚷站起身来。手电的光束透过近在咫尺的灌木丛，上下飞舞。巡逻警察们一起围着倒在地上的女人，高声地谈论着。

"伤着哪里啦？"

"大腿。"

"伤得不厉害。"

"罪犯是个怎么样的人？啊，说呀！"

女人脸上映射着手电的光芒，蹲着的警察站起身子。

"是个老人，不会跑得太远吧。"

本多浑身战栗，额头抵着树干，闭上眼睛。树身湿漉漉的，仿佛蜗牛爬到了脸上。

他微微睁开双眼，感到灯光正向自己这里逼近，背后蓦地被人一推。从手的高度上，他知道是矮个子干的。本多的身子跌跌撞撞脱离了粗大的树干朝前栽去，额头差点同警察相撞。那警察一把拽住他的手。

——善于到警察署采访丑闻的某周刊杂志的记者，为着另一桩案件刚刚来过。他听到神宫外苑有女子被人刺伤，真是喜出望外。

那女子接受急救，大腿缠上了宽大的绷带。本多被带去同女子见面，费了三个小时的周折，才证明自己清白无辜。

"不论怎么说，也不可能老成这个样子啊。"女人说，"那人是两小时前在电车上认识的。虽说上了年纪，可是打扮得很年轻，又会甜言蜜语，是个社交型的主儿。没想到他会干出那档子事来。咳，至于他的姓名、住址和职业，我一概不知。"

同女人见面前，本多狠挨了一顿斥责，查验了身份。像他这种身份的人，不得不亲自一一讲清楚为何在这个时刻待在这种地方。二十二年前一位老资格的律师朋友对本多讲起的那件可怕的事情，如今又在他自己身上出现了。本多不得不感到就像做了一场梦。这座古老的警察署大楼，审讯室污秽的墙壁，亮得出奇的电灯，还有做笔录的那位警察光秃的前额，这些都不是现实之物，而是以梦中明晰的幻影显露于眼前。

凌晨三时，才放本多回家。女佣起来，带着很不情愿的表情为他开门。本多一言未发地钻进被窝，一夜噩梦连连，醒了好几次。

打第二天早晨起，他就患感冒了，卧床不起。躺了一周才好。今早似乎感到有些轻松，透难得地走来，脸上闪过一丝微笑，随手将一本周刊杂志放到本多的枕畔。他瞥见这样一个标题：

原审判官乃窥色老手，险些被当作杀人犯误捕本多掏出老花镜，心中涌起一阵不快的悸动。这篇报道惊人得准确又详尽，连本多的名字都毫不留情地登出来了。文末的结语指出：

> 八十岁窥色老手的出现，证明日本社会中老人的势力，似乎已经波及色情世界了。
>
> 本多氏的此种奇癖并非自今日始，二十多年前，这一带就有好多人熟悉他……

本多从这几行文字中，明白了写这篇报道的记者采访过什么人。本多还凭直觉感到，一定是警察将这个人介绍给记者的。这篇文章一旦公之于世，即使起诉他损害名誉罪，那也只能是越抹越黑。

这些卑琐细事只可供一夕之笑料。本多原以为自己没有什么可失掉的名誉和体面，如今一旦失掉才感到这些确实存在过。

可以肯定，尔后人们再提起"本多"的名字，想到的只能永远是这桩丑闻，而不是他精神上和理智上的作为。本多明白，人们绝不会忘记这件丑闻。不是说忘不掉道德的愤激，而是因为要概括一个人，再没有比这更典型、更简明扼要的符号了。

经受这场好久才治愈的感冒，本多卧病期间深深感到，自己就连肉体都已经彻底衰退了。他对自己被当作嫌疑犯没有任何思想准备，这回经历了一次粉身碎骨的打击。不论有怎样的睿智，怎样的学识和怎样的思想，都不能将他拯救出来。他纵然面对刑警絮絮叨叨讲述在印度所获得的观念，又有何作用呢？

今后，本多即使掏出一张写有"本多律师事务所律师本多繁邦"的名片作自我介绍，那么，别人会马上从字里行间加上一行字，读成"本多律师事务所八十岁窥色老手律师本多繁邦"。由此，本多的一生都缩写在这样一行文字之中了："原审判官八十岁窥色老手"。

本多漫长的一生中，凭借认识构筑的无形的建筑物轰然崩塌了，仅剩这一行字镌刻于基石之上。这是刀刃一般犀利而灼热的总结，而且充分符合事实。

——打从九月那件事以来，透冷静地将一切向有利于自己的方面推进。

　　他把那个同本多水火不相容的老律师拉到自己一边，同他商量能否以此将本多定为"无能力管理财产者"。为此，本多必须经过精神鉴定，证明他是精神病患者。看样子律师对这一点很有自信。

　　实际上，发生这件事以后，本多再也不出门了。他变得担惊受怕，卑躬屈膝了。对于这个变化，谁都看得很清楚。从各种征兆判断本多老年性痴呆看来也很容易。一旦拿到这样的证明，透就可以向家庭裁判所[1]提出请求，宣布本多为"无能力管理财产者"，再把那位律师推为本多的监护人就行了。

　　律师跟一位有交情的精神病医师商谈，医师认为，从本多广为人知的丑行里，以下两条皆可成立：一是由于老衰的焦躁激起烈火攻心般的情欲，且具有不可遏抑的力量，急剧变成不可忽视的镜中火灾般"反应的情欲"；一是由于老衰而丧失自制能力。律师说，剩下的只是寻找法律根据了。他还说，本多如果

1　处理家庭及未成年者案件的基层司法机构，简称"家裁"。

突然一反平常，挥金如土，给财产造成威胁，那就好了。不过还没有这样的征兆。较之金钱，透更巴望夺取实权。

二十七

十一月末，透收到庆子寄来的信，里面附上了一枚漂亮的英文请柬。信是这么写的：

本多透君：

　　好久没有联络了，您一切都好吗？快要到圣诞节了。圣诞之夜或许大家都忙于各方应酬，所以我想在十二月二十日，提早举办一个家庭圣诞晚宴。以前，都是邀请令尊出席，鉴于他今年已届高龄，邀请他前来反而会给他造成诸多麻烦，故改请透君莅临此次晚宴。这事请不要告诉令尊，也不必言明您已收到请柬。一切均请保守秘密。

　　话既然说到这里，凭我的性格，不妨和盘

托出为好。打从九月事件以来，考虑到来客的情面，我很难再请令尊出席了。或许您觉得我对老朋友太绝情了吧？然而在我们这个交际圈中，不论背后做些什么都无碍，一旦暴露就不堪收拾，表面的来往也不得不中断。

我之所以邀请透君前来，是出于我历来的愿望，今后我想通过透君您本人，继续维系同本多家的交往。我希望您能欣然接受我的要求。

当天，我还邀请了各国大使以及他们的夫人和小姐。日本人中有外务大臣夫妇、"经团联[1]"会长夫妇，此外还有漂亮的小姐们。您只身前来好了。请柬上已经标明，请身穿无尾晚礼服。请尽快利用回帖告诉是否出席为盼。

久松庆子

这封信的口气虽然有些盛气凌人，但本多这件案子给庆子带来的困惑，不由使透脸上浮出微笑。他

---

1 经济团体联合会的简称，经济界的联合机构。负责收集财界意见，向日本政府和国会提出各种建议。

从字里行间觉察到，这位惯于作践道德的庆子，面对丑闻也只得猝然关上大门，暗自颤抖。

"可是，似乎有点不对味啊。"透突然泛起高度的警惕，"如此害怕丑闻，又请我出席晚宴，这位一直同老子一个鼻孔出气的婆娘，是否存心要看我的笑话呢？她会不会当着那些不可一世的客人的面，故意向他们介绍我是本多繁邦的儿子，以博得客人一笑呢？其结果受到伤害的不是老子，而是不偏不倚落到我的头上来。她是否怀着这个主意？……没错，她一定是这么想的。"

这种疑虑，反而促使透泛起挑战的心情。自己决心以一名因丑闻而臭名远扬的父亲的儿子身份出场。当然，别人谁也不会提及这件事，但自己要独放异彩，决不因父亲的丑闻而抑郁不振。

他那易于受伤的纤弱的灵魂，使得他将那些同自己无缘的污秽小动物般的丑闻，如同骷髅一般吊在脖子上，露出几分悲伤几分凄美的微笑，在世人间无言走动。透本人看得很清楚，这副姿影含蕴着苍白的诗趣。老人们的侮辱与妨害，只会以无可抵御的力量，将众多妙龄女子推向透这一边来。庆子的算盘定将落空。

透没有无尾晚礼服，他立即定做了一套。等到十九日那天做成了，他及早套在身上，赶往绢江的屋子给她看。

"很合体呀。你真帅，透君。你肯定想穿上这件衣服，领我一起去参加舞会吧？可实在对不起，我身体不好，不能陪伴你。我真的很遗憾。所以，你等无尾晚礼服一做成，就忙不迭穿在身上赶来给我看，你是多么善解人意啊！我太喜欢透君啦。"

绢江颇为健康，自从来这里，光吃不动，半年间胖得令人认不出来，身子骨也动弹不得了。体重的增加以及行动的不自由，越发使得绢江真正尝到了生病的滋味。她不断吃消化药，卧在走廊的躺椅上，透过绿叶眺望那不知何时将要失去的蓝天。"照这样下去，我肯定活不长喽！"这就是绢江的口头禅。透严格命令女佣们，听到这句话决不许当着绢江的面发笑。这下子可难倒了她们。

每每出现一种新的情境，绢江总能抢先绕到前头，做出一番极为有利于自己的表现，这样一来，她既保持着自己"美"的威望，同时又带有几分悲剧色彩。透对她的这种智慧十分感佩。绢江一看到透穿上无尾晚礼服，就一眼看出他不会偕她一道出行，为了顺水推舟，她立即借助自己的"病"下台阶。透不时想到，应该学习她如何顽强维护自己高贵的矜持。绢江不知不觉成了透人生的良师。

"转过身子让我瞧瞧，做得真好。从脖子到两肩的线条笔挺。透君，你不论穿什么都那么合身，简直和我一模一样。明天晚上，我虽然不能与你同行，你可要暂时忘掉，痛痛快快地乐上一阵子吧。不过，你在玩得最高兴的时候，切不要忘记我。你要时时想到，家里还有个躺在病床上的我哩。"

透刚要离去，绢江又把他叫住：

"哦，等一等。你的领口扣眼里没有花，这可不行。我要是身体好，就亲自给你采一朵插上去。侍女小姐，拜托了，那朵紫红的冬玫瑰挺好看，就请掐来吧。"

绢江叫侍女采来那朵正在开放的紫红的冬玫瑰，

亲手插在透领口的扣眼里。肥硕的绢江，似乎有些颤巍巍、略显慵懒地撮起兰花指，捏着玫瑰枝插进扣眼，然后轻轻拍一拍光亮的丝绸衣领，气喘吁吁地吩咐道：

"好了，站在院子里，让我再看看。"

——第二天下午七时整，透单独将"野马"开到地图上标明的庆子位于麻布的住宅，停在铺满鹅卵石的宽阔前院。其他的车子一辆也没有到。

透初次来到这座宅第，古老的风情令他大吃一惊。前院树木下的投光器照射着王宫般弧形的正面。或许因为缠络在墙头的常春藤红叶夜间望去黑森森的缘故，总是给人一种凄然之感。

戴着白手套的侍者出迎，穿过圆形顶棚的圆形厅堂，走进光辉灿烂的桃山风格[1]的客厅，透被让坐在路易十五世时代的椅子上，他后悔不该最先到达。屋内光亮又宁静，房间一隅装饰着一株巨大的圣诞树，

---

1 丰臣秀吉统治的时代，城廓、殿堂和寺社建筑宏伟，内部装饰豪华。绘画、陶瓷、漆器和染织等工艺亦很发达。

使人感到颇不协调。侍者问透喝什么酒，退去之后只剩下他一个人。透背倚着古色古香的彩虹玻璃窗，透过院中树林的一侧，遥望城里闪烁的街灯，还有那随处被霓虹灯映射着的紫色的夜空。

随着杉木门"吱呀"的滑动声，庆子出现了。

年过古稀的老太婆一身热烈的整装，使得透一时说不出话来。晚礼服五分宽滚边的衣袖，长及前裾，浑身缀满串珠。自胸口到衣角，五彩斑斓的串珠流光溢彩，变幻无穷。胸部金色串珠的底子上，绣着几条孔雀翎的绿色串珠。袖子荡漾着紫色串珠的波纹，下身直到衣裾，呈现一派葡萄酒的深紫。衣角交织着紫色花纹和金色云纹，各种颜色的分界线上一律缀着金黄的串珠。纯白的蝉翼纱上绣着花纹，再透过一层银色的底子，这是一件三式重叠缝纫在一起的西式彩绣礼服。衣裾下边可以窥见紫色缎子的鞋尖。像平时一样威严挺立的脖颈上，围着翠玉般鲜绿的乔其纱披肩，从肩后垂挂下来，一直拖曳到地板上。发型一反常态，极其熨帖的短发下面，不停摇荡着金色的耳环。经历过反复整形美容的面颊已经干涸殆尽，犹如一副假面具，那些与生俱来的部分肌肤，愈益流露出尊大与高傲。威严的眼睛，秀挺的鼻官，搽着厚厚口红的嘴唇，一眼望去犹如贴上一片赤褐色的苹果皮。……

刻印着微笑的化石般的老脸凑了过来。

"对不起，让你久等了。"

她朗声说道。

"好漂亮的衣服！"

他说。

"谢谢。"

庆子将端庄的鼻翼稍稍扬起，刹那间露出西洋女子般心荡神驰的表情，又倏忽中止了。

上饭前酒了。

"最好把灯熄了。"

侍者遵照庆子的吩咐，熄灭了玻璃吊灯，只剩下圣诞树上忽明忽灭的电珠。透浑身浸在黑暗里，看着庆子闪烁的眸子，以及晚礼服闪烁的串珠，终于惴惴不安地问道：

"别的客人来得好迟啊。我是否来得太早了？"

"别的客人？今晚上就你一个人呀。"

"您的信全是撒谎啊！"

"啊，对不起。后来计划变了，今晚上只有你我二人共度圣诞之夜。"

透怒不可遏地站了起来。

"我告辞了。"

"哎呀，为什么？"

庆子依然轻松地坐在椅子上，她没有站起身来挽留他。

"您这是耍阴谋还是设圈套？您是同老爷子串通一气吧？我已经受够了他的耍弄。"

透再次回忆起他们初识时，自己是多么讨厌这位老婆娘啊。

庆子岿然不动。

"要是同本多先生站在一起，根本用不着搞得这么烦琐。今晚想务必同你两人一起好好聊聊，才专门请你来的。如果一开始就说是两个人，你肯定不会出席。于是我就撒了点谎。尽管只有你我两个人，照样可以举办正式的圣诞晚宴。你看，我不也是一身整装吗？你也是啊。"

"您打算狠狠地教训我一顿吗？"

透为自己的失败而感到焦灼不安，因为他没有默不作声地匆匆离去，而是勉强留下来倾听对方的言论。

"谈不上什么教训，只不过想寻个机会跟你说说悄悄话。要是本多先生知道我多嘴多舌，说不定会勒死我呢。这是只有我和本多先生晓得的秘密，假若你不想听，那也就罢了。"

"什么秘密？"

"先别着急，坐到这儿来。"

庆子持续含着无声的苦涩优雅的微笑，指指透刚刚离开的那张扶手椅，古老斑驳的椅子上绘着华托的《游园图》。

——不一会儿，侍者前来报告筵席已准备就绪，随即左右打开看似墙壁般的拉门，带领他们走进隔壁的餐厅。摆放在那里的餐桌之上，烛影摇红。庆子迈动脚步，那身镶满串珠的晚礼服，随着脚步的移动，坠着金锁子的衣褶窸窣作响。

透很窝火，他不屑催促庆子快点开口，只顾埋头进食。想到使用刀叉的规矩也是本多认真指导的成果，不由感到愤愤难平。如此的训练似乎是故意开他的玩笑，是为了时时提醒他不要忘记自己的卑贱。而他在遇见庆子和本多之前，是从未意识到这一点的。

定睛一看，硬挺挺的巴洛克银质大烛台对面，庆子仿佛老妇在编织毛衣，带着几分茫然，沉静而娴熟地运动着手指。庆子手里的刀叉似乎自幼就长在手上，和她的玉指化为一体，直接同指甲相连。

冰冷的火鸡肉犹如干瘪老人的皮肤，索然无味。与此匹配的填料物和栗子，还有浇在冷肉上的红莓果酱，这一切都使透感觉到含有伪善者自身的甜酸味道。

"你知道自己为何突然被本多家领作养子吗？"

庆子问。

"这种事我哪儿知道。"

"你可真够马虎的。难道过去一直甘愿蒙在鼓里吗？"

透沉默不语。庆子将刀叉搁在盘子里，隔着烛火，伸着红红的指甲指了指透穿着无尾晚礼服的胸脯。

"其实很简单，都是为了你左侧胁腹上面排列的三颗黑痣。"

透未能掩饰住自己的惊愕。迄今为止，这黑痣只是他独自骄人的资本，未曾引起任何人的注意，眼下竟然连庆子都知道得一清二楚。刹那间，透神情紧张起来。惊愕，产生于自己隐秘的矜持表象和他人所想的某种表象不谋而合的时候。即便黑痣本身真的有所作为，那么对方也不可能洞察透心里的奥秘。然而，如此思考的透，低估了老人们可怖的直觉能力。

透惊愕的表情看来给了庆子以勇气。其后，她的话一泻千里。

"你瞧，很难相信吧？这件事打一开始就显得愚蠢而又不合乎常理。后来，或许你自以为诸事冷静、实实在在走过来的，但当初的荒唐你可是全都容忍了的。对于一个陌生人，只见过一面就满心高兴地收为养子，天底下哪有这样的傻瓜？我问你，当初我们打算领养你的时候，你是怎么想的呢？我们对你，对你的上司自然是摆出一大堆令人信服的道理，而你是怎么想的呢？……你感到很自豪吗？大凡人，别人一提到自己有些什么优点，就立即信以为真。你是否觉得自己心中童年的梦想，和我们的要求一拍即合呢？你感到从小一直信守的奇妙的自信终于获得了验证，对吗？是不是这样？"

透开始对庆子这个女人抱着恐惧心理。他虽然丝毫没有感受到阶层的压迫之类，但世上总有一些对某种神秘的价值具有灵敏嗅觉的俗物，这些人才是名副其实的"扼杀天使者"。

火鸡的盘子撤掉，开始上冷食了。当着侍者的面，谈话只好暂时中断，透失去了答辩的机会。透越发明白了，他面对的是一位远远超出自己想象的强敌。

"自己的愿望一旦同他人的愿望相一致，自己的愿望就能借他人之力得以实现，你是否有这样的想法呢？人生在世，各有各的目的，人人想到的唯有自己。不过，你为自己考虑得有些过头了，因而变得盲目起来。

"你以为历史是有例外的，其实没有什么例外。你以为人有例外，其实人也没有什么例外。

"世上既没有幸福的特权，也没有不幸的特权。

既没有悲剧，也没有天才。你的信心和梦想的根据全都不合乎道理。假如这个世界上有天生的与众不同者，或美妙绝伦，或恶贯满盈，此种人物一旦出现，大自然绝不会将此放过。一定会将其赶尽杀绝，借此以警示人类，汲取教训。要使人人牢记于心：天底下根本不存在什么'被挑选者'之类。

"你一直认为你是个不要报偿的天才，对吗？你是否把自己看作是飘浮于人世上空的一片含有恶意的彩云？

"本多先生自从同你会面，看到你的黑痣以后，一眼就看穿了这一点。他决心将你置于身边，搭救你脱离危险。因为他知道，要是原样放着不管，你就会一任你梦幻中'命运'的摆布，那么，你就必定在二十岁时被大自然杀死。

"将你收为养子一举，是想打破那种不合道理的'神之子'的骄矜，对你施以世间平常的教养和幸福的定义，使你转变为普普通通的凡庸青年，从而救赎你。你不承认和我们具有相同的出发点，其证据就是那三颗黑痣。他千方百计要救你，又不便对你讲清真相，遂把你收为养子，他这样做，明显出于他对你的情爱。只不过这是对于人性过于熟稔的人的一份情爱罢了。"

透越来越不安了，他问：

"为什么我到了二十岁非死不行呢？"

"我以为，现在不必担心了。这事等回到隔壁客厅再慢慢详谈吧。"

庆子从餐桌边站起来，催促着透。

用餐期间，客厅的壁炉已燃起熊熊火焰。类似壁龛的棚板悬着一幅光悦[1]的绘画，画面上是一片金色的云丛。棚板下面是金色的小型隔扇，左右敞开来就是壁炉。他们两个面对壁炉，中间隔着小桌，并排而坐。于是，庆子将自己从本多嘴里听到的漫长的转生经过，原原本本讲述了一遍。

透望着时消时长的火焰，茫然地倾听着。燃尽的木柴发出低微的爆裂声，使透感到心惊肉跳。

木柴上烟火共生，袅着身儿越燃越旺，于刚刚

1　本阿弥光悦（1558—1637），日本江户初期艺术家。长于刀剑鉴定，善书。创泥金画，并精通乐烧（手捏铅釉陶瓷）与茶道。

熏黑和已经燃烧的木柴之间，暂时静息一下，蕴聚着明丽的亮色。这火的停驻之所犹如什么人的小小宿舍，铺着金红的地板，中间横着木柴粗野的斜枝，显得沉静而安闲。

沉郁而黝黑的木柴缝隙突然蹿出的烈焰，看起来犹如夜间平原尽头的野火。这壁炉之中，展现着几多广大的自然情景。壁炉深处，不断晃动的剪影，宛若政治动乱的焰火在天空上描画的微细的影像。

部分木柴上的火势开始减弱，细细龟甲般的白灰像一堆白羽毛不安地战栗着。白灰下边，广泛透露出平稳而深红的火色。木柴坚固的组织纽带从根本上崩溃了，一边维持着危险的平衡，一边犹如飘浮于空中的碉堡，在火的映衬下，临时维系着庄严的一刹那。

可是，一切都在流动，那火焰看似一直很安定，但本身也在不间断地瓦解。一根木柴的作用完结了，崩溃了，看着看着，反而心情平静下来。

透听完陈述，冷不丁冒了一句话：

"挺有意思啊！不过，有什么证据呢？"

"证据？"庆子稍稍泛起了踌躇，"难道真理要有什么证据吗？"

"什么真理不真理，您又在撒谎骗人。"

"如果硬要找证据，松枝清显这个人的《梦日记》倒是一个，本多先生至今还珍藏在手里，下次你不妨要来看看。据说这本日记写的净是梦，后来都得到了实现。……这些且不管它，也许我刚才说的这件事，和你没有任何关系。可也是，金茜是春天死的，你的生日是三月二十日，你也有三颗黑痣，所以看起来你是金茜的转生无疑。然而，金茜死的日子还不清楚。金茜的孪生姐姐光知道是在春天，但不记得妹妹的忌日究竟是哪一天，倒也真够迂阔的。本多先生后来多方查问，也没有弄明白。因而，如果金茜被蛇咬死确实是在三月二十日以后，你就等于无罪释放。转生之间的'中有'[1] 只有短短的七天，你的生日无论如何都必须比金茜的忌日晚七天以上。"

"其实我的生日也不清楚。我是父亲航海中生

1　佛教用语。"四有"（生有、本有、死有、中有）之一。死后等待转生的期限之一，计七天。

的，没有人好好照料我，所以把提交出生证明书的那一天当作了生日。真正的生日肯定是在三月二十日之前。"

"越是靠前就越不可能。"庆子带着冷淡的调子说道，"看来，谈论这种事或许毫无意义。"

"毫无意义，是指什么？"透略带愠色地反问。

透对于刚才听到的那些荒唐无稽的故事是信还是不信，这且不谈；可是庆子说什么这事同自己的关系毫无意义，这就暗示着庆子对透存在的理由根本不放在眼里。庆子具有一种能力，她可以将别人一律看作虫豸。这正是庆子始终如一作为一个乐天派的本质。

庆子夜礼服上五光十色的串珠，在炉火的映照下放射着凝重的光彩，身上仿佛缠绕着夜的彩虹，璀璨夺目。

"……是的，没意思。因为从一开始你很可能就是个冒牌货。不，在我看来，你肯定是个冒牌货。"

庆子面对炉火申诉般地断言。透愤懑地望着她的侧影。火焰为那半个面颜镶上一圈明亮的轮廓，光艳动人，无与伦比。蕴蓄着火影的眸子，骄横地配合着高挺而矜持的鼻官，毫不留情地压服着身旁的人，使他陷入孩子般的焦躁之中。

透泛起了杀意。他想，怎样才能使这个女人慌乱一团、卑躬屈节，进而杀掉她呢？即便掐住脖子，或者一把推倒她，将她的脸按进炉火里，庆子依然会坦然地掉转头来，怒目而视吧？壮丽的火苗在她脸的周围向上蹿动。透的自尊心已经隐隐作痛，他畏惧了。透预料庆子下面的话会使他的自尊心血流纵横。他人生中最恐怖的事态，就是自尊心受伤而流血不止。这种自尊心的血友病，一旦流血就再也制止不住。为此，他始终调动自己一切感情，在感情和自尊心之间画一条线，避免爱的危险，用无数荆棘编制铠甲保护自身。

然而，庆子一点也不激烈，她遵循日常的礼仪，理直气壮，畅所欲言。

"……再过半年，你如果不死，你这个冒牌货就将弄个水落石出。至少可以断定，你不是本多先生所要寻求的那个美好的可供转生的胚芽。按照昆虫界来说，你只是个模拟的亚种。不过我想，也许等不了半年。依我的观察，我并不认为你具备半年之内必死的命运。你既然没有这种必然性，所以不论在谁眼里，都丝毫没有什么因丧失而深感可惜的。绝不会有这样的现象：一旦梦见失去你，等醒来之后，感觉这个世界忽然变得鬼影幢幢。

"你是个卑微、渺小、随处可见的爱耍小聪明的土包子青年，为了将养父的财产尽早弄到手，不惜采用偷梁换柱的手法，妄图宣告他是个没有能力管理财产的人。你感到惊奇吗？我全都明白。你一旦掌握了金钱和权力，下面的愿望是扬名于世呢，还是追逐幸福呢？总之，你的考虑不会越出世间一般凡庸青年的思想一步。本多先生对你所施行的教育，看来事与愿违，他只是让你本然的面貌得以复苏罢了。

"你没有一点特别之处。我保证你生命长久。你绝非为上天所选择。你和你的行为绝非一致。你并不具备闪电那种以迅疾的速度毁灭自己青春的蓝光。你有的只是未成熟的衰老。你的一生只适合靠利息过日子。

"你不可能杀死我和本多先生。因此，你的恶行永远都是合法的恶行。你对凭借观念产生妄想很感兴趣，没有具备命运的资格，还故意装出自己具有命运。你自以为看到了世界的尽头，但水平线的彼方没有人发来邀请。你同光明和启示一概无缘。你的肌肉和心底，根本找不到真正的灵魂。起码金茜的灵魂，存在于她那光艳而娇美的肉体里。大自然对你不屑一顾，根本不可能对你抱有敌意。本多先生所寻找的转生的生物，是那种令大自然也不能不对自己的创造产生嫉妒的生物。

"你实在是个不值一提的小才子。可以做个享受育英资金财团资助的模范学生，只要有人为你交学费，就能轻易考上大学，好的职业也会主动找上门来。那些人道主义者宣扬道，物质的不足只要获得补充，不论多少埋没的人才都会被挖掘出来的，你只不过是他们的宣传资料罢了。本多先生过分施恩于你，越发使你抱有奇怪的自信，仅在这一点上，对你产生了'一念之差'。只要处理得当，还可将你拉回到正道上来。如果送你到一个恶俗的政治家那里当书生，你就会清醒过来。我随时都可以为你介绍。

"你要牢牢记住我的嘱咐。你的所见、所知、所感，只限于三十倍率望远镜小小圆孔内的范围。你把那一点空间当成整个世界，所以你一直沉浸在幸福之中。"

"不正是你们将我从那里硬拖出来的吗？"

"你从那里高高兴兴地出来，以为自己和别人有什么不同吧？

"松枝清显为意想不到的情缘所困扰，饭沼勋为使命所虏获，金茜为肉体所劫持，那么你究竟被什么东西所擒呢？不就是被毫无根据判定自己与众不同的意识所攫取吗？

"如果说命运就是从外部抓住一个人，随意加以摆布，那么清显、勋和金茜都是具有命运的人。你从外部抓住了什么？那就是我们啊。"

庆子充分显耀着胸前辉煌的金绿孔雀翎，笑了。

"两个玩世不恭的老者，早已厌倦人生、心地严冷。假若把我们叫作什么命运，你的骄矜能容许你这样做吗？如此招人嫌的老头儿、老太婆！一个是窥色老手，一个是同性恋。

"你自以为已经将世界看穿，但引诱像你这样的小孩子，只能是即将死去的'看破红尘'者。将一个自高自大的'无所不知'者引诱出来，只能是技高一筹的同行。别人绝不会来叩你的门。所以，你可以过上一生都无人登门的日子。即便如此，结果是一样的。因为，你谈不上有什么命运，也谈不上什么美丽的死亡。你不可能像清显、勋和金茜那样。你只能做个不光明的财产继承人。……今天招你来，就是为了让你刻骨铭心地彻底明白这一点。"

透的手愤怒地震颤着，眼睛死死盯着挂在壁炉边的火筷子。眼下，他可以装作把即将熄灭的炉火拨得更旺，轻易将手伸向那把火筷子。他可以毫不引起任何怀疑地走过去，只消抄起那把火筷子就成了。……透十分明白那攥在手里的沉甸甸的铁棒的分量，他仿佛真切地看到那金灿灿的路易时代的椅子，以及炉棚上方金色的云丛，都飞溅上斑斑鲜血，光辉绚烂。然而，他终于没有出手。喉咙干渴了，他也没有要水喝。因憎恶而发烫的双颊，使透平生第一次体验到胸中怀抱的热情。可是这热情遭到封闭，找不到出口。

二十八

本多很难得遇到透向他发出低三下四的请求，透想借清显的《梦日记》看看。

本多觉得借给他很危险，但又不敢不借。

先是说借三四天，但却过了一周。今天是二月二十八日，心想得赶紧要回了。不料一大早本多就被女佣的哭喊声吵醒了。原来透在自己的卧室里服毒自杀了。

适逢年底，临时找不到相熟的医生。他虽然不愿嚷嚷出去，但还是叫了救护车。等到鸣着笛的救护车抵达门前，附近的邻居都挤得水泄不通。一个家庭出了一次丑闻，人们总希望再来一次丑闻，他们的期待没有落空。

透一直处于昏睡状态，时时伴有痉挛，但不至于危及生命。不过，虽说从昏睡里已经清醒过来，但眼睛却感到剧烈的疼痛。原来出现双侧性的视力障碍，眼睛完全失明了。毒素侵入视网膜神经节细胞，引起不可恢复的视神经萎缩症。

透喝下的是工业用溶媒甲醇。他是托一名女佣趁着年关繁忙时期，从亲戚的街道工厂里偷来的。那位女佣哭诉道，她盲目听从透的指使，完全没有想到透会喝到自己肚子里去。

失明的透几乎不再开口说话。新年过后，本多问起清显的那本《梦日记》，他简短地答道：

"服毒之前给烧了。"

问他为什么烧，透的回答更加透彻：

"因为我从来不做梦。"

——其间，本多数度寻求庆子的帮助，但庆子的态度令他不解。他琢磨，透自杀的动机，只有庆子一人知道。

"那个孩子的自尊心比别人要强上一倍，大概是为了证明自己是个天才而寻死的吧。"

　　庆子有了这番话，再一追究，她把圣诞节那天一同用餐时的经过全都说出来了。庆子强调她是出于对本多的友情，但本多却立时提出要同庆子绝交。于是，两人二十多年的交往和美好的友谊遂告终结。

　　本多免予被定为"无力管理财产者"。假若本多死后透继承财产，这个盲人是需要法律上的监护人的。同时，他也必须被宣布为"无力管理财产者"。本多立下遗嘱并办理了公证，指定了能长久扶助透的最值得信赖的人作为监护人。

　　眇目的透退学之后，成天待在家中。除了绢江以外，对谁都不开口说话。女佣们都被打发了，本多雇用了个护士出身的女子。透一天里的大半时光是在绢江的厢房里度过的。每天都能听到障子门里传来绢江温柔的娇音。透一一应和着，一点也不怠慢。

　　翌年三月二十日，透过了生日也看不出任何将死的迹象。透学习盲文，阅读书籍。他一个人待着的时候，总是安安稳稳地欣赏唱片音乐，倾听院子里的鸟鸣，辨别那鸟属于哪一类。一次，透隔了很久才同本多说上句话。他向本多提出要和绢江结婚。本多得知绢江的疯病属于遗传，便毫不犹豫地答应了。

衰亡日渐推进，终末静静出现征兆。犹如从理发馆回来，领口残存的毛发不时刺疼皮肤，尽管该忘记的时候都已忘记，但每当一想到死，脖子就感到刺疼。本多觉得某种力量已经为他迎接死亡准备好一切条件，但死亡还没有到来，实在有些不可思议。

这个头绪纷乱的时期，本多逐渐感到胃部每每有些压迫感。但他没有像寻常那般急急忙忙跑医院，而是自我诊断为因消化不良而感到胃部沉重。新的一年，他照样食欲不振，假若说这都是因为透自杀未遂而引起的诸多烦恼，那他就不像是一直蔑视苦恼的本多了。还有他那日渐的消瘦，如果也是无意识的苦恼和悲哀的结果，那么，这实在是没有预料到的事。

然而，苦恼到底是精神的还是肉体的，本多以为没有任何必要再区分了。精神的屈辱和前列腺肥大之间有什么不同呢？某种尖锐的悲哀和肺炎引起的胸痛之间有什么不同呢？衰老正是精神和肉体双方的疾病。衰老本身是不治之症，等于人活着本身也是不治之症。这不是什么属于存在论的哲学方面的病，我们肉体本身就是病，就是潜在的死。

如果衰老是病，那么造成衰老根本原因的肉体就是病。肉髓的本质在于灭亡。肉体置于时间之中，其用处只能作为衰亡的证明，毁灭的证明。

人为何于衰老后才领悟这个道理呢？肉体宛若短暂的正午掠过耳畔的蜂虻，纵然心里听到那低微的嗡嘤，又为何旋即忘却呢？比如一个年轻而健壮的运动员，比赛之后恍惚于舒畅的淋浴之中，眺望着自己光洁的皮肤上飞溅的冰霰般的水珠。这时，他为何没有注意到，那汪洋恣肆的生命的本体，那琥珀色的灰褐的肉块，正是剧烈而苛酷的疾病呢？

本多至今才意识到，活着即为衰老，衰老即为活着。这对同义词互相不断诽谤对方，这是错误的。本多感到，误落尘网八十年间，不论多么欢乐的时刻，总觉得有某种不如意搅和其中。老后才体悟到这种不如意的本质是什么。

这种不如意出现于人的意志这一侧或那一侧，

同时飘荡起不透明的雾霭。这是人意志本身释放的护身的雾霭。因为意志本身总是害怕活着与衰老是同义词这一苛酷的命题，才放出这样的雾霭。历史明白这一点。历史于人类的创造物之间，是最具非人性的产物。它总括全人类的意志，集中到自己手边，从一端开始，逐一吞噬。犹如那位加尔各答的迦梨女神，满口鲜血淋漓。

我们就是供某种东西果腹的食饵。死于火中的今西[1]，以他独有的轻薄的流仪，对此有了肤浅的感触。而且，即使对于神，对于命运，对于人的行为中唯一模拟此二者的历史，人在未老之前是无法感觉到的。这正是一种贤明的办法。

可是，本多又是怎样的食饵啊！他的这块食饵没有任何营养，没有任何滋味，多么干瘪而瘦削。这个本能地避免成为美味食饵而细心周到活过来的男子，作为人生最后的祈愿，伺机用自己感到乏味的认识的小骨，刺穿吞噬者的口腔，这种企图必然落得彻

1　上卷《晓寺》中的人物，于本多别墅遭火焚而死。

底的失败。

透自杀未遂而失明，时至二十一岁依然继续活着。本多见此情景，不知道死于二十岁的真正转世的年轻人究竟在哪里，他再也没有心力去寻找那个证迹了。假如真有那样一个人，倒也很好。自己既无暇见证他确实活着，又用不着前去面晤。抑或星辰的运转早已远离自己，产生某种极微细的误差，将金茜转世的化身和本多导入广大宇宙各个不同的方位了吧？本多终其一生，三代转世都在本多生命的运行线上霞光一闪（固然是本不该出现的偶然），随之便拖曳着一道光芒，欻然飞向为本多所不知晓的天空的一隅。说不定又会在第几百次、第几万次，或第几亿次轮回转世中，本多还能在某个地方同她相逢。

不用着急！

本多的轨道将把本多导向何处？他本人也不知道。因此，着急也没有用。这个决不忙着去死的男人如是想。本多在贝拿勒斯看到，作为宇宙的元素，人是不朽的。来世，既不摇曳于时间的彼方，也不闪烁

于空间的彼方。死后回归四大[1]，一旦溶解于一团杂
沓的存在之中，反复实行轮回转生的场所，绝无仅限
于此世此地的道理。清显、勋和金茜相继出现于本多
身边，实在是偶然中的偶然。假若本多身上的一个元
素和宇宙终极的一个元素完全等质，那么一旦失去个
性之后，也用不着特意钻过时间和空间的洞穴，去履
行交换手续。因为它在这里或在那里就具有同一意义。
来世的本多即使是宇宙另一终极的本多又有何妨？光
彩陆离的串珠即便断线散落在桌面上，只要没有一颗
掉在地上，桌上的串珠的数目不变，就又可以按照别
的顺序重新串连。这正是物质不灭的唯一定义。

"我思故我在。"本多现在认为，这一佛教理论
在数学上是正确的。这个"我"亦即用线穿珠的排列
顺序，本无定规，一切皆由自己决定。

……这些思考和本多肉体极为缓慢的衰亡，犹
如车之两轮相互配合。可以说使他非常愉快。

五月起，胃部开始疼痛，一直持续下来。疼痛

---

1 构成一切物体的四大元素：地、水、火、风。

有时转移到背部肌肉。同庆子相处那时候，日常话题必然涉及病痛，不经意地随口流出。一方将肉体轻微的不适吵嚷着置于桌面之上，另一方便亲切地瞄准，夸大其词，高谈阔论，搜肠刮肚硬是冠以凶险的病名，将迷乱于恶作剧中的一线希望迅速带到医院里去。可是，自打同庆子绝交之后，说也奇怪，本多丧失了这种热情和不安，大凡勉强可以忍受的病痛，一概利用按摩消解一时之苦。他甚至懒得看到医生的面孔。

而且，全身的衰弱以及波涛般时高时低袭来的疼痛，反倒激活本多的思考，致使难于集中于一点的衰老的脑髓恢复了活力，又能将思绪集中于同一主题了。不仅如此，还能将不快和病痛积极引向思考的范围，使得以往仅仅依存于理智的东西，吸收更加纷繁的生命杂质，从而变得丰富起来。这是本多进入八十一岁后才获得的玄妙境地。如何才能使自己一眼望到整个世界呢？为此，本多觉悟到，肉体异样的脱落较之理智更有效；内脏的钝痛较之理性更有效；食欲不振较之分析能力更有效。清澄的理智所见到的世界，像是一座精致的建筑物，只要在背上增添一个来历不明的痛点，眼看着廊柱和穹隆就要产生裂隙，信以为真的坚固的石料也变成轻柔的软木，本该十分坚固的形态也变成一堆堆不定型的黏液质。

求自内侧，化死为生。本多独自领会了这个世界上只许少数人具备的感觉上的修炼。它不同于那种普通的生，即一度衰弱便希图恢复，相信痛苦是暂时的，幸福也是虚幻的，随之变得贪婪，以为幸福之后就会有不幸，将反反复复的起伏消长当作自己洞察一切的根据。可以说，这是一种平面式的旅行。所谓内侧的生则不同，它一旦站在终末之侧观察这个世界，那么，一切都已确定，紧紧拧成一股绳索，向着终极齐步前进。事物和人之间也失去界限，正如紫薇花突然被砍伐，那可厌的数十层美国风格的高楼，以及打楼下走过的羸弱的人群，虽然都同样具有"比本多活得更久"的条件，但也具有与此同样沉重的"必然走向灭亡"的条件。本多失去了同情的理由，失去了激起同情的想象力的根源。他那缺乏想象力的气质，也因此而感到舒畅。

尽管理智依然运动，但已结成冰块。美，全都化为幻影。

那种诸事都按照计划和意志推行的人的精神世界，最邪恶的倾向也丧失了。从某种意义上说，那才是肉体的痛苦所赐予的无上的解放。

本多听到了生活在黄尘卷裹中世人们的喋喋不休，那是居民们吵吵嚷嚷附加某些条件的会话：

"爷爷，等病治好了，咱们去洗温泉吧。是去汤本还是去伊香保？"

"等签完合同，找个地方喝一杯吧。"

"真不错呀。"

"听说现在是买股票的好时候，真的吗？"

"我长大了，一个人吃上一盒奶油点心也没关系吧？"

"来年咱俩一块儿到欧洲去。"

"再过三年，用存款就能买到盼望已久的游艇啦。"

"这孩子成人之前，我死不瞑目。"

"等领到退休金，我要盖座公寓，安度晚年。"

"后天三点？不知道能不能去。我真的不知道呀。

到时候看心情如何再说吧。"

"来年这个屋子的空调该换新的啦。"

"真难办，从明年起，至少交际费要削减一些啦。"

"到了二十岁，就可以尽情地抽烟喝酒啦。"

"谢谢了，那好，恭敬不如从命，下周二晚上六点前往府上拜访。"

"我说了嘛，那个人一贯如此。等着瞧吧，两三天后，他必定觍着脸皮来向你赔罪。"

"好吧，明天见，再会。"

狐行狐道。猎手只要躲在路边的树丛里，就能轻易将其捕获。

本多认为眼下的自己就是一只狐狸，但有一副猎人的眼睛，明明知道会被抓住，偏偏要走狐狸之路。

季节渐入盛夏。

到了七月中旬，本多终于拿定主意，同一位癌症研究所的医生预约，前往看病。

到医院体检的前一天，本多难得地看了电视。

出梅以来一个响晴的午后，电视里正在转播某地游泳池的实况。一池阴阴可怖的绿水，犹如人工着色的饮料。青年男女混杂其中，游水，跳跃，不时腾起阵阵水花。

一团团惝悦迷离的香艳美肌！

凭借寻常那种无聊的想象，完全无视这些肉体，将其当作众多骸骨，沐浴着夏日的阳光，在水池里喧闹嬉戏。这种事儿谁都干得出。否定生命实在太容易了，于一切青春之中透视骸骨，无论多么凡庸的男人都可以办到。

然而，这属于哪一种复仇呢？本多终其一生都未能作为保有一副香肌的主人而行事过。他幻想进入那团肉体之中活上一段时间，哪怕一个月也行。要是这样试试就好了。具有一副美丽的肉体，该是怎样的心境？望着团伏在自己肉体前的人众，该是怎样的心境？尤其是对自己美丽肉体的跪拜，不是采取稳重的形式，而是达到疯狂、酷烈的崇拜，而自己只有感到痛苦的时候，处于这种陶醉、这种苦闷之中，正可以获得一种圣灵。本多人生中最大的逸脱就是未能通过肉体走上这条晦暗而逼仄的道路，这条路通达圣灵之境。不用说，这条路也是只许极少数人拥有的特权。

明日要去请阔别已久的医生诊病，其结果不知如何。本多想，姑且先净身再说。晚饭前他吩咐烧洗澡水。

已经不必再顾及透的反应了，本多雇用了一位护士出身的中年保姆。这是个不幸的女子，两次丧夫，对本多态度亲切，关怀备至，本多也琢磨着，应该将一部分遗产分赠予她才是。她牵着本多的手一直把他送进浴室，仔细叮嘱本多千万别滑倒了。她就像一只蜘蛛，总是拖着一根细丝，临走时在更衣室内布下一张忧虑的网。本多不愿被女人看到自己的裸体。他钻进浴池腾起的水雾里，站在水蒙蒙的穿衣镜前，这才脱去了浴衣。他对着镜面检视一下身子，一根根肋骨刻印着一道道阴影，肚子越向下越鼓胀。在那鼓胀部分的阴影里，垂挂着干瘪的白扁豆般的玩意。再下边紧连着的是，仿佛削去精肉的灰白而细弱的下肢。膝头隆起像肿块。看到自己的一副丑态依然安之若素，这需要经历多么漫长、自欺欺人的岁月才能练就这么高超的本领啊！不过，本多设想的是一个年轻英俊的男子，老迈之后如果变成这副熊样儿，那该多么懊恼！本多对这种人极尽讪笑和怜悯，借此以拯救自己。

——体检花了一周，那天他又去了医院。

"立即住院，尽早施行手术为好。"

医生这么一说，本多立即想到，该来的还是来了。

"不过，您以前老跑医院，最近一直见不到影子。原来您去干那种事儿了，真没想到。您可大意不得啊！"医生以嘲讽他去游乐的口吻，露出一副奇妙的笑容，"像是胰脏肿瘤，还好，是良性的。切除掉就轻松啦。"

"不是胃吗？"

"是胰脏。您要是有兴趣，不妨看看胃部的照片。"

看样子胃内隆起的部位就是胰脏的肿块，同当初的触诊相一致。

本多央求一周之后再住院。

　　回家后赶紧写了一封长信，派人作为快件寄出。信中写道，他打算七月二十二日拜访月修寺。信估计明天二十日或后天二十一日可以到达，但愿自己诚挚的心意能够打动门迹，当天给予引见。他还讲述了六十年前事情的经过，附上了自己的履历，还特意说明，只因时间仓促，未来得及托人写介绍信，实在失礼，祈求原谅。

　　二十一日，出发那天早晨，本多说要到厢房透的住处去一下。

　　此次旅行，保姆执拗地请求本多答应她陪伴本多一道前往，本多坚决拒绝了。他说，这次只能是一个人去。于是，保姆千叮咛万嘱咐，担心本多在旅馆空调房间里受凉感冒，一个劲儿往旅行包里塞衣服，弄得老人提都提不动。

　　趁着本多去透和绢江待着的厢房的当儿，保姆又提前对本多唠叨了一番。因为在本多眼里，有些事也许是保姆的监督不周造成的，所以得预先讲清楚。这才是这位保姆的目的。

　　"实在对不起。透少爷近来一直穿着蓝底碎白花浴衣，绢江少奶奶非常喜欢这件衣服，我让他脱下来洗洗，少奶奶生气了，拼命咬我的指头，我也只得作罢啦。透少爷整天不说话，白天里也穿着那件浴衣，一点也不在乎。所以呀，这一点还请老爷包涵……还有啊，这事叫我怎么说呢？在厢房做事的侍女说，绢江少奶奶每天早晨呕吐，爱吃的东西也变啦。她本人倒挺高兴，说是得了什么重病啦。其实不是的，望老爷察知。"

本多几乎准确地预测到自己的后裔将失去澄明的理性。此时，他的眼睛闪耀着怎样的光芒呢？保姆对他未加注意。

厢房的障子门敞开着，沿着院子里的小路走去，屋内一览无余。本多用力撑着拐杖，在廊缘上坐下来。

"哎呀，老爷子，早上好。"

绢江打着招呼。

"早上好。是这样，我想到京都和奈良旅行两三天，你要照看好家里。"

"是吗，是去旅行呀？挺好嘛。"

绢江不太感兴趣，她依然继续干着手里的活儿。

"你在做什么呢？"

"为婚礼做准备，怎么样，好看吧？不光我自己，透君也要给他打扮打扮。大伙儿都说这一生从未见过这般漂亮的新郎新娘。"

两人谈话的当儿，戴着墨镜的透坐在绢江和本多之间，紧靠本多的身旁，一言不发。

透失明之后，本多对透的精神未加过问，他抑制着本来就很贫乏的想象力。本多只知道那里待着一个活着的透。然而，自打透失明以来，虽然不会再给本多带来任何恐惧，但是这个沉默的肉块却明明给本多心理上造成了最沉重的外来的压力。

墨镜下面的脸颊渐渐苍白，嘴唇也眼见着发红。因为生来爱出汗，敞开的浴衣领口内洁白的胸肌上，布满亮晶晶的汗珠。透盘腿而坐，一任绢江的摆布，看他那副架势，似乎对紧挨身边坐着的本多毫无意识。透一味神经质地动弹着，一会儿将左手伸向浴衣下边的大腿挠痒痒儿，一会儿又抓抓胸口。他那随心所欲的动作，使人感觉不到一点力气。仿佛头顶宽阔无力的天花板坠下一根绳子，他的一举一动都受到这根绳子的控制。

透的听觉应该是敏感的，然而，耳朵对外界的感应似乎不太灵活。除了绢江之外，不管谁一旦置于透身旁，无论有多么大的自信，到头来都只能感觉自己不过是被透丢弃的世界的一个碎片，好比是扔进夏草扶疏的空地角落里一只生锈的空罐头盒子。

透不侮蔑谁，也不反抗什么。他只是默然坐在那儿。

以往，虽然明知道是假的，但那清烱的双目和优美的微笑，曾经使他置于世间暂时了解的范畴。如今，这唯一作为交际方式的微笑也不显露了。倘若有人见到他悔恨和悲哀，那么总会给他以安慰，然而透除了绢江之外，不肯表露任何感情，绢江也不把她所见证的感情告诉别人。

从早晨起，蝉就鸣叫不已。从廊缘上仰望院子里高高的树梢，光线透过浓密的树叶，像悬挂着一排排翠玉，灼灼耀眼，反衬得屋内更加晦暗。

透的墨镜看似更加拒绝外界，但厢房前茶庭的景象全部纳入圆圆的镜片里。洗手盆一侧的紫薇花被砍伐后，一直没有像样子的花木。很难称得上枯山水的石堆之间长出了茂草。四周杂木林枝叶间漏泄的光点，全都映入墨镜之中了。

透的眼睛看不见外界，可是，同已经消失的视力和自我意识没有任何关系的外景，却致密地掩盖了黝黑的镜面。本多瞅了一眼，那里只映出本多的面颜和背后小小的庭院，他觉得有些奇怪。如果说，过去在通信所，透终日眺望的大海和船舶以及诸多华美的烟囱标记，本是和透的自我意识密切相关的某种幻象的话，那么，这些幻象则永远被幽闭在墨镜之内以及时时翻动白眼皮的盲目的眼球里了。这是不足为奇的。如果说，透的内心世界，于本多、于众人都是永远不可知的话，那么，大海、船舶和烟囱标志，则同样被幽闭在不可知的世界里。这也是不足为奇的。

然而，假如大海和船舶属于同透的内心毫无关联的外界，那么，出现在墨镜镜片上的应该是精致的微雕画。否则，透就会把外面世界全部并吞进黑暗的内心世界中去，不是吗？……本多想着想着，偶有一只白蝴蝶从黝黑而浑圆的院景玻璃画面上掠过。

盘腿而坐的透反转的足掌，从衣裾下边朝向天空，犹如溺死鬼的肤色，灰白而布满疙皱，到处粘连着箔片似的斑斑污迹。皱巴巴的浴衣磨光了糨洗过的褶痕，尤其是长久浸渍的汗水将领口染上一圈黄褐色的云丛。

本多打刚才起就闻到一股异臭，他逐渐弄明白了，那是透衣服上积聚的油垢，加上年轻男子夏天阴沟般的体臭，同流不尽的汗水互相搅和在一起，飘满了四围空间。透将顽固的洁癖也丢弃了。

其实，花也不香了。室内放置了那么多花，就是闻不到香味。那棵无疑是绢江从花店买的蜀葵，花朵零落在榻榻米上，红白相间。似乎是四五天前买来的，花枝都枯萎了。

绢江的头发上簪满了洁白的蜀葵花，不是插上的，而是用橡皮筋随便扎上的。花朵随意耷拉下来，随着绢江每一个微小的动作，干枯的花瓣互相摩戛，发出虚空的微音。

　　绢江忽而站起忽而坐下，将红色的蜀葵花插在透的头发上。至今，透依然保有满头浓密闪亮的黑发。她用那丝绦般的带子将透的头发扎成鬏儿，再把红花纵横交错地插在上头，宛若练习花道术。她插上两三朵，又站起身子，从远处打量了一番。有些花掉落下来，扫过透的耳畔，不能不令他厌烦，但透沉默着，脖子以上任凭她随意摆布。

　　本多看了一会儿，随后站起来，回房间换衣服，准备上路。

二十九

今非昔比，据说通向奈良的公路十分便利，本多决定在京都住一宿，随之预订了都饭店。二十二日中午乘出租车前往。天气预报说，暑热多云，山间有阵雨。

上车后本多松了口气，终于要到这里来了。他穿着一身古式卵黄色麻布西服，疲惫的身心一片明净，一种玲珑剔透的感觉涌了上来。他怕车内冷气太大，带了一件护膝毛毯。透过紧闭的车窗，饭店周围蹴上一带，传来聒噪的蝉声。

车子一旦驶出，本多立即下定决心：

"自己今天决不在人的肉体里窥视骸骨了。那只是出于某种观念的玄想。实实在在地观看，原原本本刻在心底。这是自己在尘世上最后的乐趣，也是一次义务。今日权且做一次最后的尽情观赏，也仅仅是观赏。凡是映入眼帘的东西，一概虚心察看。"

车子离开饭店，经过醍醐寺三宝院旁边，过了观月桥，进入奈良国道，穿过奈良公园之后，沿着天理国道驶往带解，约莫一小时的车程。

本多发现，京都大街上多数女人都打着阳伞，这是在东京很少见到的。伞下有的女子容颜明朗，有的女子因伞的花色而略显黯淡。有的女子因明艳而光彩夺目，有的女子因含忧而妩媚动人。

自山科南诘向右转弯，便进入荒疏的郊外。夏阳朗朗照射下来，这里有很多街道工厂，车站边围着等车的妇女儿童。大家等待着的，仿佛是浮泛于奔泻不止的生活河流上的垃圾，这从身穿大花布洋服还觉得燥热的孕妇的脸上也可以窥视出来。他们背后是一片尘埃堆积的小小番茄园。

打醍醐一带起，呈现着全日本随处可见的新鲜而单调的风景：新式建材和蓝色琉璃瓦葺顶的房舍，电视天线，高压线和小鸟，可口可乐广告，设有停车场的小酒馆，等等。高入云霄的山崖边缘，黄花野菊挺然而立。瓦砾间可以看到一处汽车弃置场，摇摇晃晃地堆着蓝、黑、黄三辆废旧汽车，涂漆的车身裸露于炎天光下。汽车寻常绝不会如此无缘无故摞在一起。本多想起幼小时候读过的探险故事，其中讲到大象临死时都赶往一片沼泽地，那里的象牙堆积如山。兴许汽车也一样，觉得自己大限到了，便自动到墓地去集合吧？然而汽车终归是汽车，它们就是如此明朗而无耻地裸露于人的眼皮底下。

进入宇治市，青翠的山峰开始映入眼帘。广告牌写着"美味冰糖饴"。细嫩的竹叶有的耷拉到路面上来。

渡过宇治川上的观月桥，驶入奈良国道。通过伏见、山城一带地方。看到写有"至奈良二十七公里"的路标。华光易逝。本多每当看到这样的路标，便想起"黄泉路上里程碑"这句话。他想，再次回到这条路上来实在是荒唐之极。一座座竖立路边的标识，为本多指明前进的路途。……"至奈良二十三公里"。死亡一公里一公里地接近。他悄悄打开车窗，放出些冷气。蝉鸣嘤嘤，不绝于耳。仿佛整个世界都在烈日照耀之下，发出阵阵萧条的响声。

依然是汽车加油站，又是可口可乐广告。……

不久，右侧出现了木津川青绿而美丽的长堤。没有人影。河堤上随处生长着优美的树木，高指云霄。空中乱云飞渡，蓝天斑斑，光明四射。

车子沿着河堤前进。这里是什么地方？本多不由想到。那平坦的绿坛，看上去好似三月桃花节装饰的偶人架。背后只有云光散乱的天空，曾经排列整齐的偶人到哪儿去了？也许罗列着透明的偶人，只是肉眼看不见罢了。那些是土偶吗？莫非那些黯淡的土偶，在光风烈日下猝然变成齑粉，将痕迹残留在空气里了吧？原来那河堤如此壮丽、如此谦恭地捧持着土偶排列过的光明天空哩！……眼前闪烁的亮光，抑或是深不见底的黑暗的底片吧？

想着想着，本多意识到自己的眼睛又转到事物的背后去了。如此的视点本为他离开饭店时自己所禁止。假如照此想下去，眼前的现象世界就有崩溃的危险，宛若本多只需一瞥，就会使河堤洞穿而塌陷。……无论如何，都要稍稍忍耐些，再忍耐些。如此易碎的玻璃雕花般纤细的世界，还是小心翼翼捧在自己手里，倍加呵护一番才是。……

——汽车右边紧挨着木津川河堤，向前行驶了一段路程。其间，河面上出现了许多河心洲。跨河而过的高压线在暑热的夏天里松弛下来，在河水上弯成个巨大的弧型。

不一会儿，木津川转到正前方，渡过银色的铁桥，看到路标上写着："至奈良八公里"。出现几条白色的乡村小路，周围长满尚未秀穗的芒草。路边竹林茂密。炎阳照耀下的燠热的竹林，细嫩的竹叶如小狐狸的毛皮，带着几分柔和的金黄色，悄然伫立于周围众多常青树幽暗而沉郁的绿叶丛中，明灭闪烁。

奈良到了。

沿着山路下行，正面一簇松林中，堂堂耸峙着东大寺高广而紧凑的屋脊以及金色的鸱尾。这，就是奈良。

宁静的奈良街衢，张挂着遮阳伞的幽暗的店头，吊着白色的线织手套。车子打古老的房檐下穿过，驶入奈良公园。日光朗朗，本多的后脑勺里依然凝聚着喧聒不止的蝉鸣，愈演愈烈。光怪陆离的日影之中，夏天的鹿群闪耀着白斑。

穿过公园，进入天理国道。车子行驶在阳光灿烂的田野之间，到达一座寻常的小桥边。道路在这里岔开，向右通往带解车站和带解寺，向左通往月修寺所在的山脚下。田间小道也铺成了柏油路，车子很快到达月修寺门前。

三十

司机仰望没有一丝云翳的晴空，阳光越来越强烈，一个劲儿劝本多不用步行，这里斜坡向上通往山门的参道很长，老人走起来很困难，况且汽车也是可以直接开到那里去的。本多断然拒绝，他叫司机在这里的大门前等候。本多想亲自体验一下六十年前清显的一番辛劳。

本多策杖而立，背向大门内诱人的树荫，站在门前，遥望来时的方向。

周围充满蝉和蟋蟀的叫声。如此静寂的内部，本应掺杂着田地那边天理国道上车辆的轰鸣。然而，眼前的公路上看不到一辆汽车，路边满是白色的沙石，排列着细密的阴影。

悠然广漠的大和平原和往昔没有什么不同，犹如人世间本身一样平坦。远处排列着小贝壳般的屋顶，那里是光芒闪耀的带解的街衢，如今或许建起了街道工厂吧，飘起了稀薄的烟雾。六十年前清显患重病躺着呻吟不止的那家旅馆，就在那石板道的坡崖上，但旅馆想必早已荡然无存，连遗址也无法寻觅了。

带解町以及整个平原之上，夏季晴明的天空一望无际。白云如棉，拖曳着丝丝缕缕的细线。远处烟霭缭绕的群山，升起梦幻似的云气，唯有上部呈现着雕塑般的端丽，分割着蓝天。

本多一下子被暑热和疲劳打倒了，他蹲了下来。他俯伏于地面之时，感到夏草凶恶而尖厉的叶端的闪光刺疼了眼睛。蓦然掠过鼻翼的苍蝇的羽音，也使本多想到，莫非苍蝇嗅到了腐臭的气味？

司机再次下了车，担心地走过来，本多对他怒目而视，随即站起身子。

其实，能否走到山门，他自己心中也没底。因为胃和背同时疼痛起来。本多甩开司机，进了门，自己给自己加油，心想只要在司机视野内都要装出健康的样子。本多沿着布满沙石的凹凸不平的山坡参道攀登，其间，左方柿子树干上蒙着病弱的鲜黄的苔藓，右侧道旁是花瓣几乎零落殆尽的光秃的淡紫蓟草花，这些东西仅仅用眼角一扫而过。他气喘吁吁地走着，想尽快找个弯道。

团团树荫遮蔽着眼前的道路，神秘而富有灵性。这条碎石杂陈的起伏的坡道，下大雨时无疑将变成河底，向阳之处犹如露天矿坑，一派光亮；被树荫遮蔽的部分眼见着凉风喧嚣。树荫底下有原因，然而这原因果真出自树木本身吗？本多怀疑。

在第几棵树荫下可以休息呢？本多问自己，问拐杖。第四棵树荫悄悄引诱着他，那里正当车上人看不见的拐弯之处。本多走到那里身子仿佛散了架，一屁股坐在路旁的栗树根上。

"打从开天辟地时起，就决定我今天要在这棵树下休息。"

本多怀着极度的现实感如此思索着。

走路时全忘了，一旦休息又鲜烈记起，那是汗水和蝉鸣。杖头抵在额头上，额头被杖头镶银的手柄硌得生疼，他用这种疼痛抵消胃和背的刺疼。

医生说胰脏长瘤，而且微笑着告诉他是良性肿瘤。微笑，良性。要是将一线希望寄托于此，那么他八十一年人生的骄矜就将化为乌有。本多不是没有想到，回东京后可以拒绝动手术。但即使拒绝，医生也会立即想办法动员"亲友们"强迫他就范。这是不言自明的事。自己已经落入圈套。一旦落入"生为人"这一圈套，那么前途就不可能有更大的圈套等着。本多改变主意，一切都乐呵呵地包容下来，装出一副满怀希望的样子，即便是印度用作牺牲的小山羊，砍去脑袋之后还能踢蹬老半天哩！

本多站起身，这回没有监视者的眼睛了，他便拄着拐杖，放开脚步踉踉跄跄向上攀登。走着走着，他觉得东一脚西一脚好像在开玩笑，这么一想，疼痛顿时消失，脚步也轻松起来。

夏草的气息弥漫四周。山路两旁松树渐渐多了，倚杖仰望天空，阳光炽烈，松树梢顶众多的松球儿，那片片鱼鳞似的影子清晰如浮雕。不久，左前方出现一片荒废的茶园，随处缠满蛛网和旋花蔓子。

前方的路面上又横斜着几团树荫，靠近面前的，犹如破旧而剔透的帘影；离得稍远的，就像丧服带子，横卧着三四块浓黑的阴影。

本多拾起掉落地上的一颗巨大的松球儿，借此他又坐在巨松根上歇息了。周身沉重，疼痛而又灼热，疲劳没有发散出来，变成一根弯曲的尖锐而锈蚀的钢丝。他摆弄着那颗捡起的松球儿，一片片干枯而张开的焦褐的鳞片，硬硬地刺疼了他的手指。周围生长着鸭跖草，花瓣在烈日下凋零了，叶子如乳燕的双翼在欢舞，叶芽间极小的青紫的花儿萎缩了。背后的巨松，目之所及的青瓷般的蓝天，以及那未能扫净的云片，都一律可怕地干涸了。

填满四围的虫声，本多无法辨别清楚。所有的虫鸣都是同一基调的唧唧之声，以及夹杂其中的噩梦般类似切齿的声音，还有那徒然迫人心胸的铜铃般的鸣响。

本多再次站起身来，他怀疑自己还有没有力气走到山门。他一边走，一边用眼睛数点着前方路面的树荫。他要通过走路考验自己，如此酷暑，如此上气不接下气的攀登，究竟能跨越几多清荫？……然而，开始数点后，走过了三团树荫，前面松树枝叶的影子，遮住半边路面，到底算一个还是算半个呢？本多泛起了疑惑。

道路略略向左迂回，不多久左侧出现了竹林。

竹林自身也像人世上的聚落，自龙须菜般袅娜而纤细的嫩叶，至暗藏着恶意和偏执的深沉墨绿，尽皆簇簇相拥，枝繁叶茂。

于是，本多又歇了片刻，擦了擦汗，第一次看到蝴蝶。远处看起来，那蝴蝶像一幅剪影，走近一瞧，浑身湛蓝，只在翅膀根部点缀着些许赤褐色，艳丽夺目。

出现了池沼。本多坐在池边栗树广大而碧绿的树荫下乘凉。没有一丝风，青黄色的池沼，水马在水面上划出道道波纹。池子一角横倒着枯萎的松树，桥梁一般悬在空中。只有这棵朽木，周围荡起细微的闪光的涟漪。那一圈圈涟漪，搅乱了辉映于碧空的暗蓝。倒卧的松树至叶梢通体干枯泛红，或许枝条扎入池底的缘故，树干没有浸水，于万绿丛中，全身化作赤铜色，依然保持站立的姿态，原样不变地躺卧在那儿。

毫无疑问，它仍然是棵巨松。

一只蛱蝶从尚未秀穗的芒草和狗尾草之间摇摇摆摆地飞旋起来。本多站起身子，似乎要去追逐那只蝴蝶。池沼对岸是苍绿的桧树林，一直蔓延到这一边来，道路上的清荫也徐徐增多起来。

汗水透过了衬衫，连背后的西服都浸湿了。闹不清是热汗还是油汗。上了年纪之后，还未曾像这样大汗淋漓过。

桧树林不久让位给了杉树林，这一带长着一棵孤零零的合欢树，一丛翠绿夹持在杉树刚健的针叶之间，午梦般纤弱而柔美。这使本多回忆起在泰国的往事。此刻，又一只白蝴蝶款款飞翔起来，为他引路。

道路出现了急弯。快到山门了吧，他想。这里杉树林渐渐幽深，吹来阵阵凉风。本多的脚步也变得轻快多了。路面看起来到处是条条块块，刚才那里是树荫，眼下映射着阳光。

白蝴蝶摇摇晃晃飞进幽暗的杉树林中。落日的余晖如雨点洒在凤尾草上。白蝴蝶掠过光明灿烂的凤尾草，翩然飞向林木深处的黑漆大门。本多纳闷，这里的蝴蝶为何都飞得这么低呢？

过了黑漆大门，山门已经出现在眼前。终于到达月修寺山门了！本多越来越深切地体会到，六十年来，自己仅仅是为了再访此地而坚持活过来的啊！

本多站在山门前，透过门内一眼瞥见门厅前边那棵陆舟松。本多几乎不敢相信，现实中的自己竟然站在这里。他舍不得就此钻过山门，奇异地感到疲劳蓦地消失了，只是伫立于左右各有一座小耳门，装饰着十六瓣菊花纹路屋瓦的山门门柱旁边。左边门柱上镶着"月修寺门迹"的门牌，字体纤丽、娟秀。右边门柱张贴着字迹漫漶的木牌：

　　天下太平
　　奉转读大般若经全卷所收
　　皇基巩固

钻过山门，沿着卵黄色的五道条纹[1]的围墙，黄

1　皇家居所以及拥有门迹的寺院，按等级建筑绘有横式条纹的围墙，以五条为最高。

色的沙石上交叉铺设着四方形石板，直达内院玄关。本多用拐杖一一数点着，数到九十块时，就是一扇紧闭的障子门。门的拉手贴着绘有菊花和云纹的剪纸。本多站到这座内玄关之前了。

昔日的记忆桩桩件件幡然泛上心头。本多站在那儿，甚至忘记叫门了。六十年前，自己还是个青年，站在同一座障子门前，同一级台阶上。障子纸也许换过百余次了，那个春寒料峭的日子同今天一样，雪白的障子端然紧闭于眼前。门口板台上的木纹也只是比往昔稍稍凸露些，实在不像是几经风霜的侵凌。一切都在须臾之间。

本多仿佛觉得，清显依然待在带解的旅馆里，将希望全部寄托在本多的月修寺之行上。他一边在疾病高烧中苦熬，一边坚持等待本多回来。这须臾之间，要是清显知道本多已经是腿脚不灵的八十一岁的老叟，他该如何惊奇啊！

——出来迎接的是一位穿着翻领上衫的六十光景的执事。她看本多很难登上木台，便牵着本多的手，

进入紧连着八铺席连带六铺席套间的御寝殿，请他坐
下来。榻榻米是黑底白花绫子镶边，上面整齐地摆放
着坐垫。执事恭恭敬敬对本多说，那封信的意思全都
知晓了。本多不曾记得六十年前来过这座禅房。

壁龛里悬挂着仿制的雪舟"云龙"画轴，插着鲜
活的石竹花。身穿白绉绸和服勒着白腰带的一老，端
来一只盛有红白雕花二色果品和凉茶的四方木盘。敞
开的障子可以看到绿波涌动的中庭。枫树和桧树葱茏
茂密，透过树丛，看到书院的粉墙掩映在回廊的阴影
里。这就是整个中庭的景物。

执事无心地说些家常话，一味地熬时间。本多
待在这座凉风侵背的客厅内，只是端正地坐着。汗消
了，疼痛也减轻了。他觉得似乎得到了某种救赎。

本以为再也无法拜访月修寺了，如今竟然能坐
在这间禅房里。本多在临死之前迅即完成这一凤愿，
化解了沉潜于生命深层的一种隐忧。攀登参道的那份
辛苦，蓦地使他身轻如燕，心绪安然。强忍病痛来到
这里的清显，说不定因被拒之门外而获得一种飞翔的
能力吧？本多想到这里深感欣慰。

蝉声盈耳，于晦暗的室内听起来冷悄悄似钟磬的余响。执事不肯再提信的事，只顾用日常闲话打发时间。本多呢？他也不便口头追问，门迹是否愿意见他。

本多忽然产生疑虑，如此白白消磨时光，或许就是拒绝会见的委婉表示。说不定执事看了那家周刊上的报道，随之劝谏门迹，借口偶染微恙不予接见。

背负着那样的丑事会见门迹，并未给本多造成什么心理上的压力。说实话，没有耻辱、罪愆和濒死，本多也没有勇气来到这儿。去年九月的那件丑闻，如今想想，是暗中对他探访月修寺最初的推动。透自杀未遂以及失明，本多自身的发病，绢江的怀孕，这一切都指向一点，并且全部凝结成一团，催促本多拿定主意，冒着酷暑攀登参道来到这里。没有这些因素，本多只能远远仰望山顶上月修寺的光芒。

但是，如果正是这些因由而不能会见门迹，那只能是命中注定如此。今生今世再也见不到她了。然而本多坚信，即使在这里不能实现俗世上最后一见，但未来总有相逢的一天！

于是，焦躁转为安定，悲戚化作谛念，越发使他冷静下来，忍耐着时间的流逝。

这时，一老再次出现，对着执事的耳朵嘀咕着几句，执事对本多说道：

"门迹说了，等会儿就同先生会面，请到那边去吧。"

本多有点不相信自己的耳朵了。

——客厅面向朝北的小院子，障子门大敞着，院中的绿色灼灼耀眼。被领进的一座房子本多虽然记不清了，其实正是六十年前上代门迹接见他的地方。

他记得当时有一架华美的日月四季屏风[1]，现在那里换成一道苇帘[2]。隔着走廊，可以窥见蝉声如潮的茶庭内火焰般的绿色。梅、枫和茶树等茂密的枝叶中，闪耀着夹竹桃的红蕾。脚踏石间参差的白色竹叶，减损了夏日的光艳，同后山杂木林空茫的白光相互辉映。

1　原文为"月次屏风"，绘有一年中每月节日活动场景以及从公卿至庶民各阶层风俗习惯的彩画屏风。

2　原文为"风炉前"，茶庭或广厅内用于遮挡茶道用具的屏风或帘子。

一阵扑棱棱的振羽声仿佛撞击到粉墙上，本多回头张望。原来是一群麻雀由回廊飞进院子，在粉墙上映出凌乱的影像，又忽地飞走了。

通向里间的唐纸隔扇打开了，本多不由紧并双膝而坐，现任门迹老尼被身穿白衣的徒弟牵着手，出现在本多面前。她一身洁白，外面罩着浓紫的披风，剃着清凛凛的光头。看来，她就是八十三岁的聪子了。

本多满含热泪，不敢正面仰视她的容颜。

门迹隔着桌子坐在他的眼前，她一如既往，依旧保有秀丽的鼻官和清炯的大眼睛。她虽然和从前的聪子大不一样，但一眼还能认得出来。六十年光阴瞬息即逝，自豆蔻年华至老迈色衰，聪子将浮世所带给人们的辛酸悉数豁免了。犹如院中渡过小桥姗姗而来的女子，由树荫走向太阳，容颜因光线变化若明若暗。如果说那时青春的娇媚好似花前月下的丽姿，那么，如今垂暮之年的优雅便是光天化日里的玉容。本多想起今天离开饭店时，那些京都女子的容颜随着阳伞光影离合，凭借那种明暗变化，便可测知她们各自的美质。

本多所阅历的这六十年，对于聪子来说，难道仅仅是明暗相映的庭院中跨桥而来的那一瞬间吗？

她一路走去，不是向着老衰，而是向着净化。她依旧冰清玉洁，美目流盼，古貌古心，通体澄明。聪子就像一枚结晶的美玉，半透明，半冷彻，坚硬而浑圆。她口唇莹润，虽密布皱纹，但一根根洗尽铅华，清纯，亮丽。那看起来越发团缩的身材，总是蕴蓄着华贵的威仪。

本多含泪低头致意。

"欢迎光临。"

门迹朗声招呼道。

"很冒昧地给您写了那封信，实在有些失礼。您欣然答应会见我，真是太感谢了。"

本多想着言语万不可造次，结果越发显得拘谨起来，听到自己喉咙管里憋着口痰，声音带着老年人的沙哑，自觉很难为情。他不由又加了一句：

"信是寄给执事师父的，想必您也看到了吧？"

"是的，我拜读过了。"

谈话到这里，暂时冷场。徒弟趁此撇下门迹悄悄离开了。

"过去的日子很令人怀念，如今我也老成这副样子了，今天不知有明天。"

听说门迹看了信，本多顿时来了兴头，言语也有些轻佻起来。这时，门迹微微摇晃着身子。

"读了信，觉得您对禅门甚为热心，看来也是一种佛缘，所以才决定见面的。"

本多的内心尚残存着一两滴青春的余沥，听了这话立即涌流出来。他仿佛又回到六十年前向老一代门迹逐一畅抒年轻人热情的那个日子。于是，他抛掉一切客套，继续说道：

"那时为了清显君的事到这里来做最后的恳求，可是老一代门迹没有让我见您。后来想想，那也是不得已的事。不过，当时总觉得有些悔恨。不管怎么说，清显君是我最好的朋友啊！"

"那位清显先生是个什么样的人呢？"

本多惊呆了，他睁大眼睛。

本多虽说有些耳聋，但这句话是不会听错的。

门迹这话的意思太不近人情了，他只能认为自己是幻听。

"啊？"

本多又反问一声，他想让门迹再重复一遍。

"那位清显先生是个什么样的人呢？"

门迹又把相同的话重说了一遍，但脸上没有丝毫要弄手段、故作韬晦的影像，反而像童女一般，带着天真又好奇的神情，从内心里不断流露出静谧的微笑。

本多终于觉察到门迹是想叫他亲口再谈一谈关于清显的事，一边提防着不可言辞失礼，一边又絮絮叨叨叙述了清显同自己的交往、清显的恋爱以及悲惨的结局。这些都是他一天不曾遗忘的往事啊！

本多冗长的谈话过程中，门迹端正地坐着，脸上含着不绝的笑意，还多次"是吗，是吗"地应和着。其间，一老端来了冷食，她优雅地品用着。即便在这一时刻，她也没有听漏本多一句话。

门迹听完本多的叙述，一无感慨地带着平淡的口气说道：

"这故事倒是挺有趣的。不过，我不认识那位松枝先生。还有那位和松枝先生有过一段情缘的女子，想必记错人了吧？"

"可是门迹师父，您的本名不是叫绫仓聪子吗？"

本多一边剧烈地咳嗽，一边急切地问。

"是的，那是我的俗名。"

"要是那样，您不会不认识清显君呀。"

本多感到一阵恼怒。

她说不认识清显，已经不是忘却，只能是有意回避。当然，对于门迹来说，她一口咬定不知道清显此人，或许心有隐衷，但这在俗世妇女自当别论，身为德高望重的老尼，却睁着眼说瞎话，不但令人怀疑她的信仰之深浅，而且将俗界的伪善带入佛门，那么她当初祝发为尼的用意也就大成问题。今天，六十年来为本多所梦寐以求的面晤，刹那间遭到了背叛。

本多穷追不舍，甚至越出常规，然而门迹却丝毫不为所动。如此的酷热天气，身穿浓紫披风的门迹，看似周身清凉，声音和眼神不见一丝紊乱。她用委婉而优美的声音说道：

"不，本多先生，我在俗世所获得的恩爱一点也没有忘记。但是，这位松枝清显先生，我连名字都未听到过。这个人是否根本不存在，而您偏偏弄岔了呢？或者说本多先生认为有这个人，而实际上自开天辟地以来就根本不存在这样一个人呢？听了您的一番话，我只得这么想啊。"

"那么，我同您是怎么认识的呢？况且，绫仓家和松枝家的家谱总还存在吧？户籍也有的吧？"

"要说俗世的结缘，借助那些不就可以解释通了吗？不过，本多先生，我问您，那位叫清显的人，您在这个世上真的见过他吗？还有，您能否明确告诉我，您和我以前在这个世上真的见过面呢？"

"我记得很清楚，六十年前我到这里来过。"

"记忆本身就像一副虚幻的眼镜，既能映出本来不该存在的邈远的幻景，又能映出近在咫尺的幻景。"

"假如说清显君本来就不存在，"本多觉得自己仿佛迷茫于云雾之中，眼下会见门迹也似乎若梦若幻，就像漆盘上呵的一口雾气，眼见着消泯了。他想找回自己，不由叫了起来，"倘若如此，勋也不存在，金茜也不存在。……此外，弄不好我也……"

门迹这才略显有力地凝视着本多。

"这个也只能靠各人去体会了。"

——两个人久久默然相对。不一会儿，门迹轻轻拍拍手，徒弟出来了，手指伏在门槛上。

"好不容易来一趟，就请看看南面的庭院吧。我呀，在前头引路。"

门迹的手由徒弟挽着走在前边，本多像被人操纵一般站起身子，跟着师徒二人，穿过晦暗的书院。

徒弟打开障子门，将本多领到廊缘上。宽广的南院立即尽收眼底。

满院的草坪以后山为背景，在炽热的夏阳里耀目争辉。

"今天一早，布谷鸟就叫了。"

年纪尚轻的徒弟说道。

草坪尽头院中的林木以枫树为主。可以看到一处通往后山的栅栏门。虽然是夏季，但枫树缀满红叶，于青绿丛中灼灼如火。院中散散落落铺着脚踏石，石头旁边羞怯地开放着红瞿麦花。左侧的角落有一架古老的辘轳。草坪中央放置着一张青绿色的陶瓷卧榻，在炎阳下看起来，一坐下去皮肤就会被烤焦。后山山顶上的蓝天，夏云耸峙着炫目的肩膀。

这是一座娴雅、明丽而宽阔的庭院，在建筑上并不显得奇巧。捻佛珠般的蝉鸣占领着这里。

此外再没有别的声息，显得寂寞至极。这座庭院什么也没有。本多意识到，自己来到一个既无记忆又无一物的地方。

庭院沐浴着夏日的炎阳，静悄悄的。……

完

昭和四十五年（1970）十一月二十五日

译后记

　　一九七〇年十一月二十五日，三岛完成"丰饶之海"第四卷《天人五衰》的写作，翌日一早，他把书稿亲手交给出版社编辑，便径自前往自卫队市谷驻屯地，占领总监室，扣留总监作为人质，发表演说，号召自卫队起义，事败切腹自杀。

　　这个期间写作的《天人五衰》，陆续连载于《新潮》杂志一九七〇年七月号至一九七一年一月号，于当年二月由新潮社出版单行本。

　　这一卷叙述已到垂暮之年的本多繁邦，收少年安永透为养子，备受透的折磨凌辱，身心交瘁，于人生终极之日，赴月修寺探问绫仓聪子。不想这位老尼早已将俗世忘却尽净，视本多为陌路，更不知昔日恋人松枝清显为何人。小说结尾，场面寂寥，笔墨玄奥，一切皆归于"空无"之中。

"丰饶之海"四部曲是三岛由纪夫规模宏大、跨越时空的全景式作品。自日俄战争起始，至日本经济高度成长时期结束。四部曲唯一贯穿始终的重要人物之一本多繁邦，在第一卷开头登场时是风华正茂的十八岁青年，到第四卷结尾前往月修寺拜访聪子，已经是八十一岁的耄耋老翁了。六十余年，白云苍狗，瞬息即逝，小说究竟为我们留下了怎样的思考？

作者在第一卷《春雪》末尾作注曰："丰饶之海"出典于《浜松中纳言物语》，是描写梦和转生的故事。《浜松中纳言物语》成书于一〇四五至一〇六八年间，相当于北宋仁宗、英宗和神宗时代，作者菅原孝标女。这是一部以中日两国为舞台的描写梦与转生的幻想故事，凡六卷，首卷已佚。大致内容如下：

主人公中纳言和继父左大将之女大君婚后不如意，梦见亡父转生为唐第三皇子，遂入唐寻父，找到皇子，并同绝代佳人之皇后产生恋情，私生一子。这位皇后本为唐朝使节同上野宫之女姬君所生，亦即中纳言生母的转世。三年后，中纳言携子秘密返回日本，唐后托中纳言带信，述说思乡恋母之情。其时姬君已再嫁，并生下一女吉野姬。中纳言归国后赴吉野山探访如今出家为尼的唐后之母。姬君临终前将吉野姬托付中纳言照看，不料吉野姬被好色的式部卿即中纳言之妻大君的妹夫所骗，裹挟到清水寺，蓄一子。中纳言不久梦见唐皇子母后投胎于吉野姬腹中，同时得知唐后果然仙逝，正与梦境暗合。整部书迷离惝恍，富于传奇和浪漫色彩。

"丰饶之海"四卷，每卷以一位主要人物为轴心，通过三颗黑痣次第连接，围绕"轮回转生"这一主题演绎故事，并以本多繁邦一人贯穿始终。内容千头万绪，场面宏阔壮丽。既放得开，又收得紧。浑然一体，妙趣环生。此种结构，实非大手笔所不能为也。故而，川端康成称赞"丰饶之海"四部曲是"自《源氏物语》以来日本小说的名作"（参见《三岛由纪夫》，《川端康成全集》29卷617页，新潮社1982年版）。他在另一篇文章中进一步指出：

我通读了"丰饶之海"的第一卷《春雪》

和第二卷《奔马》，被这一奇迹打动，感到惊喜。完成这部纵贯古今之名著、无与伦比之杰作的三岛君和我是同时代人，我为这种幸福而衷心祝贺。

啊，太好啦，真是太好啦！这部作品通达西洋古典之骨脉，也是空前未有的深刻的日本式作品。日语文体之精美达于极致，三岛君绚烂的才能，在这部作品中几乎纯粹升华到一种危险的激情。这部新的抒写命运的典范之作，将超越国家、时代和评价而永生。（参见《三岛由纪夫〈丰饶之海〉》，同上，34卷272页）

四卷书四个主人公，清显为恋情所困扰，勋为使命所纠结，金茜（月光公主）为爱欲所迷惑，透为自尊而走入邪恶。归根结底，这是一部从深层意义上开掘人生、解剖人性的"大河系列小说"。

"丰饶"意味着什么？这里的"丰饶"其实暗喻着"不毛"或"荒凉"。"丰饶之海"就是人性的"荒凉之海""终末之海"。联想二十世纪六十年代，日本正处于经济高度成长时期，可谓"丰饶的时代"，抑或作者早已从此种"丰饶"中嗅出腐臭的气味，并以天才之笔诉诸文字，借此启迪世人，亦未可知。

"丰饶之海"四卷书起译于二〇一一年七月，至今年十一月完成，历经两年半时间。其间还穿插了部分其他译作。如此鸿篇巨制，为保持整部译作一贯到底，避免各卷之间细节上的矛盾和文字的差异，在翻译过程中不得不时时"瞻前顾后，正其终始"，使之保有一气呵成之感。但鉴于内容与事件纷纭繁复，在择词组句、构筑译文过程中，疏漏之处依然难免，期待读者朋友继续批评指教。

陈德文

二〇一三年（癸巳）仲冬

于爱知文教大学

雪崩的瞬间，

雪的温柔和断崖的苛酷相互交替。

一頁 folio

始于一页，抵达世界

Humanities · History · Literature · Arts

出品人　范新

出版统筹　恰恰

特约编辑　徐露

营销编辑　张延

版权总监　吴攀君

印制总监　刘玲玲

装帧设计　COMPUS · 汐和

内文制作　陆靓

Folio (Beijing) Culture & Media Co., Ltd.
Bldg. 16-B, Jingyuan Art Center,
Chaoyang, Beijing, China 100124

一頁 folio
微信公众号

官方微博：@一頁 folio｜官方豆瓣：一頁｜媒体联络：zy@foliobook.com.cn

图书在版编目（CIP）数据

天人五衰 /（日）三岛由纪夫著；陈德文译 . —沈阳：辽宁人民出版社；桂林：广西师范大学出版社，2021.3（2023.4 重印）

ISBN 978-7-205-10070-4

Ⅰ . ①天…　Ⅱ . ①三…　②陈…　Ⅲ . ①长篇小说—日本—现代　Ⅳ . ① I313.45

中国版本图书馆 CIP 数据核字（2020）第 256803 号

出版发行：辽宁人民出版社

地址：沈阳市和平区十一纬路 25 号　邮编：110003

电话：024-23284321（邮　购）　024-23284324（发行部）

传真：024-23284191（发行部）　024-23284304（办公室）

http://www.lnpph.com.cn

印　　刷：北京华联印刷有限公司

幅面尺寸：105mm×148mm

印　　张：7

字　　数：150 千字

出版时间：2021 年 3 月第 1 版

印刷时间：2023 年 4 月第 5 次印刷

责任编辑：盖新亮

特约编辑：徐　露

装帧设计：COMPUS·汐和

责任校对：刘再升

书　　号：ISBN 978-7-205-10070-4

定　　价：46.00 元